dtv

Ausführliche Informationen
über unsere Autoren und Bücher
finden Sie auf unserer Website
www.dtv.de

BENNO HURT

DIE RICHTERIN

Roman

Deutscher Taschenbuch Verlag

Alle Ereignisse und Figuren dieses
Romans sind frei erfunden.
Ähnlichkeiten mit lebenden oder
verstorbenen Personen sind rein zufällig
und vom Autor nicht intendiert.

MIX
Papier aus verantwortungsvollen Quellen
FSC® C006701
FSC
www.fsc.org

Originalausgabe 2014
Deutscher Taschenbuch Verlag GmbH & Co. KG,
München

Umschlagkonzept: Balk & Brumshagen
Gesetzt aus der Aldus 10/14˙
Satz: Greiner & Reichel, Köln
Druck und Bindung: CPI – Ebner & Spiegel, Ulm
Gedruckt auf säurefreiem, chlorfrei gebleichtem Papier
Printed in Germany · ISBN 978-3-423-28029-7

Für meine Katze Whoopie und
all die anderen schwarz-weißen
zugelaufenen Katzen.

Sie darf keine biedere Juristin werden, die ihr Leben ausrichtet »nach Treu und Glauben«, die es allen »billig und gerecht Denkenden« recht machen will, die sich krümmt wie ein Paragrafenzeichen.
Sie darf, auch als Richterin, das Abartige in dieser Rechtsordnung nicht übersehen, das in Aktenvermerken wie »Vergewaltigung zum Nachteil der Monika B.« seinen Ausdruck findet. Als gäbe es eine Vergewaltigung zum Vorteil einer Frau.

Kapitel 1

Wenn sie ihre Hand zwischen die hellgrauen Metalllamellen schiebt und ihr Zeigefinger sich hebt, sieht sie aus der Höhe des ersten Stocks auf den Nachbargarten hinunter, wo Robo auf die Minute genau erscheint. Ein Rasenquadrat, in Schuss gehalten von einem Roboter. Sie schaut ihm gerne zu. Das Zuverlässige, Berechenbare seiner immer gleichen Fahrt beruhigt sie. Von den grasüberwachsenen unsichtbaren Begrenzungsdrähten, die das Karree einfassen, scheinen Signale auszugehen, auf die er hört. Immer, wenn er unvermindert schnell und kerzengerade auf den Zaun zufährt, der den Garten umrahmt, hofft sie, er möge ausbrechen – jetzt, dieses eine Mal. Doch dicht davor hält er an, dreht ab, macht weiter. Das schmerzt sie dann immer ein wenig.

Irgendwann hat sie angefangen, ihn Robo zu nennen. Er arbeitet nun inmitten der Fläche, mäht den Rasen von verschiedenen Winkeln aus. Lautlos, weil sie gegen Mittag das Fenster geschlossen hält. Sonntag ist Robo-Tag, während der Woche ist sie beschäftigt.

Im Mai hatte sie ihm noch bei offenem Fenster zugesehen. Ein Geräusch, das sich anhörte wie ein menschliches Wehklagen, hatte sie erschreckt. Etwas Unvorhersehbares hatte sich ihm in den Weg gestellt. Dafür war er nicht programmiert. Er war daran hängen geblieben. Auf dem Rücken liegend glich er einem riesigen Käfer. Seine Energie verpuffte nutzlos. Niemand außer ihr am Fenster hörte seine Hilferufe. Sie musste im Telefonbuch erst nach der Rufnummer ihrer Nachbarn blättern. Und dann, als der Nachbar, ein älterer Mann, der in der Innenstadt einen »Bio-Markt Grossherr« führt, sich mit »Ja, bitte?« gemeldet hatte, wurde ihr bewusst, dass sie mit ihm bisher nie gesprochen hatte, sie hatten nur Grüße getauscht. Kannte er überhaupt ihren Namen: Judith S.? Auf seine Stimme war sie nicht vorbereitet. »Robo liegt auf dem Rücken. Er kommt nicht mehr hoch!« Wie töricht sich das anhörte. Eine Pause entstand. War er zum Fenster gegangen, um nach Robo zu sehen? »Ja, danke«, sagte ihr Nachbar nach einer Weile, er legte gleich auf. Kurz darauf sah sie ihn in Anzug, weißem Hemd und Krawatte bekleidet über den Rasen gehen und sich bücken. Nachdem er sich wieder aufgerichtet hatte, blickte er zum Fenster hoch, an dem sie nun wieder stand, dann strich er sich energisch mit flacher Hand eine Haarsträhne aus der Stirn. Beim Bücken war sie aus seiner glatten Frisur, die sie an ihren Vater erinnerte, gefallen. Er schien verärgert. Er hatte einen Auftrag erledigt, den sie ihm erteilt hatte, an einem Sonntag, mittags. Sie wich vom Fenster zurück, als könnte sie so noch nachträglich seinem Blick entgehen.

Gleich darauf war Ruhe eingekehrt und Robo war still in seinen Stellplatz zurückgefahren. Sie hatte ein schlechtes Gewissen gehabt, unvernünftigerweise, so als hätte sie sich nicht um dieses verunglückte Wesen aus Kunststoff gesorgt, sondern sich nur über den Lärm beschwert.

Es ist Sonntag und heiß. Man sollte nicht den Rasen mähen, wenn die Sonne auf ihn niederbrennt. Während sie das denkt, fährt Robo zur Ladestation, er stellt seine Arbeit für heute ein. Er hält sich jetzt unter der Überdachung auf, die sie von hier oben nicht einsehen kann. Sie wendet sich ab. Mit einem leisen Vibrieren fällt die Lamelle, die ihr Finger hochgehalten hat. Der dünne Metallstreifen hängt nun wieder, leicht gekippt, aufgefädelt an vertikal verlaufenden Schnüren, in gleichmäßigem Abstand zu der Lamelle über und unter ihm.

Sie mag dieses Licht, das durch das hohe, mit einer grauen Jalousie verblendete Fenster dringt. Sie wird wieder das Kostüm anziehen. Das schwarze. Schwarz macht es ihr einfach. Einfach das schwarze. Wo sie doch, wie immer sonntags, den Friedhof aufsuchen wird.

Sobald sie das Haus verlassen hat, auf die Straße getreten ist und gesehen werden kann, hat sie eine Ahnung von sich. Eine Frau von 46 Jahren, größer als mittelgroß, schlank. Ihr rotes Haar fällt auf. Lang und gelockt fällt es ihr bis über die Schulterblätter. Warum trägt eine Frau wie sie ihr Haar so ungebändigt? Dass man sich darüber Gedanken macht, nimmt sie nicht nur in Kauf. Dieses rote, offene Haar gibt Rätsel auf, wünscht sie sich. Sie denkt: Wenn jemand sie sieht, der sie kennt, denkt er als Erstes daran, dass sie unverheiratet ist. Dass sie kinderlos ist, denkt er, denkt sie sich. Als eine unverheiratete, kinderlose Juristin, die irgendwie nach einer abgetragenen Robe riecht, auch wenn sie jetzt gar keine trägt, nimmt dieser Jemand sie wahr. Zum Beispiel der Nachbar, wenn sie sich auf der Straße vor ihrem Haus begegnen.

Das Kostüm ist aus Cool Wool und deshalb, wie sie es scherzhaft nennt, hitzeverträglich. Natürlich ist auch Cool Wool nicht wirklich kühl. Doch das Kostüm ist ein Teil ihres sommerlichen sonntäglichen Friedhofsrituals. Sie will diesem Grabbesuch eine Form geben. Sie zieht sich eine weiße Bluse über. Das Weiß der Bluse passt zu ihrem schwarzen Kostüm und mildert den Kontrast zu ihrer hellen Haut. Obwohl sie weiße Haut nicht mag, muss sie sie vor der Sonne schützen. Über ihren Körper verteilen sich Sommersprossen und Muttermale. Es werden mehr werden im Lauf der Jahre. Noch verschonen sie ihr Dekolleté. Mit ihren 46 Jahren hat sie Angst vor Altersflecken. Im Spiegel betrachtet sie ihre Hände; sie halten die noch nicht zugeknöpfte Bluse aufgeschlagen wie ein Buch; sie sieht auf ihre makellosen Brüste.

In Schuhen mit einem halbhohen Absatz wird sie den gewohnten Weg zu den Gräbern gehen. Sie betritt den Friedhof jetzt immer durch den Seiteneinlass. Über dem Hauptportal ist ein Spruch in Stein gehauen, der sie bedrückt. Eine Zeit lang hatte sie diesen Weg gewählt und sich vorgenommen, nicht hochzusehen. Doch die fünf lateinischen Wörter, die von Tod und Auferstehung handeln, hatten sie magisch angezogen. Fast schon unter dem Friedhofstor stehend hatte sie doch hochgeblickt und die Inschrift gelesen. Es war ein albernes Spiel gewesen, das sie immer wieder verloren hatte.

Aber sie hat noch einen anderen Grund, den Haupteingang zu meiden. Im rückwärtigen Teil des Bauwerks, in dem sich die Aussegnungshalle befindet, die sie, in Erinnerung an Kindheitstage, noch immer Leichenschauhaus nennt, lebt eine Familie. Besucher, die durch den Seiteneingang den Friedhof betreten, könnten in einen Innenhof sehen, der sich zur Straße hin an die Rückseite des Gebäudes anschließt, würde nicht eine Mauer vor fremden Blicken schützen. In diesem Innenhof finden zur warmen Jahreszeit sonntags oft Kaffeekränzchen, Kindergeburtstage, Treffen zu Fernsehübertragungen von Fußballspielen statt.

Sie verlangsamt immer ihren Schritt, sobald sie sich den Biebels nähert. »A. Biebel« hat sie von dem Namensschild an dem Metalltor abgelesen. Das Tor ist so hoch wie die Mauer, in der es, von schweren Scharnieren gehalten, hängt. In ihren Schuhen mit halbhohem Absatz kann sie, stellt sie sich auf Zehenspitzen, gerade noch darübersehen. Was sie macht, nachdem sie sich vergewissert hat, dass ihr niemand folgt. Das Metalltor besteht aus zwei Flügeln und wird provisorisch durch eine Kette zusammengehalten, es schließt nicht ganz. Durch die Lücke sieht sie, geht sie nur nahe genug heran, ins Hofinnere. In diese Öffnung passt das Objektiv ihrer Kamera, das dann starr auf ein Motiv gerichtet ist, das sie nicht auswählen kann, sondern das sich ergibt. So lichtet sie das Leben der Familie Biebel in zufälligen Ausschnitten ab.

Richtet sie ihren Blick geradeaus, so sieht sie einen Brunnen, neben dem, an einer Eisenstange hängend, sich grüne Plastikgießkannen reihen. An heißen Tagen sind sie schnell vergriffen. Dennoch lässt sie sich immer Zeit. Hinter der Mauer, sie nennt sie »Biebel-Mauer«, hört sie oft Stimmen. Manchmal steigt ein Luftballon auf, er wird an einer Schnur gehalten und fliegt nicht davon. Sie greift in ihre Handtasche, wo sie das kühle Metall ihres Fotoapparats spürt. An hellen Tagen hat sie, noch im Auto, die Blende auf 16 gestellt. Das Motiv wird scharf abgebildet, auch wenn sie es nicht fokussieren kann. Es ist eine Frage der Schärfentiefe, wovon sie etwas versteht. Vielleicht wird es nur ein Ausschnitt, eine Kinderhand, die einen Luftballon hält.

Und wenn dann tatsächlich die letzte Gießkanne vergeben sein sollte, wird sie die weite Anlage ablaufen, wenn es sein muss von Brunnen zu Brunnen. Das macht ihr nichts aus.

Sie nimmt die Kamera aus dem Schrank, wo sie weich gebettet auf einem Stapel Pullover liegt. Sie steckt sie in die immer gleiche Ledertasche. Es ist eine sportliche Tasche, sie passt nicht zu ihrem Kostüm. Aber sie ist geräumig, die Spiegelreflex findet problemlos Platz darin. Die Kamera stammt aus »alten Tagen«, wie sie die Zeit, die fünfzehn, zwanzig Jahre zurückliegt, nennt, als sie noch gemeinsam mit Freundinnen Reisen unternahm. An eine griechische Insel erinnert sie sich besonders gern. Drei junge Frauen, die, beschwert mit der Last klobiger Fototaschen, sich täglich frühmorgens auf einen mehrstündigen Fußmarsch ins Innere der Insel begaben. Alle hatten sie die gleiche Ausrüstung. »Kein Fotoapparat kann riechen, schmecken, hören, sich erinnern.« Nichts lässt sich abbilden, wollte sie ihren Freundinnen damit sagen, sie trösten. Da waren sie schon wieder zurück in Deutschland. Sie hatten, ohne sich das gegenseitig einzugestehen, den Urlaub lang auf dieser Insel um die Wette fotografiert. Ihre Aufnahmen waren beeindruckend. Aber sie gaben nicht die Wirklichkeit wieder. Nicht die Musik, nach der Männer getanzt hatten; für die drei Junggesellinnen aus Deutschland. Das Lokal, klein, schilfüberdacht, die Männer unrasiert. Die Bilder rochen auch nicht nach dem Thymian, der auf der Mauer wuchs, auf der sie ihre Kameras aufgelegt hatten, um die Meeresansicht nicht zu verwackeln. Auch von dem Ouzo, der ihre Zungen mit seinem adstringierenden Anisgeschmack betäubt hatte, war zu Hause, beim Betrachten der Fotos, nichts zu verspüren.

Die Freundinnen heißen Susanne und Anja. Schon lange fahren Susanne, Anja und sie nicht mehr miteinander in Urlaub. Man triff sich selten. Susanne und Anja sind zwischenzeitlich verheiratet. Ihre Männer sind nicht unrasiert, sondern tragen Dreitagebärte. Anja: »Mit einem Dreitagebart wirkt ein Mann doch erst richtig wie ein Mann. Sei doch ehrlich, Judith, so einen willst doch auch du!« Bestimmt fotografieren Susanne und Anja ihre Kinder nicht analog, sondern digital.

Kinder hatten sie miteinander in Griechenland fotografiert. In keinem Land, nirgendwo auf ihren gemeinsamen Reisen, hatten sich Kinder so gerne von ihnen fotografieren lassen. Kinder waren für Susanne, Anja und sie jahrelang nur ein Fotothema gewesen. Hatte sie tatsächlich, wieder zurück in Deutschland, auf diese Kinder nur mit dem Gedanken an Bildaufbau, Schärfe und Farbe gesehen? Sie versucht, sich zu erinnern. Sie weiß es nicht. Heute glaubt sie, Susanne und Anja hatten bei diesen Bildern insgeheim schon an eigene Kinder gedacht. Mit ihr hatten sie nicht darüber geredet. Später, als ihre Freundinnen nacheinander schwanger wurden, kam sie sich vor, als hätten die beiden sie verraten.

Susanne und Anja, sie sind ein paar Jahre jünger als sie, hatten es nicht eilig gehabt mit Männern, sie selbst sowieso nicht. Männer waren ein Thema am Rande. Ein amüsantes, eines, auf das sie ganz nebenbei kamen, wenn sie beisammensaßen, um zu planen, was nur sie, ihr Dreierbündnis, betraf; wichtig war immer nur, dass es etwas Gemeinsames wurde, Reisen, deren Routen aber sie bestimmte. Für den Erfolg dieser Unternehmungen verantwortlich zu sein, spürte sie als ein angenehmes Gewicht. Dass die Männerbekanntschaften ihrer beiden Freundinnen immer wieder andere Namen hatten, die beiläufig in ihre Unterhaltung fielen, bestärkte sie nur in dem Glauben, dass sie ihrer Gemeinschaft nichts anhaben konnten. Mochten Susanne und Anja mit diesen Männern auch schlafen, ihre Frauenfreundschaft berührte es nicht. Sie brauchte es sich ja nicht vorzustellen. Es war weit weg, störte nicht, war nicht bedeutsam, sagte sie sich, sonst würden die beiden doch nicht mit ihr, sondern mit ihren »Bekanntschaften« in Urlaub fahren.

Sie fährt immer den gleichen Weg zum Friedhof. Er führt an dem Justizpalast vorbei. Manchmal kommt es vor, so ist es auch heute, dass ihr der Blick auf dieses graue, einschüchternde Gebäude ein Gefühl von Geborgenheit gibt, sie hat ein Zuhause, morgen schon wird sie es wieder betreten. Jetzt erlebt sie das so, so ist das aber nicht immer.

Irgendwann wollte sie mit Anja und Susanne gleichziehen. Mit einer Versicherungsangestellten und einer Sekretärin, wundert sie sich heute. Sie hat das damals nicht so empfunden. Dass sie studierte und nicht nachgeordnet beschäftigt war, dominierte ihre Freundschaft zwar nicht, doch war es in ihrer Beziehung gegenwärtig. Dennoch: Sie musste sich nicht bücken, Susanne und Anja mussten sich nicht strecken, um sich auf gleicher Höhe zu fühlen.

Sie verwendet bei dem Gedanken an »gleichziehen« das Wort »ich hatte was mit einem«. »Ich hatte was mit einem«

fällt ihr plötzlich ein, wie etwas, woran sie lange nicht mehr hat denken müssen. Sie kann sich gegen dieses Erinnern nicht wehren. Monate später hatte sie nochmals etwas mit einem anderen. Sie sieht diese Männer nicht vor sich; nicht an die Männer erinnert sie sich, sondern daran, dass es zwei Mal geschehen ist. Auf Augenhöhe mit ihren Freundinnen wollte sie »im Umgang« mit Männern sein, irgendwie glaubte sie, das dem »Bündnis« zu schulden.

Dann, als es mit den gemeinsamen Terminen immer schwieriger wurde, gab sie nicht gleich auf. Sie wollte sich nicht aus diesem Frauenbündnis hinausdrängen lassen. Nicht von den Männern, mit denen Anja und Susanne jetzt verheiratet waren, nicht von Tamara und Stefan, wie die Kinder ihrer Freundinnen hießen, die beinahe gleich alt waren. Dieses fast zeitgleiche Kinderkriegen kam ihr wie eine Verschwörung vor, eine geheime Absprache, sie hatte man nicht mit einbezogen.

An diesem Winter-Samstag-Nachmittag verteilen sich über Anjas Wohnung Gäste, die nicht zu Anja passen, auch nicht zu Susanne und schon gar nicht zu ihr, der Unverheirateten, Kinderlosen, die auch eingeladen ist. Sie kennt niemanden, und sie hat das Gefühl, niemand hat Lust darauf, sie kennenzulernen. Sie hat sich ein starres Lächeln zugelegt, wie ein Dauer-Make-up, das sie von Zimmer zu Zimmer trägt. Sie wird trotzdem von niemandem angesprochen, aber vielleicht liegt das ja auch an ihr. Über ein Kind, das ihr vor die Füße stolpert und dabei ein Bauklötzchen aus seiner Hand fallen lässt, kommt sie mit der Mutter kurz ins Gespräch. Sie täuscht ein Interesse, ein Gefallen an dem etwa zweijährigen Knaben vor, das sie ohne diese Eltern-Gesellschaft vielleicht sogar hätte. Dass Bausteine aus Kunststoff das Schlimmste sind, was man seinem Kind antun kann, erklärt ihr die Frau.

Anja und Susanne haben Frauen eingeladen, die Mütter sind. Dass sie, die keine Mutter ist, noch auf der Gästeliste steht, verdankt sie ihrer langjährigen Freundschaft zu Anja und Susanne.

Und dann macht sie etwas, was sie gar nicht vorhat. Sie will eigentlich nur von einem Zimmer in ein anderes gehen. In der Diele hält sich gerade niemand auf. Sie macht schnell die zwei, drei Schritte auf die Wohnungstür zu. Ihren Mantel weiß sie unten im Auto.

Sie war aus diesem Bündnis herausgetreten, wie aus einer Wohnung, sie hatte es verlassen. Das wurde ihr, als sie im Auto davonfuhr, klar. Am nächsten Tag rief Anja sie an. Sie hörte kaum zu, als Anja sich entschuldigte, was in Wirklichkeit nach einem Abschiednehmen klang.

Sie hat sich jetzt im Fahrersitz etwas aufgerichtet, um sich im Rückspiegel lächeln zu sehen. Sie muss sich dieses Lächeln zeigen, um eine Erinnerung abzublocken. Von dieser Erinnerung wurde sie, als sie mit den zwei Männern etwas hatte, heimgesucht.

Ihr Vater hatte in den Sechzigerjahren eine Wiese gekauft, sie lag an einem Seitenarm des Lechs. Sie diente der Familie als Badewiese. Nur auf die »Familien-Badewiese«, wie er sie nannte, fuhr der Landgerichtspräsident mit seinen Kindern Markus und Judith und seiner Frau, wenn sie baden wollten. Ihre Mutter hatte immer einen einteiligen Badeanzug an.

Wegen ihrer hellen Haut durfte sie keinen zweiteiligen tragen. Die roten Haare der Mutter hatten sich mit dem ockerfarbenen Badeanzug zu einem süßlichen Schmelz vermischt. Sie hatte sich immer in einiger Entfernung von ihrem Mann aufgehalten und etwas getan, was eigentlich jetzt, hier draußen auf der Badewiese, gar nicht getan werden musste. Der Fluss, das schmale Stück Gras, darauf das große, schwarze Auto, dahinter hochaufgerichtet der auch im Sommer dunkle Wald. Sie hatte es als Kind ihrem Vater immer schon im Voraus angesehen, dass er jetzt gleich in den Wald hineingehen wird, sie hatte gewusst, dass ihre Mutter dann aufhören wird, etwas zu tun, was hier draußen gar nicht getan werden muss, und dass sie Vater in den Wald folgen wird. Sie hat es ihrer Mutter angesehen, dass sie das nicht freiwillig macht. Es hat sie irritiert, dass die Eltern in den Wald hineingehen und nicht zum Schwimmen ins Wasser. Aber sie hat sich nicht getraut, die Eltern zu fragen, warum sie das tun. Plötzlich und schweigend sind die Eltern immer im Wald verschwunden, zuerst der Vater, es dauerte eine Weile, dann die Mutter.

Sie lächelt noch immer, obwohl sie nicht mehr in den Spiegel, sondern wieder auf die Straße schaut. Sie hat gelernt, mit dieser Erinnerung umzugehen.

Sie hat Susanne und Anja fast aus den Augen verloren. Auch wenn ihr beruflicher Aufstieg sich aus ihrer fachlichen Qualifizierung erklärt, so war er doch immer mit Versetzungen von einer Stadt in die andere verbunden. Sie hat sich von Susanne und Anja wegbeworben, auch so kann sie es sehen. Ihrer Mobilität verdankte sie immer wieder neue Bekannte. Den Männern, die sie später kennenlernte, hat sie nicht genügend Zeit gelassen, sich in sie zu verlieben. Auch so versucht sie manchmal, sich ihr Single-Dasein zu erklären. Die Zeit war zu kurz, um einem Mann zu vertrauen, von ihm nicht benutzt zu werden. Sie gibt doch für niemanden eine »Betterfahrung« ab.

Trotz ihrer Bereitschaft, der Justiz zu jeder Zeit und an allen Orten, wo sie in öffentliche Bedrängnis geraten ist, mit ihren außergewöhnlichen Fähigkeiten zur Seite zu stehen, hat sie schon vor fünfzehn Jahren das Haus in der Weinstraße erworben und darin immer wieder wenigstens an Wochenenden und während des Urlaubs gewohnt.

Sie fährt jetzt über die Eisenbahnbrücke. Sie nimmt immer den gleichen Weg. Jenseits der Brücke geht es links ab und dann einen Berg hinauf. »Eisbuckel« nennen ihn die Älteren in der Stadt. Das Rauschen der Züge hat sie noch im Ohr, wenn sie sich auf halber Höhe des Bergs ausmalt, was geschähe, würde dieser »Eisbuckel« in der Mittagshitze schmelzen. Sie denkt sich gern Katastrophen aus. Solche, an denen sie nur als Richterin teilhat, haben sie bisher nicht wirklich berührt.

Selbst heute, am Sonntagmittag, findet sie auf der Straßenseite, von der aus sie den Friedhof jetzt immer betritt, keinen Parkplatz. Das überrascht sie, auch wenn sie weiß, dass diese Parkplätze begehrt sind, weil sie von der Friedhofsmauer beschattet werden. Sie stellt ihren Audi auf der anderen Straßenseite ab, in Höhe der Gärtnerei, die sonntags die Stellagen mit Vorschlägen für Grabschmuck abgebaut und ins Innere verlegt hat. Im Herbst wird sie der Gärtnerei wieder einen Auftrag erteilen. So ist es am einfachsten, das Grab ihres Vaters liegt gleich gegenüber.

Sie nimmt den Fotoapparat aus der Handtasche und legt ihn auf ihre Oberschenkel. Sie wirft einen kurzen Blick durch die Windschutzscheibe, um die Helligkeit des Tageslichts zu schätzen. Dann dreht sie am Blendenring, bis die gelbe Ziffer 11 über dem schwarzen Markierungspunkt steht. Der Innenhof ist nicht viel größer als ihr Büro. Das Weitwinkelobjektiv wird ihr Auge sein. Es wird scharfstellen, was sie selbst nicht sehen kann. Es wird für sie abbilden, was an diesem Mittag hinter der Mauer geschieht.

Sie ist jetzt ausgestiegen. Das vielgliedrige, runde Bauwerk, in dem sich die Aussegnungshalle befindet, erinnert sie an die Urlaube mit Susanne und Anja, an die gedrungene Form der Kreuzkuppelkirchen, in die sie auf ihren Streifzügen über die Insel gerne eingetreten waren; sie hatten ihre Fototaschen abgestellt und es genossen, wie im Dunklen der Kirche allmählich die Hitze aus ihren Körpern wich. Wenn die Biebels zu den Luftballons aufschauen, die an einem Kindergeburtstag über dem Innenhof schweben, könnten sie sich wie im Urlaub fühlen, in einem südlichen Land. Ob die Biebels das so empfinden, weiß sie nicht, noch nicht; die Fotos, die sie bis jetzt für ein Album vorgesehen hat, ergeben noch lange kein ganzes Bild.

Sie schaut auf die Aussegnungshalle hinüber und dann die Straße hoch. Ein nackter männlicher Oberkörper, helle Haut, schlaff, eine Person mit Übergewicht. Sie vermeidet es, in das Gesicht des Mannes zu sehen, der auf einem Rad sich langsam der Stelle nähert, wo sie gleich von der Kante des Gehsteigs auf den Asphalt treten wird. Der Oberkörper ist verschwitzt, glänzt, es zeichnen sich keine Muskeln ab. Vielleicht hat der Mann denselben Weg wie sie genommen, ist nicht abgestiegen, sondern auf seinem Rad den »Eisbuckel« heraufgefahren. Sie sieht, während er sich mühsam nähert, an ihm hinab, auf eine rosafarbene Hose, die ihm bis zu den Waden reicht. Er ist zu alt für Bermudashorts, vor allem für eine in rosa Farbe – eine sachliche Feststellung, mit der sie versucht, ein Ekelgefühl, über das sie nicht nachdenken will, zu überdecken. Er ist ihr jetzt so nahe, dass sie ihn atmen hört. Dann blickt sie doch auf. In ein Gesicht, das jung ist und schmal, von schönem Ernst, keine Schweißperle kann sie darauf sehen.

Die breite Asphaltstraße vor ihr in der Mittagshitze – eine schwarz flimmernde Wüste: Eine Vorstellung, die ihr gefällt. Sie geht über die Straße, durch das Tor. Es riecht süßlich, nach Fleisch, das gerade angebraten wird. Ihre Nase nimmt den Geruch, der über die Mauer steigt, begierig auf. Das Sonntagsessen der Familie Biebel.

Als Kind hat sie sich manchmal von der Hand ihres Vaters losgerissen, der sie mitgenommen hatte zu »deiner Oma«, die in einer zwanzigsten, dreißigsten, vierzigsten, sie weiß nicht mehr, in welcher Reihe, eingekeilt von anderen Gräbern, in ihrem lag, und hatte sich in die Halle geschlichen, wo ein, zwei Menschen aufgebahrt in einem Schaufenster lagen, fromm, mit verschränkten Händen.

Das war vor den Biebels, lange vorher, sagt sie sich. Die Särge, die heute in die Halle getragen werden, bevor die Musik einsetzt, sind geschlossen. Wie nahe wohnen die Biebels an dem Raum, in dem die Särge sich befinden? Steht der Geruch von angebratenem Fleisch auch über den Särgen? In welche Richtung breitet sich die Wohnung der Biebels aus? Grenzen Zimmer der Familie an das Leichenschauhaus? Verbinden Türen? Sicher sind sie, falls es sie gibt, versperrt. Wer hat die Schlüssel?

Der süßliche Geruch könnte auch von Zwiebeln herrühren. Nein, aus Erfahrung weiß sie es besser: Nach dem Abitur hatte sie sich als Briefträgerin Geld fürs Reisen verdient. Um die für den »Gasthof Krone«, das »Zeughaus«, den »Sternhof« bestimmte Post zuzustellen, musste sie manchmal durch Hinterhöfe in die Wirtschaften gehen. Oft fand sie sich plötzlich in Küchen wieder, in denen morgens schon Bratengeruch aufstieg. Den süßlichen Geruch hat sie durch die engen Altstadtgassen getragen. Musste sie sich nach einem Briefkasten in die Höhe strecken, tauchte sie ihre Nase für Sekunden in den Flausch ihres Jackenärmels, dem weichen Gewebe haftete noch Minuten lang der Bratengeruch an.

Jemand folgt ihr. Sie hört es an den Schritten. Sie stellt sich in ihren Schuhen mit halbhohem Absatz nicht auf Zehenspitzen, greift nicht nach der Kamera. Sie geht gleich auf die grünen Gießkannen zu, nimmt sich eine, das Plastik scheint gewichtslos, sie spürt es kaum in der Hand.

Über die gesamte Anlage hinweg sind Brunnen verteilt. Deshalb muss sie nicht gleich beim allerersten die Gießkanne füllen. Das Grab ihres Vaters liegt im vorderen Drittel. Als im Mai ein Kollege hier beerdigt wurde, ging sie mit einer kleinen Schar von Leuten, die dem Sarg folgten, immer tiefer in den Friedhof hinein. Ein Marsch, der ihr von Grab zu Grab, das sie hinter sich ließen, unheimlicher wurde. Als würden all die Gräber in ihrem Rücken ihr den Rückweg versperren. Die Toten hätten sie aufgenommen und schlössen hinter ihr die Reihen, kein Weg führte mehr zurück nach draußen.

Nur eine Stunde später, wieder in der Justiz, konnte sie über einen solchen Aufwand von Gefühlen nur lachen. Den Kollegen, die mit ihr dem Sarg gefolgt waren, erzählte sie davon nichts.

Sie steht jetzt am Grab ihres Vaters. Es ist schlicht. Ihr Bruder und sie wollten es so. So macht es am wenigsten Arbeit. Die Schale, in die Mitte der Grabplatte platziert, bepflanzt die Gärtnerei gegenüber, der Jahreszeit angepasst. Anfangs hat sie sich selbst noch darüber den Kopf zerbrochen, was am schönsten und am beständigsten blüht. Auf ihren Vater brauchte sie dabei nicht Rücksicht zu nehmen. Ihn verband nichts mit Blumen. Einmal hat sie sich doch für die Bepflanzung der Schale interessiert und gefragt, warum man so oft Geranien wählt. »Geranien sind dankbar«, hat man ihr gesagt. Dass Blumen dankbar sein können, findet sie schön. Wenn sie die Blumen gegossen hat, ist die Kanne meistens noch halb voll. Sie leert dann die Gießkanne über den benachbarten Gräbern. Auf diese Weise erkundet sie, wer in der Nähe ihres Vaters liegt.

Bei den Brunnen hängen heute die grünen Plastikgießkannen dicht aneinander. Plötzlich bemerkt sie, wie leer der Friedhof ist und erschrickt. Dabei musste sie ihren Wagen doch im grellen Sonnenlicht parken. Dann fällt ihr das Campusfest ein, sie hat gelesen, dass es mittags beginnt. Der junge Mann auf dem Rad, dem sie begegnet ist, ist bestimmt ein Student und feiert bereits mit seinen Kommilitonen.

Heute fühlt sie sich seit Langem wieder einmal ihrem Vater nahe. Vielleicht hat es mit dem Nachbarn und mit Robo zu tun. Auch ihr Vater hatte diese glatte Frisur und die Gewohnheit, sich mit seltsam gestreckter Hand eine Haarsträhne aus der Stirn zu wischen. Auch er war dann immer mit etwas zu Ende gekommen, das er nicht für sich, sondern für sie oder ihren Bruder getan hatte. Und sie hatte immer das Gefühl gehabt, er ließ es sie spüren. Auch er hatte sich anderer bei der Erfüllung von Pflichten bedient, die er nicht als seine eigenen akzeptierte, weil sie ihm zu klein, zu gering erschienen waren. Ihr Nachbar, rechnet sie nach, mag gerade so alt sein wie ihr Vater es war, in dem Jahr, als er in Pension ging.

Heute steht sie länger an seinem Grab als sonst. Anfangs hatte sie seine Nähe nicht ertragen, sie hatte es eilig gehabt, von hier wegzukommen. Sie hatte ihn nicht an sich herangelassen. Später erreichte er sie sowieso nicht mehr.

Die Kanne vor ihr auf der Grabplatte ist noch halb voll. Sie war weit weg, weit zurück in ihren Gedanken. Jetzt blickt sie auf. Es zieht ihren Blick über die Gräber, immer weiter, immer tiefer hinein, bis es ihr schwindelt. Sie kann sich dagegen nicht wehren. Ein nicht enden wollendes flaches Land, in dem die Schmalseiten zahlloser Grabsteine das farblose Sonnenlicht reflektieren, es zurückschmeißen, helle Schreie, der in ihren Gräbern Geblendeten, Schreie, die sich gegen den Himmel richten. Von Hunderten Auferstandenen, die jetzt in der Sonnenglut stehen, glaubt sie sich plötzlich umringt. Sie schließt ihre Augen, verlegt dieses Bild nach innen. Jetzt fröstelt sie ein wenig in ihrem Cool Wool-Kostüm.

Auf dem Weg nach draußen fällt dann das alles wieder von ihr ab, Grab für Grab, das sie hinter sich lässt. Dass sie mit der schweren bauchigen Tasche in der einen und der grünen Plastikgießkanne in der anderen Hand in ihrem schwarzen Kostüm auf halbhohen Schuhen ein merkwürdiges Bild abgibt, amüsiert sie. Doch es ist niemand in Sicht, keiner sieht sie. Die Biebels hinter ihrer Mauer sowieso nicht. Das Leben auf der anderen Seite der Mauer geht sie nichts an. Sie beschäftigen sich nicht mir ihr, wissen nicht einmal etwas von ihrer Existenz.

Sie hat die Gießkanne neben dem Brunnen abgestellt. Sie geht die Mauer entlang. Sie sieht ihren metallicsilbernen Audi drüben auf der anderen Straßenseite in der Hitze förmlich glühen. Als sie dann im Auto sitzt, lässt sie dennoch den Motor nicht an, sie schaltet nur die Zündung ein und aktiviert die Fensterheber. Vom Universitätsgelände her setzt ein Trommeln ein, südamerikanische Rhythmen, Bongos mit Händen geschlagen, eine Melodie allerdings trägt es vom Campus nicht bis zu ihr herüber, Salsa-Musik, ausgerechnet im Justizpalast hat sie so eine Salsa-Musik gehört, zu Beweiszwecken vernommen, bei einer Zeugeneinvernahme, sie ließ eine CD abspielen, der nicht geständige Angeklagte hatte sie in der Musikabteilung eines Kaufhauses gestohlen.

Sie lässt den Motor an, klappt die Sonnenblende herunter, wirft schnell noch einen Blick auf die Straße. Ihr Fuß steht schon über dem Gaspedal.

Und noch einmal kommt ihr auf Friedhofshöhe ein Radfahrer entgegen, er fährt auf der falschen Seite. Die Sonnenblende verdeckt sein Gesicht. Der Mann trägt kein Hemd. Seine ausgeprägte Brustmuskulatur trägt er zur Schau. Im Fitnessraum ihres Osteopathen hatte sie auf so eine Brust gesehen. Der Mann trainierte an einem Gerät und sie zur gleichen Zeit an dem Fitnessgerät gegenüber, mit dem man die Oberschenkel stärkt. Zwei gepolsterte Röhren hatte sie mit ihren Knien nach außen zu drücken. Dabei spreizten sich ihre Beine und sie konnte nicht anders, als – wollte sie ihm nicht in das Gesicht blicken – auf die Brust des Mannes sehen. Auf eine gleichmäßig sich hebende, sich senkende Brust sah sie, auf die dabei sich abzeichnende Muskulatur, auf das angestrengte Atmen dieses Fremden war sie gezwungen zu hören – sie wollte ihm nur nicht in die Augen schauen. Ganze zwei Meter waren sie voneinander entfernt.

Ihre Übung hatte aus dreißig Wiederholungen bestanden. Und obwohl sie sich einbildete, dass diese Augen, in die sie nicht sehen wollte, unablässig auf ihre Schenkel gerichtet waren, auf das mechanische Spiel von Öffnen und Schließen, legte sie, als der Durchgang zu Ende war, noch eine zusätzliche Gewichtsscheibe auf. Gegen einen noch schwereren Widerstand presste sie jetzt ihre Knie nach außen, waren ihre Beine dann weit geöffnet, stieß sie ihren Atem aus.

Am Ende sah sie doch zu ihm auf. Seinen Augen sah sie an, dass er erst gar nicht den Versuch machte zu leugnen. Sein

Geständnis verriet, dass ihm klar war, sie, die Frau an dem Gerät gegenüber, hatte sein Spiel mitgespielt.

Sie hatte das unterbrochene Aktenstudium in ihrem Büro an diesem Tag nicht wieder aufgenommen. Ohne zu duschen war sie stattdessen nach Hause gefahren. Sie hatte ihr Kleid ausgezogen und sich auf die Couch gelegt. Auf dem Rücken liegend hatte sie zum Plafond hochgesehen. Nach einer Weile hatte sie ihre Beine leicht geöffnet und aufgestellt.

Der Mann auf dem Rad kommt immer näher auf sie zu. Sie hält sich hinter der Sonnenblende versteckt, um sein Gesicht nicht zu sehen. Er soll sie nicht an etwas erinnern, woran sie nicht erinnert werden will, schon gar nicht in Friedhofsnähe; mag sein, dass sie sich irgendwann, zu Hause, in einer schwachen Stunde, zu diesem Mann ein Gesicht vorstellt. Sie glaubt weder an Fügungen noch an Zufälle. Dass ein Radfahrer bei dieser Hitze sein Hemd auszieht, wenn er den »Eisbuckel« herauffährt, ist nicht außergewöhnlich.

Sie klappt im letzten Augenblick die Sonnenblende hoch. Aus einem von Falten zerfurchten Gesicht grinst sie ein älterer Mann an.

Sie fährt mit viel zu hoher Geschwindigkeit den »Eisbuckel« hinunter. Auf der Brücke hat sie das Gefühl, mit ihrem Audi zu schweben. Erst das Rot an einer Kreuzung bringt sie wieder zu sich.

In der Kerschmeierstraße zeigt eine Ampel Grün für eine junge Frau und ein Kind, beide auf einem Fahrrad; das Mädchen hat einen Fuß auf dem Pedal, den anderen am Boden, während es sich mit gestreckten Armen an dem viel zu breiten Lenker festhält. Sie, im Auto, kann nicht erkennen, worauf die beiden warten. Sie betätigt die Lichthupe, instinktiv, ein Signal, das man bei hellem Tageslicht nicht sieht. Dann hupt sie zaghaft. Als die Frau sie wahrnimmt, lässt sie das Seitenfenster herunter und deutet mit dem Zeigefinger auf die Ampel. Dabei lächelt sie nachsichtig, aber auch freundlich. Die Frau nimmt ihre Hände vom Lenker, das Rad kippt und schlägt hart auf am Asphalt. Die Frau läuft auf ihren Audi zu und brüllt auf sie ein. Die Frau ist jung, gepflegt, attraktiv. Obwohl das Fahrerfenster offen ist, kann sie nicht verstehen, was die Frau mit überschlagender Stimme schreit. Sie fährt die Scheibe hoch. Sie sollte besser Gas geben, dieser Begegnung einfach davonfahren. Die junge Frau hört nicht auf zu gestikulieren. Die Glasscheibe schützt sie vor den fremden Armen und Händen. Im Hintergrund steht das Kind jetzt aufrecht neben seinem Rad. Die Körperhaltung des Mädchens drückt Unentschiedenes aus. Ob es sich schämt, ist ihm nicht anzusehen.

Den sozialen Status von Personen einzuschätzen, gehört zu ihrem Beruf. Nein, die Frau, die da draußen hinter der Glasscheibe auf sie einschreit, gehört nicht zu ihrer Klientel.

Sie fährt langsam an. Im Rückspiegel sieht sie die Frau über die Straße zurück zu ihrem Fahrrad gehen. Sie schüttelt ungläubig den Kopf, bevor sie sich bückt und ihr Rad aufstellt. Dann stehen Mutter und Tochter mit ihren Rädern am Rand des Gehsteigs und schauen auf die Ampel hinüber, wahrscheinlich zeigt sie jetzt Rot.

Am Ende der Kerschmeierstraße führt ein ungeteerter Weg zu den Bahnanlagen hinunter. Sie ist ihn noch nie gefahren. Arbeiter stellen an Werktagen dort ihre Fahrzeuge ab, bevor sie zu den Gleisen gehen.

Sie steigt aus, sie spürt keine Kraft mehr in ihren Beinen. Sie setzt sich auf den Absperrbalken, der Unberechtigten den Zugang versperrt. Sie hört das entfernte Rauschen eines Zuges, den sie nicht sieht. Sie könnte sich ohrfeigen, als sie merkt, dass sie angefangen hat zu weinen. Doch das Weinen erleichtert sie. Was ist vorgefallen?, fragt sie sich. Hat sie am Ende Grün mit Rot verwechselt? Sieht sie das, was sie sich einbildet, und nicht das, was man wirklich sieht?

Was hat diese Frau so aufgebracht? Wie mag die Aggressivität dieser Frau auf das Kind wirken? Wie soll das Mädchen verstehen, dass seine Mutter wütend ist, weil eine fremde Frau darauf hingewiesen hat, dass die Ampel für Mutter und sie Grün zeigt? Sie wirft sich vor, das Kind in eine schwierige Lage gebracht zu haben. Dass seine Mutter immer recht hat und das Gute tut, war für das Mädchen bisher selbstverständlich; jetzt hat es seine Mutter erlebt, wie sie auf eine Frau einschreit, dabei hat sich die doch nur um sie beide gekümmert; es musste mit ansehen, dass diese Frau aus Angst vor seiner Mutter das Seitenfenster hochgelassen hat. Das Mädchen liebt seine Mutter. Aber es fühlt wahrscheinlich auch mit dieser freundlichen Frau, die der Mutter Unrecht getan hat. Wie wird das Mädchen damit fertig? Ist ein Kind, das in eine solche Situation gerät, gezwungen, sich zu entscheiden? Kann ein Kind sich gegen seine Mutter entscheiden und leidet es dann darunter?

Der Vorfall erinnert sie an ihre eigene Kindheit, an die Samstag-, Sonntagnachmittage auf der Badewiese. An ihren Vater, ihre Mutter. Es begann immer damit, dass Vater im

Wald verschwand. Bevor er hineinging, drehte er sich immer um und sah von der Anhöhe auf Mutter herab, sein Blick forderte Mutter auf, ihm zu folgen. Sie sah es Mutter an, dass sie nicht in den Wald hineinwollte. Sie, als Kind, das so alt war wie dieses Mädchen an der Ampel, hatte ihren Vater nicht verstanden. Warum zwang er Mutter, mit ihm in den Wald zu gehen? Warum nahm er keine Rücksicht auf Mutter, keine Rücksicht auf Markus und sie? Ihre Eltern hatten einen Kampf ausgetragen, was sie damals noch nicht begriffen, aber doch gespürt hatte. Sie fühlte sich mehr zu ihrer Mutter hingezogen. Ihr Vater machte ihr Angst. Dabei war das ungerecht, da Markus und sie es doch Vater verdankten, dass sie eine ganze Wiese für sich allein hatten und einen Steg, den sie mit keinen anderen Kindern teilen mussten, auf dem sie in der Sonne liegen und ins Wasser springen konnten. Wenn sie abends dann alle in dem schwarzen Auto saßen und heimfuhren, sah sie immer geradeaus, hinaus auf die Straße; sie traute sich nicht, Vater in die Augen zu schauen. Er könnte ihr ansehen, dass sie zu Mutter hielt und nicht zu ihm.

Ihr Vater hatte damals eine sogenannte Dreiecksbadehose angehabt. Er hatte auf dieser Dreiecksbadehose bestanden, obwohl ihre Mutter gesagt hatte, dass niemand mehr so eine Dreiecksbadehose trägt. Ihr Vater hatte gesagt, »das ist meine Familien-Badewiese-Badehose« und dass er als Präsident nirgendwo anders als auf seine Familien-Badewiese zum Baden geht und dass es seine Sache ist, was für eine Badehose er da trägt. Bevor ihr Vater in den Wald hineingegangen war, war die Badehose nicht hellblau und auch nicht dunkelblau gewesen. Ein stumpfes Blau, stumpfblau, wie eine Plane, die etwas vor der Sonne schützt. Ihr Vater war am ganzen langen Körper schlank gewesen, nur nicht am Bauch. Er hatte schwarze Haare gehabt. Die hat ihr Bruder von ihm. Die Haare von Markus mag sie. Auch auf der Brust hatte ihr Vater schwarze Haare gehabt, die sich kräuselten. Es waren so viele Haare gewesen, dass man die Haut nicht gesehen hatte. Die Haare waren so dicht und kringelten sich so stark, dass man sie mit einem Kamm gar nicht glatt kämmen konnte. An den Armen und an den Beinen, wo die Haare sie nicht bedeckten, war die Haut ihres Vaters dunkel gewesen. Sie mag so eine dunkle Haut nicht. Sie mag auch die helle Haut nicht, die ihre Mutter hatte. Die Dreiecksbadehose sah aus, als hätte sie ihre Mutter für ihren Vater aus einem Taschentuch gemacht. Sie bestand aus drei gleichen Schenkeln. In die Hose war etwas eingezwängt gewesen, was in dem Dreieck kaum Platz gefunden hatte. Als ihr Vater wieder aus dem Wald herausgekommen war, war es nicht mehr so lang und dick. Wo es sich in dem Stoff abgezeichnet hatte, war die Dreiecksbadehose jetzt nicht mehr stumpfblau, sondern beinahe schwarz gewesen.

Sie wollte als Kind darüber nicht nachdenken. Und sie will es auch heute nicht. Das Stoffdreieck stand seitlich etwas ab. Ein Stück schlaffer Haut hing heraus, auf der sich kleine Locken kringelten. Sie hatte gleich weggeschaut. Es hatte ihr geekelt. Ihre Mutter war auf sie zugegangen. Der ockerfarbene Badeanzug und die roten Haare verschwammen bei ihren schnellen Schritten zu einem unscharfen süßlichen Bild. Mutter hatte komisch gelächelt, als sie an ihr und Markus vorbeigegangen war. Sie hatte Markus und sie dabei nicht angeschaut. Ihr Vater hatte schon beim Wagen gestanden und sich das glatte Haar aus der Stirn gestrichen. Dann war wieder dieser weiße Hund erschienen. Immer wenn sie hier draußen waren, war er aufgetaucht und über ihre Wiese gelaufen. Oft hatte sie ihn schon von Weitem gesehen. Er hatte sich langsam genähert, gestreunt, immer wieder hatte ihn etwas abgelenkt. Auf ihrer Wiese aber hatte er plötzlich zu laufen angefangen. Vor ihr hatte er sich doch nicht fürchten müssen. Ihr Vater hatte nicht gemocht, dass er über die Familien-Badewiese lief. Er hatte einen Stein nach ihm geworfen.

Als sie wieder ihre Wohnung betritt, sieht sie schon von der Diele aus, dass die Taste des Anrufbeantworters blinkt. Dieses Blinken versetzt sie an Sonntagen, an denen sie keine dienstlichen Anrufe erwartet, in freudige Erwartung. Sie hört den Anruf nicht immer gleich ab, sondern hält die Spannung ein paar Minuten lang aufrecht. Sie geht mit sich eine Wette ein. Wenn es ausnahmsweise nicht Markus, ihr Bruder, ist, hat sie gewonnen.

Sie verliert. Es ist ihr Bruder Markus. Sie freut sich darüber. Sie ruft nicht sofort zurück. Der sonntägliche Dialog ist immer derselbe. Er nennt sie »Schwesterherz« oder »Frau Rat«; »Frau Rat«, weil sie ihm erzählt hat, dass ältere Wachtmeister Richter noch immer mit »Herr Rat« ansprechen. Ihr Bruder hört ihr gern zu, wenn sie von Richtern, Staatsanwälten, Wachtmeistern, von Verbrechern erzählt. Von ihren »Fällen«, die sie von der Höhe der Richterbank aus miterlebt hat. Als Jugendlicher war er selbst ein paar Mal ein Fall gewesen. Mit Ladendiebstahl und mit einem Mädchen hatten seine Fälle zu tun. Ihr Vater, von Beruf Richter, achtete darauf, dass sie, die sieben Jahre jünger ist als ihr Bruder, nicht allzu viel von diesen Fällen erfuhr. Zum Leidwesen des Herrn Landgerichtspräsidenten ging damals im Haus der Familie S. eine Dame der Jugendgerichtshilfe ein und aus. Auch später, als sie selbst in den Gesetzbüchern zu Hause war, hat sie sich für eine rechtliche Einordnung der brüderlichen Straftaten nicht interessiert. Seinen Wochenendarrest hatte er schon lange abgesessen.

Ihr großer Bruder war ein Beau geworden. Jetzt verführte er Frauen nach allen Regeln der Kunst und ganz legal. Er sah gut aus, war schwarzhaarig, groß. Ein »Schönling der Gesellschaft« war er aber nicht. Dazu war sein Verhältnis zur Gesellschaft zu zwiespältig. Er bewegte sich zwar gern in ihr, doch je älter er wurde, desto öfter brach er auch aus ihr aus.

Seit zehn Jahren ist er von seiner Frau geschieden. Sie hat nicht ihn, ihren Bruder, verlassen, sondern einen sozialen Status. So hat sie es bisher gesehen und so sieht es Markus noch heute. »Der hat zwar das Geld, um mit ihr die ganze Welt zu bereisen, das imponiert ihr. Heute New York, morgen Paris«, womit Markus ihren ehemaligen Chef, einen Hals-Nasen-Ohren-Arzt, meint, »von l'Amour versteht der trotzdem nichts, l'Amour beherrsche ich.«

Ob Markus noch oft an seine geschiedene Frau denkt, ob er unter der Trennung leidet? Vielleicht ging es dieser Frau aber auch gar nicht darum, einen Arzt zu heiraten. Vielleicht haben die vielen Seitensprünge von Markus, denen er selbst keine Bedeutung beimaß, seine Ehe zerstört. Sie, die Schwester, hat darüber nie nachgedacht. Will sie am Ende ihren Bruder mit keiner anderen Frau teilen?

Seine Leidenschaft, das Tennisspielen, machte er zu seinem Beruf. Er wurde Tennislehrer. Noch bis vor drei Jahren schob er den Wagen, randvoll mit Bällen, selbst auf den Platz. Die Schüler, die ihm folgten, waren meist junge Frauen.

Die drei aus der Ehe hervorgegangenen Söhne studieren in verschiedenen, über die Bundesrepublik verteilten Städten, kommen sie nach A., wohnen sie beim Vater. Sie weiß wenig über seine Söhne. Sie denkt oft über ihren Bruder nach, selten über seine Kinder. Woran liegt es, dass sie keine Beziehung zu ihnen unterhält? Manchmal macht sie sich deshalb Vorwürfe. Öfter sieht sie es so: Markus' Söhne halten sie für eine Frau, die sich gegen eigene Kinder entschieden hat, sie sehen in ihr eine unverheiratete, kinderlose Tante, die nicht nur von Berufs wegen über andere Menschen richtet. Sie hat keine Vorstellung von sich als Tante und keine von Markus als Vater. Dabei hat sie ihren Bruder als Vater erlebt, vor zwei Jahren, damals betrieb er noch keine Tennisschule, sondern stand Tag für Tag selbst auf dem Platz.

Eine für den Nachmittag angesetzte Verhandlung war ausgefallen. Sie hatte plötzlich die Idee, ihn bei seiner Arbeit aufzusuchen.

Der Frau, der er gerade die Bälle zuspielte, war die Ehefrau des Präsidenten des Tennisklubs. Er unterrichtete sie, was die Ausnahme war, auf dem Center-Court. Sie beobachtete die beiden, ohne von ihnen gesehen zu werden. Sie stand hinter einer Plane, die für die Bank Reklame machte, deren Direktor der Mann der Tennisschülerin ist. Noch ein paar Ballwechsel wollte sie abwarten, dann würde sie aus ihrem Versteck hervortreten und ihren Bruder überraschen. Etwas musste ihn abgelenkt haben. Er ließ seinen Tennisschläger fallen. Auf die

Frau des Präsidenten verschwendete er keinen Blick. Er verließ den Platz, eilte auf einen jungen Mann zu, den sie erst jetzt wahrnahm. Wahrscheinlich hatte er schon eine Weile in dem Stück Wiese gestanden, das den Center-Court von den benachbarten Plätzen trennt. Es war Patrick, sein Sohn. Sie sah ihn zum ersten Mal auf der Tennisanlage. Er suchte die Hilfe seines Vaters, das war ihm anzusehen. Markus, der größer ist als sein Sohn, legte seinen Arm um Patricks Schultern. In dieser gebückten Haltung ging er mit ihm über die Wiese. Erst als sie das Klublokal erreichten, nahm er seinen Arm von Patrick. Sie setzten sich an einen Tisch im Freien. Sie konnte nicht hören, worüber sie sprachen. Markus sprach lange auf ihn ein, gestikulierte, und Patrick sah zu seinem Vater auf, lächelte, nickte ihm zu.

Er hatte diese Präsidentenfrau einfach sich selbst überlassen. Sie wirkte ratlos, hielt Ausschau nach ihrem Tennislehrer. Der Kopf ihres Tennisschlägers zeigte nach unten, auf die Asche. Auf der anderen Seite des Netzes stand ihr jetzt nur noch der Wagen mit dem Tennisballkorb gegenüber. Markus war nicht mehr auf den Center-Court zurückgekommen. Er hatte sich umgezogen und war mit Patrick weggefahren.

Sie verabredeten sich öfters auf einen Kaffee. Sie kam immer schon vor der vereinbarten Zeit auf die Anlage, um ihm bei seiner Arbeit zuzuschauen. Sie bewunderte den großen Bruder, die beiläufige Eleganz seiner Bewegungen. Wie genau er seine Kraft dosierte, wie elegant sein Arm ausholte zum Schwung, wie exakt er die Flugbahn des Tennisballs berechnete, der niemals außerhalb des Feldes aufsprang.

Dass ihr Bruder es nur bis zum Tennislehrer gebracht hatte, störte sie nicht. Sie sah ihn mit den Augen seiner jungen Schülerinnen. Seine Erscheinung auf der roten Asche strahlte Selbstsicherheit, ja Erotik aus.

Dann hatte er an Gewicht zugenommen. Die Art, sich auf dem Platz zu bewegen, war zwar noch immer dieselbe. Der Mann, der den jungen Frauen auf der anderen Seite des Netzes die Bälle zuspielte, hätte jetzt aber ihr Vater sein können. Für andere Gedanken blieb kein Raum. Mag sein, er hatte das selbst so empfunden. Es dauerte nicht lang. Dann hatte sie wieder Grund, auf ihn stolz zu sein: Aus dem Tennislehrer Markus S. war von heute auf morgen der Betreiber der »Tennisschule Markus S.« geworden. »Ich bin keine Ballmaschine«, sagte er damals zu ihr.

Seine Tennisschule floriert. In seinem Unternehmen beschäftigt er Sportstudenten. In der Ferienzeit führen sie Kinder in Gruppen an Tennis heran. Er weist sie an, die Kinder zunächst mal eine Stunde lang nur über den Platz zu jagen. Erst in der zweiten Stunde dürfen sie an die Tennisschläger. Das rechnet sich. Die Unterrichtung außergewöhnlicher Talente behält sich ihr Bruder vor. Außergewöhnliche Talente sehen außergewöhnlich gut aus und sind immer weiblich.

Sie drückt auf die Taste des Anrufbeantworters: »Mein Schwesterherz, mich dürstet nach dir!« Seinen Sonntagsnachmittags-Einladungen kommt sie oft nach. Sie trinken nicht mehr auf der Anlage miteinander Kaffee; er möchte, dass sie ihn zu Hause besucht. Sein Zuhause ist das Souterrain eines Einfamilienhauses, am Stadtrand gelegen. In seine dunkle, geräumige Wohnung führt eine Treppe hinab.

Doch das Wohnzimmer, von dem aus man auf die Terrasse tritt, bekommt genügend Tageslicht. Das Ehepaar, das über ihrem Bruder wohnt, hat sie noch nie gesehen. Die Terrasse fällt an ihrem Ende, dort, wo sie parallel zum Haus verläuft, steil ab. Eine Buchenhecke versperrt die Sicht auf die Autobahnbrücke, aber leider nicht ganz. Wenn sie sich nach dem Kaffeetrinken ein wenig die Füße vertritt, kann sie über die Hecke auf die Autobahn sehen. Winzige Fahrzeuge, die über die Brücke schießen, ein gleichmäßiger, metallischer Teppich aus Lärm, über dem sich in kurzen Abständen ein Röhren erhebt, das sich nähert, anschwillt, sodass ihr die Ohren dröhnen.

Die Holzplanken geben an manchen Stellen unter ihren Füßen nach, sie hat das Gefühl zu schwanken; der Lärm reißt nicht ab, wühlt sie auf. Sie redet sich ein, dass es am Kaffee liegt. Auf der Heimfahrt wird sie selbst die Autobahnbrücke überqueren. Markus wird es sich im Liegestuhl »bequem gemacht« haben, wie er abends, wenn sie nochmals miteinander telefonieren, behauptet. »Ich höre nur die Vögel zwitschern. Man muss sich nur darauf konzentrieren. Ich kann sie an ihrem Gesang unterscheiden.« Ob er sie anlügt? In solchen Augenblicken fällt ihr ein: Früher, es ist sehr lange her, hat er Gedichte geschrieben. Kann man in ein und demselben Leben ein anderer werden?, fragt sie sich.

Jetzt nimmt sie den Hörer ab, als würde sie telefonieren. Sie spricht, ohne Markus Nummer gewählt zu haben.

»Bruderherz, das Herz ist mir schwer. Ich komme heute besser nicht«, sagt sie.

»Dann erzähle mir, was die Woche über auf deinem Speiseplan stand«, könnte er antworten.

Mit Speiseplan meint er immer den Aushang vor ihrem Sitzungssaal.

»Räuberischer Angriff auf einen Kraftfahrer, erpresserischer Menschenraub.«

»Danach dürstet mich nicht.«

»Bruderherz, die Speisen werden mir zugewiesen. Ich suche sie mir nicht aus.«

»Tatsächlich, Frau Rat? Wurde keine einzige Frau diese Woche gegen ihren Willen missbraucht?«

Sie spürt Wärme in ihren Wangen aufsteigen. Manchmal kommt es vor, dass sie rot wird, wenn sie sich vorstellt, dass er sie anschaut, wenn sie mit ihm spricht.

Dann legt sie auf. Um dann gleich darauf wieder abzunehmen. Dieses Mal wählt sie seine Nummer. Es ist nicht er, sondern der Anrufbeantworter. Er hat ihn selber besprochen. In seiner Stimme ist jene Geschmeidigkeit, die er, damals war er noch jung und ledig, einstudiert hat. Mit dieser Stimme machte er auf offener Straße Frauen an.

Sie spricht auf den Anrufbeantworter, dass sie nicht kommen könne. Sie nimmt den Schwesterherz-Bruderherz-Tonfall dabei nicht auf, es klingt nach sachlicher Auskunft. Ist sie insgeheim gekränkt? Dürstet ihm nicht mehr nach der Schwester, weil auf der »Anlage« jemand erschienen ist, der ihr Kommen nicht nur entbehrlich, sondern zum Störfall macht? Bei nicht angemeldeten Besuchen trifft sie ihn manchmal mit einem »außergewöhnlichen Talent« auf der Terrasse an.

Sie hat sich Akten übers Wochenende mit nach Hause genommen. Ihr viel zu großer Garten ist zu »versorgen«, ein Wort, mit dem sie die unterschiedlichen Gartenarbeiten,

Gartenpflichten zusammenfasst, Pflichten, von denen sie wenig versteht. Sie spielt mit dem Gedanken, sich einen automatischen Rasenmäher anzuschaffen. Doch sie verwirft ihn, sobald sie an Robo denkt. Sie ist wie gelähmt. Wenn sie ein paar Schritte macht, weiß sie nicht, wohin sie sich eigentlich bewegen will. Sie ist stecken geblieben, noch gefangen, in den Geschehnissen der letzten Stunden. Sie darf mit nichts Neuem beginnen, damit sich das Geschehene zu Ende erzählt.

Dann fällt sie plötzlich zurück. Als würde sie mit einem Lift abwärtsfahren. Der Lift saust an den Haltestationen vorbei, auf denen sich ihr Leben abspielte, als sie vierzig, dreißig, zwanzig Jahre alt war. In der elterlichen Wohnung steigt sie aus. Sie erheben sich gerade vom Mittagstisch. Ihre Mutter Ingrid, ihr Vater, den sie sich auch heute noch nicht mit Vornamen denkt, ihr Bruder Markus. Ihre Mutter räumt den Tisch ab, kommt nicht mehr zurück, sie hören, wie sie im Schlafzimmer die Tür von innen schließt.

Sie »muss« sich ins Bett legen, wie sie alle wissen. »Das Herz eurer Mutter spielt mal wieder verrückt.« Mit dem »anstrengenden Essen« hat es zu tun. Sonntags strengt Mutter das Essen immer an. Nur sonntags, wenn der Vater nicht mehr in den Justizpalast geht, legt Mutter sich gleich nach dem Essen ins Bett. Lange Zeit hat sie das nicht begriffen; die Andeutungen des älteren Bruders nicht verstanden.

Wenn sie sich an die Möbel in dieser Wohnung erinnert, erinnert sie sich nicht in erster Linie an eine Kommode, an einen Schrank, sondern an eine Kommode, an einen Schrank in einem bestimmten Licht. Wenn sie ein Detail des Elternschlafzimmers, durch das sie als Kind gehen musste, um ins

»Mädchenzimmer« zu kommen, als ausschnitthafte Vergrößerung klar vor Augen hat, das Tageslicht, wie es auf dem polierten Kirschholz tanzt, der plötzliche Wechsel von Hell und Dunkel, bildet sie sich ein, dass es so ein Licht heute gar nicht mehr gibt. Als hätte jedes Jahrzehnt sein spezifisches Licht. Das Licht der Siebzigerjahre, in dem sie sich, mit einem Schulranzen auf dem Rücken, am Bett der Eltern vorbeischleicht. Ihre Hand hält schon die Türklinke des Mädchenzimmers, da wirft sie schnell noch einen Blick zurück: Das in Leder gefasste Hochzeitsfoto auf dem Nachtkästchen leuchtet im Halbdunkel in einem hellen, schmal gebündelten Licht.

»Er bekommt jetzt noch seine Nachspeise.« Ihr Bruder Markus gönnte seinem Vater die Nachspeise; dabei hatte Mutter nicht nur ihnen, sondern auch dem Vater, wie immer sonntags, doch bereits Süßes serviert. Dem Vater gönnte er seine zusätzliche Nachspeise, sich selbst gönnte der dreizehnjährige Bruder eine Zigarette. Er rauchte sie am Balkon, den Rücken gegen das Geländer gelehnt, über der Kanaumerstraße. Er zog an dem Filter, machte sich klein, um ihr, der siebenjährigen Schwester, von unten nach oben den Rauch ins Gesicht zu blasen. Wäre es nach ihm gegangen, hätte sie mitgeraucht. Gelegentlich ließ er die Hand, mit der er die Zigarette hielt, nach unten fallen. Er schüttelte sich dann kurz in einem ungläubigen Lachen, von dem sie geglaubt hatte, es würde ihr gelten.

Eigentlich waren sie zu dritt auf dem Balkon. Der Oberkörper einer einarmigen Dame leistete ihnen Gesellschaft. Sie war aus Stein. Trat man auf den Balkon hinaus, stand sie auf der rechten Seite auf einem Sockel an der Hauswand. Sie war kriegsversehrt. Aber sie hatte einen wohlgeformten, steinglatten Busen. Den steinernen Augen sah sie nicht an, ob die Dame unter ihrer Einarmigkeit litt. Auch Markus litt nicht darunter. Er machte sich sogar über sie lustig, indem er sie auf eine Stufe mit einem Glücksspielautomaten stellte, dem einarmigen Banditen. Nur sie litt darunter, ließ es sich aber nicht anmerken.

Sie steht jetzt mit dem Gesicht zur Jalousie. Die Aluminium-Lamellen sind gekippt und reflektieren das frühe Nachmittagslicht ins Innere ihres Arbeitszimmers. Eine silberne Blendung, vor der sie die Augen schließt. Sie hört das ungläubige Lachen ihres Bruders. Er macht sich klein auf dem Balkon. Es ist 1971. An einem Junisonntag 2010 denkt sie über sein Lachen nach.

Sie rechnet zurück. Ihr Vater war damals schon 61, ihre Mutter Ingrid erst 40 Jahre. Als ließen sich aus dem Zahlenwerk, das sich ergibt, andere Schlüsse ziehen.

Seltsam, über ihren Vater hatte sie mit Anja und Susanne nie gesprochen. Sie hatten überhaupt nie über ihre Väter gesprochen. Dass ihr Vater ein Landgerichtspräsident gewesen war, war stadtbekannt, es kehrte gelegentlich in den Gesprächen, die sie im Beisein ihrer beiden Freundinnen mit Dritten führte, wieder, zum Beispiel, wenn sie sich vor Antritt ihrer Griechenlandreisen mit Diafilmen eindeckten, im Fotohaus A., wo der zwischenzeitlich verstorbene Inhaber, der üblicherweise den Gang seiner Geschäfte aus dem Hintergrund seines Büros verfolgte, sich unter sein Verkaufspersonal mischte, um sie, die Tochter eines ehemaligen Landgerichtspräsidenten, zu bedienen. »Wissen Sie, Ihr Herr

Vater …«, recht viel weiter kam er nicht, ließ sie ihn nicht kommen, es fehlte nur noch, dass er anfing, eine nie da gewesene Begeisterung des Herrn Landgerichtspräsidenten für die Fotografie zu preisen. Sie ist, so weit sie zurückdenkt, immer die Tochter eines Landgerichtspräsidenten gewesen. Und Anja und Susanne? Sie muss sich konzentrieren, damit es ihr wieder einfällt: Anja ist die Tochter eines Beamten und Susanne die eines Handwerksmeisters.

Töchter fühlen sich von Männern angezogen, die mit ihnen so umgehen, wie die Väter mit ihnen umgegangen sind, Vertrautes wird wiederholt, weil es bekannt ist, erinnert sie sich an ein Gutachten des Landgerichtsarztes. Wenn das stimmt, stimmt es natürlich auch im Umkehrschluss. Andererseits lässt sie Gutachten nur in Sitzungssälen gelten.

Damals, nach dem Zerfall ihres Dreierbündnisses, war nichts mehr wie vorher. Aus der Mitte ihres Lebens war ein Stück herausgebrochen. Erst nach diesem Verlust spürte sie, wie wichtig ihr das, was nun fehlte, gewesen war. Sie musste es ersetzen. Im privaten Bereich musste der Zugewinn liegen.

Sie ist jetzt eine junge Staatsanwältin, die forscht und ermittelt, die aus fremden Biografien Erkenntnisse zieht. In einem Verfahren um Schutzgelderpressung trinkt sie in Sitzungspausen mit dem Italienisch-Dolmetscher Kaffee. Nichts an ihm verrät den Sohn italienischer Gastarbeiter, wenn er, ohne falsche Nähe zu Anklage, Verteidigung, Gericht, elegant und distanziert vermittelt. Manchmal wiederholt er, bevor er ins Deutsche überträgt, in italienisch den letzten Satz des Angeklagten, der aus Kalabrien stammt. Die Musikalität, mit der er spricht, entführt sie für

Augenblicke, sie hat sich zu konzentrieren, läuft dem Text hinterher.

Nach der ersten Verhandlungswoche, in welcher der Übersetzer ihr täglicher Begleiter in die Behördenkantine ist, entschließt sie sich, ihn nicht zurückzuweisen. Noch sehen sie sich nur im Sitzungssaal und in der Kantine. Nach dem Zubettgehen versucht sie, nicht gleich einzuschlafen. Sie liegt mit offenen Augen im Dunkeln und sieht Judith S. und Lorenzo Ferro als Paar.

Judith S. zeigt sich mit Lorenzo Ferro nicht nur in der Behörde, sondern in einem Straßencafé der Stadt. Das rote Haar, der helle Teint, der dunkelhaarige Italiener – ein Kontrast, der auffällt, sie genießt es. Ein paar Sommernachmittage lang fühlt sie sich aus der Öffentlichkeit ihrer Verhandlungen, die oft in düsteren Sitzungssälen stattfinden, in das Tageslicht der Öffentlichkeit gerückt. Im Freien erscheint er ihr lockerer als im Justizpalast.

An einem Samstagnachmittag sitzt sie mit ihm wieder in diesem Straßencafé. Für den Abend hat sie seine Einladung angenommen; er will bei sich zu Hause für sie »original italienisch« kochen. Es ist ein sonniger Sommernachmittag, er zieht sein Sakko aus und hängt es über die Stuhllehne. Er knöpft sein weißes Hemd weiter auf. Es ist warm, aber nicht so warm, dass man sich auf diese Weise Abkühlung verschaffen müsste. Er beugt sich in ihre Richtung, weit nach vorne, um die Eis- und Getränkekarte zu sich heranzuziehen. Das weit geöffnete schneeweiße Hemd rahmt seine schwarz behaarte Brust ein, bis zu seinem Nabel kann sie hinuntersehen. Zwei Gäste haben ihre Hunde dabei, sie laufen zwischen den Tischen und Stühlen herum, bleiben zwischendurch stehen und schnüffeln. Lorenzo Ferro nennt sie »Köder«. Dass Südländer nicht immer sanft mit Tieren umgehen, ist ihr bekannt.

Sie hatte mit ihm nicht italienisch gegessen. Etwas hatte sie davon abgehalten. Heute weiß sie, es hatte mit ihrem Vater zu tun.

Schon einen Monat später plädiert sie, jetzt als Erste Staatsanwältin, in einer anderen Stadt. Alle zwei Wochen kommt sie in ihr Haus in der Weinstraße zurück.

Auf dem Beistelltisch, zwischen Couch und den zwei Sesseln, hat sie am Freitag eine Akte deponiert. Sie ist dick und durch eine graue Leinenschnürung zusammengehalten. Sie mag dicke Akten, weil sie viel fremdes Leben enthalten. Liest sie in ihnen, vergisst sie manchmal, dass sie eine Juristin ist. Die Polizeiberichte, Vernehmungsprotokolle schildern dann keine Straftatbestände, sondern erzählen Geschichten. Manchmal hält sie mitten in der Lektüre inne und denkt sich selber einen Schluss aus. Hat sie richtig gefolgert, kann sie sich darüber freuen wie ein kleines Kind. Meistens erfindet sie einen zutreffenden Schluss. Dass ihre Urteile von der obergerichtlichen Rechtsprechung bestätigt werden, ist sie gewohnt. Eine besondere Freude empfindet sie darüber nicht. Sie ist eine hervorragende Juristin, was sie im dienstlichen Umgang den Kollegen und Rechtsanwälten nicht unbedingt immer näher bringt. Sie ist als Richterin sehr selbstbewusst. Sie sagt sich: Es ist so, wie es ist.

Als sie mit dem Jurastudium begonnen hat, war ihr Vater schon lange in Ruhestand gegangen, als Präsident eines Landgerichts. Sie hat nicht Jura studiert, um einmal in seine Fußstapfen zu treten. Sie will keine Familiengeschichte schreiben. Doch sie wollte immer schon Staatsanwältin, noch lieber Richterin werden. Der Gedanke, ihr erworbenes Wissen einer Anwaltskanzlei, einem Unternehmen zur Verfügung zu stellen, damit es dort zu Geld verwandelt wird, war und ist ihr unerträglich. Sie hätte sich auch klein machen müssen dabei, wäre unter Kontrolle gestanden, statt selbst zu kontrollieren.

Was hat sie damals eigentlich empfunden beim Eintritt in den Justizapparat? Dass er nur der Rechtsgemeinschaft dient? Daran hat sie jahrelang geglaubt. Heute glaubt sie, dass unter diesem Vorwand viele ihrer Kollegen vor allem sich selbst dienen, indem sie liefern, was von ihnen verlangt wird: Durchschnittlichkeit und die Bereitschaft, sich anzupassen. Durchschnittlichkeit und Anpassungsbereitschaft als subjektive Zulassungsvoraussetzung für »höhere Ämter«? Nur nicht auffallen, um keinen Preis, genauer: um den der Beförderung? Sicher, sie alle schauen in ihr Gesetzbuch, aber auch hoch zu einem Erwartungshorizont, von dem sie ablesen, was höheren Orts, in den Ministerien, wünschenswert ist.

Vielleicht ist es selbstgerecht, wenn ausgerechnet sie, die als Präsidentin gehandelt wird, so denkt, sagt sie sich. Wird sie am Ende von denen, die sie befördern, verkannt? Kommt sie ihnen, mit dem, was sie tut beziehungsweise unterlässt, entgegen, ohne dass sie das will? War es richtig, sich versetzen zu lassen, überall hin, wo sie als Spitzenjuristin gebraucht wurde? Hat sie geholfen, Schaden von der Justiz abzuwenden, wo der Justiz Schaden nicht geschadet hätte? Heute hat sie ein persönliches Verhältnis zur Justiz. Sie hat es nicht immer, nur wenn sie sich stark fühlt: Die Justiz, das ist nicht die Justiz der anderen, die sich als die Justiz fühlen, nur weil sie in dieser Justiz vorwärtsgekommen sind und diese Justiz nach außen vertreten. Die Justiz, das ist sie. Sie gegen die anderen. Ob sie es noch so empfindet, wenn sie selbst in dieser Justiz aufgestiegen ist, wird sich zeigen. Sie traut es sich zu.

Ein wenig irritieren sie diese Gedanken, bringen sie durcheinander. Nein, auf die Justiz zugegangen ist sie niemals. Und sie hat es nicht vor.

Sie nimmt auf der Couch Platz. Seitlich zu dem vom Boden bis zur Decke reichenden Fenster, von dem aus sie sonntags immer auf Robo sieht. Sie könnte durch ein Verstellen der Lamellen das zu helle Licht aussperren. Ein Handgriff würde genügen. Sie greift nach der Akte und legt sie neben sich auf die Couch. Über eine Zeugenvernehmung, bei der sie am Freitag mit dem Lesen aufgehört hat, steigt sie wieder in die Geschichte ein. Die Geschichte handelt von einer Frau und zwei Männern; aus ihrer richterlichen Erfahrung ahnt sie, wohin sich die Geschichte entwickeln wird: Es wird eine Geschichte von einer Frau zwischen zwei Männern werden.

Bevor sie beginnt, sich einzulesen, eilt sie schnell noch einmal in die Küche hinunter. Sie belegt sich zwei Brote; eines mit Wurst, das andere mit Käse. Den Teller mit den Broten balanciert sie auf ausgebreiteter Hand die Treppe hinauf. Sie ist erwartungsfroh. Den Teller stellt sie neben der Akte ab, die aufgeschlagen auf der Couch liegt. Ihr Kostümrock beengt sie, als sie sich setzen will. Sie schält sich aus ihm und schießt ihn mit dem Fuß von sich weg. Sie setzt sich schräg auf die Couch, das rechte Bein hat sie hochgezogen, das Knie am Sitzpolster abgestützt. Zwischen dem Teller und ihr liegt die Strafakte ausgebreitet. Sie vertieft sich in das Protokoll, erfährt, was das Opfer erlitten hat. Ohne aufzusehen, streckt sie ihren Arm nach dem Teller, ihre Finger tasten nach einem Brot.

Sie hat es sich bequem gemacht, auf ihre Art. Ihr Bruder macht es sich auf seine. Sie liest an Sonntagen in Strafakten wie in Liebesromanen und isst dazu genüsslich ein Wurst- und ein Käsebrot; ihr Bruder döst in einem Liegestuhl nahe der Autobahn und lauscht dem Vogelgezwitscher. Was sind wir für Geschwister?, denkt sie sich. Eine Salamischeibe rutscht vom Brot. Sie fängt sie auf, indem sie schnell ihre Schenkel schließt. Auf ihrem weißen Schlüpfer kommt sie zum Liegen. Sie nimmt sie auf und steckt sie sich in den Mund. Sie ist sich in diesem Augenblick ganz nahe und zugleich unwirklich fern. Vielleicht hat das mit dem Alleinsein zu tun, fragt sie sich. Dass sie plötzlich aus sich heraustritt und auf das Ich blickt, das neben ihr steht.

Den Sonntagnachmittag empfindet sie, allein, als eine weite Strecke, die vor ihr liegt. Sie muss sie durchschreiten. Auf dem ersten Teilabschnitt genügt sie sich selbst, ist gut gelaunt; Pflichten, Verrichtungen, für die sie wochentags keine Zeit hat, beschäftigen sie, zum Beispiel der Gang auf den Friedhof. Doch irgendwann, es ist nicht mehr Nachmittag, es ist noch nicht Abend, kommt das Denken, das Beschäftigtsein mit sich, in ihr zum Ruhen, geht ihr nichts mehr von der Hand; alles, was sie dann anfangen könnte, wäre es nicht wert, dass sie es zu Ende bringt. Ein, zwei Stunden, nicht mehr, ist dieser Zeitabschnitt lang. Sie könnte sich hinlegen und schlafen. Dem Schlaf ausliefern will sie sich aber nicht.

In diesen ein, zwei Sonntagsstunden vor dem Abendessen saß ihr Vater meistens noch über einer Akte, die er sich über das Wochenende mit nach Hause genommen hatte. Ihre Mutter hatte ihm den Kaffee in sein Arbeitszimmer gebracht und die Tür absichtlich offen stehen lassen. Es dauerte eine Weile, dann hörten Mutter, Markus und sie, dass Vater die Tür seines Zimmers wieder zumachte. Mutter sah dann von der Illustrierten auf, in der sie gerade las. Sie blickte eine Weile vor sich hin und schien über etwas nachzudenken, dann schaute sie wieder in die Illustrierte und tat so, als würde sie weiterlesen. Sie sah es ihrer Mutter aber an, dass sie in Gedanken woanders war. Nach ein paar Minuten, als Mutter annehmen durfte, dass Vater seinen Kaffee getrunken hatte, ging sie wieder in sein Zimmer, um das Kaffeegeschirr abzuräumen. Beim Verlassen von Vaters Arbeitszimmer ließ sie wieder die Tür offen stehen. Dieses Mal dauerte es keine Minute. Sie, im Wohnzimmer, hörten, wie ein Stuhl gerückt wurde, dann hörten sie Vaters Schritte und die Tür des Arbeitszimmers laut ins Schloss fallen.

Vielleicht sucht diese Stimmung von damals sie noch heute gelegentlich an Sonntagen heim.

Sie hat sich in die Geschichte mit der Frau und den zwei Männern vertieft. Ihre Fantasie hat sich über den Text, über die Akte erhoben, sodass sie aufgehört hat, in ihr zu lesen. Die Akte ist umfangreich und an einem einzigen Sonntagnachmittag nicht zu schaffen. Der Verzehr der zwei Brote hat sie ermüdet.

Sie ist aufgewacht. Den Kopf auf die Strafakte gebettet, blickt sie an sich hinunter: der weiße Schlüpfer, die langen Beine, die sie jetzt leicht bewegt, wie um sich zu vergewissern, dass es ihre Beine sind.

Dass die Geschichte von der Frau zwischen den zwei Männern nicht gut ausgeht, versteht sich; nicht nur, weil »versuchter Totschlag« auf dem Aktendeckel geschrieben steht. Während sie schlief, hat ihre Wange, ohne dass sie dies wollte, den wegen versuchten Totschlags angeklagten Gewalttäter liebkost; eine Vorstellung, bei der ihr nicht schaudert; sie ist über zwei, drei Zeugenvernehmungen nicht hinausgekommen, noch weiß sie nicht genug über die Tatmotive.

Kaum hat sie sich aufgesetzt, fällt ihr ein, dass sie von ihrem Vater geträumt hat. Taucht ihr Vater in ihren Träumen auf, findet das Geschehen immer in der Kanaumerstraße statt. Sie wird den jungen Landgerichtsarzt, der in ihren Verhandlungen immer die Gutachten erstellt, fragen, warum das so ist. Im Traum stand sie gerade am Balkon in der Kanaumerstraße. Zuerst war es wie immer. Das Herz ihrer Mutter hatte wieder einmal verrückt gespielt, und Mutter hatte gleich nach dem Essen das Schlafzimmer aufgesucht, um sich ins Bett zu legen. Sie, auf dem Balkon, sah ihrem Bruder Markus zu, wie er an seiner Zigarette zog. Plötzlich vernahm sie jenes gleichmäßige Schnurren, das sie bei geöffnetem Fenster sonntags hört: Robo, der seine Arbeit verrichtet.

Sie beugt sich übers Geländer und sieht auf die Kanaumerstraße hinunter, auf Robo, spielzeugklein, tief unten in der Häuserschlucht, in die fahl und farblos Licht einfällt, das grau ist wie die Häuser, in denen die Menschen zur Miete wohnen. Vereinzelt und weit auseinandergelegen, die farbigen Tupfer der am Straßenrand geparkten Autos. Robo, wie er arbeitet, schuftet, über die gepflasterte Straße fährt. Sie will ihm etwas zurufen, ihn erlösen von dieser sinnlosen Qual; aber, so sehr sie sich auch bemüht, aus ihrem Mund dringt kein Laut. Und dann wächst plötzlich ein Mann aus dem Pflaster. Sie blickt auf seine glatte Frisur; nein, ihr Vater kann es nicht sein, da der sich doch im Schlafzimmer um Mutter kümmert. Der Mann sieht nicht hoch zu ihr, sondern auf Robo, der gerade die Füße des Mannes umkreist. Bis der Mann nach ihm greift, ihn vom Pflaster hebt, das Geräusch, das Robo jetzt fabriziert, wird heller, gleicht einem menschlichen Winseln; der Mann hält Robo so, dass seine Rädchen nach oben weisen, sie drehen sich weiter, ins Leere, an das hilflose Strampeln eines Babys erinnert sie das. Gleich wird der Mann mit der glatten Frisur, der nicht ihr Vater sein kann, Robo aufs Pflaster werfen. Die eine Hand hält Robo, mit der anderen streicht sich der Mann eine Haarsträhne aus dem Gesicht.

Sie geht ins Bad, lässt Wasser ins Waschbecken laufen, schaufelt sich mit beiden Händen das kalte Wasser ins Gesicht. Sie ist jetzt »ganz konkret«, wie sie diesen Zustand beschreibt. Heute wird sie das »Braunbuch« aufschlagen. Sie hatte es sich viele Male vorgenommen, vor sich hergeschoben. Heute. Endlich. Jetzt gleich.

In ihren Träumen geht immer wieder Gewalt von ihrem Vater aus. Jetzt fängt sie auch noch an, ihren Nachbarn und Robo mit ihrem Vater in Verbindung zu bringen. Erinnerungsbilder steigen in ihr auf, die Geschichten nur an-, aber niemals zu Ende erzählen: Standfotos, wie sie in den Kino-

Foyers ausgestellt sind; Standfotos, die nicht immer den wirklichen Film wiedergeben, die oft täuschen und lügen. Sie hat sich jahrelang mit diesen Filmausschnitten zufriedengegeben und unter dem, was sie nur andeuten, gelitten. Vielleicht ergänzt das »Braunbuch« diese unfertigen Geschichten, erzählt ihren Schluss. Vielleicht wird sie dann diese bedrückenden Bilder los.

Einige Wochen nach der Beerdigung ihres Vaters hatte sie das Gerücht zum ersten Mal erreicht. Mehr als zwanzig Jahre nach seiner Pensionierung war sie, die junge Staatsanwältin, mit einigen seiner Kollegen, die 1998 jünger gewesen sein mussten, als sie es heute ist, am Grab des Landgerichtspräsidenten Hermann S. gestanden. Später, immer dann, wenn das Gerücht sie wieder einmal beschäftigt hatte, suchte sie in den Kollegengesichtern von damals nach einer Antwort. Wer hatte mit ihrem Vater, dem Herrn Landgerichtspräsidenten, noch eine Rechnung offen? Wer fühlte sich noch Jahrzehnte danach von ihm übergangen?

Das Gerücht verblasste, sie dachte nicht mehr daran. Dann tauchte es wieder auf, lief um wie ein behördlicher Umlauf. Vielleicht war auch gar nicht ihr Vater gemeint, sondern sie. Ihr fiel auf, dass mit jeder Stufe, die sie auf der Karriereleiter erklomm, es sich von neuem erhob. Das Wort »Braunbuch« war gefallen. »Braunbuch«, das eröffnete ein weites Feld von Spekulationen, die in die Vergangenheit zielten. Sie ist ihnen nicht nachgegangen, bis heute.

Mit ihren 46 Jahren ist sie nur zehn, fünfzehn Jahre älter als die jüngsten ihrer Kolleginnen und Kollegen. Deren Väter haben die Zeit, in der ihr Vater, der ehemalige Landgerichtspräsident, vielleicht schuldig geworden ist, nicht einmal erlebt. Die Gnade der späten Geburt ist nicht das moralische Verdienst dieser Väter. Dass ihr Vater bereits 54 Jahre alt war, als sie 1964 geboren wurde, ist nicht die Schuld der Judith S., sagt sie sich. Was für die anderen nur Stoff im Geschichtsunterricht war, ist für sie auch Familiengeschichte. Was den Landgerichtsrat Hermann S. 1955 veranlasst hatte, die um 21 Jahre jüngere Ingrid W. zu heiraten, was die beiden all die Jahre miteinander verbunden hat, weiß sie nicht. Hat ihre Mutter zu ihrem Vater aufgeblickt oder hat sie sich nur gefügt? Sie wird das nie erfahren.

Es verhält sich mit diesen Spekulationen wie mit den Bildern, die sich seit Mitte der Siebzigerjahre auf einem Super-8-Film befinden, einer kleinen Filmrolle, die, zugeschüttet von Familienfotos, in einem Karton in ihrem Keller aufbewahrt ist. Auf der Badewiese am Lech hatte ihr Vater seinem Sohn Markus die Kamera ausgehändigt, damit er sie auf ihn und Mutter richtet. In Badekleidung hatte er sich mit seiner Frau vor seinem schwarzen Wagen postiert. Viele Male schon hat sie im Lauf der Jahre diese schmale Rolle aus dem Berg von Papierbildern gegraben, sie in der Hand gehalten und wieder zurückgelegt. Aus Angst, von einer Wahrheit eingeholt zu werden, der sie bisher aus dem Weg gegangen ist.

Sie geht an den PC. Es wird wie nach einem Flugzeugabsturz sein. Angehörige, die vor der Passagierliste stehen und beten, ihr Familienname möge sich nicht darauf befinden. Beten wird sie nicht.

In das Google-Kästchen tippt sie das Wort »Braunbuch« ein. Sie stößt auf »Braunbuch – Kriegs- und Naziverbrecher in der Bundesrepublik«. »Die Auferstehung der Terrorjustiz« listet nur wenige Namen auf. In der Rubrik »Sie fällten Bluturteile« soll, gelistet unter dem Buchstaben B., ein Staatsanwalt, der »heute Senatspräsident« ist, »Todesstrafe für ein Liebesverhältnis« gefordert haben. Sie überfliegt die anderen dreizehn alphabetisch aufgeführten Namen. Unter dem Buchstaben S. ist nur ein »verurteilter Kriegsverbrecher« aufgeführt, aus dem angeblich ein Bonner Nazi-»Jäger« geworden ist.

Sie recherchiert mit einer Geschwindigkeit, als gelte es, einem der hier Aufgelisteten zuvorzukommen, der dieses »Braunbuch« im nächsten Augenblick schon löscht.

Ihr Computer steht noch immer da, wo er seit mehr als zehn Jahren in ihrem Arbeitszimmer steht. Über all die Jahre hinweg hält er vielleicht eine Information bereit, die sie nicht abgerufen hat, nach der sie endlich an diesem Junisonntag sucht. Dabei will sie nicht fündig werden. Sie ist jetzt hoch konzentriert. Doch sie spürt, wie ihr Herz schlägt. Dass sie jahrelang verdrängt hat, ausgewichen ist, kommt ihr wie eine strafbewehrte Verfehlung vor. Ist sie durch Unterlassung schuldig geworden?

Aber hat sie wirklich Angst, fündig zu werden? Kann das, was sie vielleicht findet, ihrem Vaterbild etwas anhaben? Ihr Vaterbild, das sich aus vielen Bildern zusammensetzt, die ihr von ihrer Erinnerung immer wieder vorgehalten werden, als wäre sie selbst schuldig geworden mit dem, was die Bilder zeigen. Nicht zwischen ihren Eltern steht sie auf der Badewiese, sondern mittendrin; man hat sie miteinbezogen, mit hineingezogen, zu einem untrennbaren, nicht zu leugnenden Teil dieser ekligen Inszenierung gemacht. Ihre Anwesenheit ist so selbstverständlich, so bildbestimmend wie Vaters Badehose, die nicht mehr stumpfblau ist, als er aus dem Wald heraustritt, sondern beschmutzt von etwas Feuchtem; sie hat daran teilgenommen, weil sie hingeschaut hat; jahrelang, auch heute noch schaut sie immer wieder hin und wird schmutzig dabei; sie spielt eine Rolle, ist ein Motiv in diesem Film, der nicht aufhört, sie nicht entlässt, weil es kein Ende gibt; es gelingt ihr auch heute noch nicht, alle Szenen in diesem Film scharf zu stellen, um zu erkennen, was alles auf den Bildern ist; es verhält sich wie mit der süßlichen Ansicht von Mutters ockerfarbenen Badeanzug und ihren roten Haaren, ein Bild, das verschwimmt, als Mutter auf der Badewiese auf sie zukommt und dabei so komisch lächelt. Nein, welche Auskunft dieses »Braunbuch« auch gibt, dem Bild, das sie von ihrem Vater hat, wird es nicht schaden.

»Nazi-Juristen prägen die Bonner Justiz (Namensliste)«. Das Wort »Namensliste« macht ihr dann doch Angst. Dabei ist ihr bekannt, dass dieses »Braunbuch« ein DDR-Produkt ist. Sie zögert, die Namensliste aufzuschlagen, surft stattdessen im Umkreis dieser Publikation. Als »politische Pornografie« wird das Nachschlagewerk abgetan. Sind es nur die Angegriffenen, die sich wehren?

Sie überwindet sich und klickt auf »Namensliste«. Ein Endlosband rot geschriebener Namen von A bis Z läuft von oben nach unten über den Bildschirm, Kammergerichtsräte, Oberkriegsgerichtsräte, Landgerichtsräte, Oberstabsrichter, alle sind sie nach dem Krieg aufgestiegen, haben noch ein »Ober« zugelegt. Keiner von ihnen blieb das, was er war.

Dabei sind sie sich insgeheim treu geblieben, haben ihre Gesinnung, nur wenige leben wohl noch, unbeschadet mit ins Grab genommen.

Der Name ihres Vaters taucht nicht auf. Sie lehnt sich erleichtert zurück. Dann kommen ihr Zweifel. Weiße Balken sind gelegentlich zwischen zwei Namen geschoben. Und manchmal lugen darunter Buchstaben hervor. Ausgerechnet dort, wo vielleicht ihr Familienname gestanden hat, löscht so ein weißer Balken den Namen einer Person.

Sie traut es dem Landgerichtspräsidenten Hermann S. zu, dass er den Rechtsweg beschritten hat, damit sein Name aus dieser Datei verschwindet. Alles eine Frage der Beweislastverteilung, weiß sie, wusste ihr Vater. Die Unschuldsvermutung freilich gilt auch für ihn, für ihre Familie. Ein Gemeinplatz, der ihr, der Tochter, nicht hilft.

Sie verlässt die »Braunbuch«-Datei; liest, wie Rezensenten das im Staatsverlag der DDR erschienene Nachschlagewerk beurteilen. Nazi-Richter, Nazi-Verbrecher hat es, folgt man dieser Publikation, nur in Westdeutschland, aber nicht in der DDR gegeben. Werten deshalb zurecht Kritiker das in diesem Nachschlagewerk versammelte Datenmaterial als »propagandistische Munition des Ostens« ab? Lässt sich eine Wahrheit in zwei Teile zerschneiden, wobei derjenige, der sie ans Licht bringt, den einen Teil veröffentlicht und den anderen verdunkelt? Ist dem, was die Öffentlichkeit dann erfährt, Glauben zu schenken? Der größte Einwand, der aus heutiger Sicht gegen das »Braunbuch« besteht, schreibt ein Rezensent namens Götz Aly, ist, dass es zu wenig Namen enthält.

Sie schreitet in ihrem Arbeitszimmer auf und ab, wie zuweilen in ihrem Büro, wenn sie nach einer Wahrheit sucht, von der sie annimmt, dass sie größer ist, um in der Akte, die auf ihrem Schreibtisch liegt, Platz zu finden. Sie ist nicht wirklich weitergekommen in ihrer Suche. Sie hat das Gerücht aufgenommen, obwohl dessen Urheber sich nicht zu erkennen geben. Sie hat ihnen zwar nicht recht, aber doch nachgegeben. Jetzt muss sie weiter ermitteln, nicht von Amts, aber der Familie wegen. Oder nur ihretwegen? Um ein anderes Bild zu haben, auf dem sie nicht vorkommt, keine Rolle spielt, das sie nicht zeigt? Kein privates, ein öffentliches, ein so deutliches, dass, hält sie es sich vor Augen, ihre Familienbilder erlöschen.

Ihr Bruder weiß nichts von ihrer Suche. Er weiß nicht, welchen Weg zurück ihre Gedanken nehmen. Vaters ehemalige Kollegen waren ihm fremd gewesen; ein paar alte Männer, abgeordnet ans Grab des Landgerichtspräsidenten Hermann S., Behördenabgesandte, routiniert im Trauern, deren persönliche Anteilnahme sich in Grenzen hielt. Einer war vorgetreten aus dem Spalier, das sie gebildet hatten, um im Namen und stellvertretend für die, die nicht gekommen waren, ein letztes Grußwort zu sprechen, einschläfernde Formeln, die nicht aufhorchen ließen.

Auch sie selbst hatte erst im Nachhinein aufgehorcht. Da hatte sich das Gerücht schon verbreitet. Von einer Zeit, die es Richtern nicht leicht gemacht hatte, von einem »schmerzhaften Spagat beim sich Entscheiden« hatte der ältere Herr am Grab des Landgerichtspräsidenten gesprochen. Die Zeit war schuldig geworden. Nicht diejenigen, die Urteile in ihr fällten. Ein Bild, mit dem sie damals noch nichts anzufangen wusste: »Schmerzhafter Spagat« deutete auf Zweifeln, auf Infragestellen hin. Ihr Vater war ein Rechthaber, im Beruflichen wie im Privaten; mochte die Welt um ihn herum sich noch so radikal verändern, sein Blick auf sie blieb immer der gleiche und auch die Welt blieb sich immer gleich unter diesem Blick.

So wie der Blick ihres Bruders Markus auf Vater immer der gleiche bleibt. Er macht es sich einfach, erzürnt sie sich manchmal. Aber sie will ihn nicht beunruhigen, behält ihre Ahnung für sich. Nur ein einziges Mal ist sie ausgeflippt: »Dein Vater hat sich schon als Kind seine Weltanschauung in die Windeln geschissen.« Das kam in dieser fürs »Schwesterherz« ungewohnten »Lautstärke« gut bei dem Bruder an. Hinter das anrüchige Bild blickte er nicht.

Wüsste er von ihrer Recherche, was würde er dazu sagen? Noch ist Schonzeit für Markus. Aber vielleicht bringt sie ja gar nichts ans Licht. Für diesen Fall bliebe ein schlechtes Gewissen, mit dem es sich gut leben ließe. Wahrscheinlich bewundert er an seinem Vater das, was auch ihn auszeichnet und quält: den Sexualtrieb. Seinem Vater, nicht der Mutter, verdankt er ihn. Aber vielleicht legt sie sich die Dinge auch zu einfach zurecht: Schließlich weiß sie heute, dass sein ungläubiges Lachen auf dem Balkon in der Kanaumerstraße nicht ihr, der Schwester, galt – an was konnte, mochte er, der vierzehnjährige Bruder, damals nicht glauben? Überschritt das, was seine Vorstellung ihm aufdrängte, das Fassungsvermögen seiner pubertären Fantasie?

Sie ist eine Nach-, eine Zurück-Denkerin. Mit »beruflicher Deformation« entschuldigt sie sich.

1998, als Vater starb, hatten sie sich die Eltern »aufgeteilt«. Das Grab der bereits 1986 verschiedenen Mutter versorgten sie bis dahin in »geschwisterlicher Arbeitsteilung«. Dann, 1998, lagen die Eltern weit voneinander entfernt, von einem Meer aus Gräbern getrennt. An den entgegengesetzten Enden des Friedhofs hatten sie ihre letzte Ruhe gefunden. Sie haben Ruhe voreinander gefunden, übersetzt sie, wenn ab und zu plötzlich ein Zorn in ihr aufsteigt.

»Jetzt geht es ans Sterben«, war ihr Vater im Klinikum an der Lech auf den nächsten Tagesordnungspunkt zu sprechen gekommen. Die Sachlichkeit, mit der er sich den damit verbundenen organisatorischen Notwendigkeiten widmete, ließ es nicht zu, dass sie und Markus sich in Bagatellisierungen oder gar in Tränen ergingen. »Mit eurer Mutter werde ich nicht zusammenziehen.«

Sie hatte nicht nachgefragt. Im Oktober 1998 nicht, am Krankenbett des Vaters nicht, früher nicht, als das Herz der Mutter wieder einmal sonntags verrückt gespielt und Mutter sich gleich nach dem anstrengenden Essen ins Schlafzimmer begeben hatte. »Eure Mutter ist nicht anständig gestorben«, sagte er 1986 seinen Kindern. Mit einer unanständig gestorbenen Frau aber wollte er am 30. Oktober 1998 nicht zusammenziehen.

Sie ist viel zu schonend mit ihrem Vater umgegangen, sagt sie sich. Er hatte auf Markus und sie nie Rücksicht genommen, auch nicht am 5. Juli 1986, als Mutter in der elterlichen Wohnung gestorben war. Markus war damals schon seit drei Jahren von zu Hause weg, sie seit einem Semester. Die Nüchternheit in seiner Stimme, der er jede Emotion untersagte, war ihr erst bewusst geworden, als sie wieder aufgelegt hatte. Beides traf und erschreckte sie fast gleichermaßen: Dass Mutter sich mit Schlaftabletten getötet hatte und die Gefasstheit, mit der er, ihr Ehemann und Vater ihrer Kinder, es zur Kenntnis nahm. Seine Aufforderung, sie und Markus sollten gleich hinzukommen, hörte sich wie eine Vorladung an. In den Strafrechtsvorlesungen hatten sie gerade gelernt, dass die Polizei sofort die Staatsanwaltschaft einschalten muss, wenn Anhaltspunkte dafür vorhanden sind, dass jemand eines nicht natürlichen Todes gestorben ist. »Eure Mutter ist nicht anständig gestorben«, erfüllte die Voraussetzungen des Paragrafen 159 der Strafprozessordnung. Noch heute schämt sie sich, beim Anblick ihrer Mutter an einen Paragrafen gedacht zu haben.

Mutter hatte nicht ihren Mann im Stich gelassen, sondern sie, ihre Tochter. Markus war mit ihrem Tod zurechtgekommen, wie er auch mit der Badewiese zurechtgekommen war, von der aus man, steigt man einen kleinen Hügel hinauf, in einem Wald verschwindet. Mutter war immer nur mit ihm, dem Landgerichtspräsidenten, beschäftigt gewesen. Nur den Landgerichtspräsidenten hat sie ihr Mutterleben lang in ihm gesehen. Gab es eine Meinungsverschiedenheit, einen Streit zwischen ihr, der Tochter, und ihrem Vater, hat Mutter niemals ihr, sondern immer nur dem Landgerichtspräsidenten recht gegeben. Immer stellte sich Mutter auf die Seite des Landgerichtspräsidenten, niemals auf ihre.

Wenn sie, die Tochter dieses Landgerichtspräsidenten, heute an dessen Grab steht, bestimmen sie klare Gefühle, die ihr nichts ausmachen, sie tun ihr nicht weh. Am Grab ihrer Mutter will sie nicht stehen, weil sie Angst davor hat, mit den widersprüchlichen Gefühlen, die sie wahrscheinlich empfinden wird, nicht zurechtzukommen.

Müsste sie Rechenschaft ablegen, was sie in den zurückliegenden zwei, drei Stunden getan hat, sie wüsste nicht einmal, ob sie das Arbeitszimmer verlassen hat, in dem sie jetzt, es ist 20 Uhr, noch immer sitzt. Sie fühlt sich von Mauern umgeben, die ihre Gedanken errichtet haben. Nur innerhalb dieser Mauern kann sie sich mit immer denselben Gedanken bewegen. Mit immer denselben Gedanken stößt sie an diese Gedankenmauern. Es geht ihr wie Robo, der mit immer denselben Bewegungen auf die Umzäunung zufährt, die ihn gefangen hält. Meistens sind es Gedanken an ihre Kindheit, die diese Mauern errichten. Mit diesen Kindheitsgedanken stößt sie an die Kindheitsgedankenmauern. Sie kommt nicht weiter, nicht von der Stelle. Sie fühlt sich eingekesselt, besonders an Sonntagen findet diese Gefangennahme statt. Den Montag erlebt sie nach solchen Sonntagen oft wie eine Erlösung. Von Berufs wegen muss sie montags diese Mauern überwinden. Diebe, Betrüger, Vergewaltiger helfen ihr dabei mit ihren Straftaten.

Aber noch ist es Sonntag, sie muss sich gegen diese Mauern wehren. Sie lächelt, weil sie plötzlich weiß, mit was es gelingt.

Seit Samstag hat sie ein gelbes Kuvert in ihrer Tasche, auf dem »sunshine Bilder fürs Leben« steht, und auf dem über einem roten Kreis eine Mondsichel und Sterne abgebildet sind. Auf diesem gestirnten Himmel steht großgeschrieben »Über Nacht!«. Das Fotohaus A. in der Innenstadt macht damit Reklame. Von heute auf morgen, über Nacht, verspricht es, den Kundenauftrag zu erfüllen. Für die Fotos, die sie beim Seiteneingang des Friedhofs schießt, gilt das nicht, kann das nicht gelten. Denn sie fotografiert noch immer analog und verwendet dabei einen Diafilm. Diafilme werden »außer Haus« entwickelt und sind in der Regel eine Woche unterwegs. Von den 36 Diapositiven, die ihr dann in diesem gelben Kuvert ausgehändigt werden, finden nur wenige den Weg in das Album, das sie anlegen wird. Viele Motive sind verwackelt, verwischt. Oft lässt Bewegungsunschärfe eine Identifizierung nicht zu, sodass sie Erwachsene nicht von Kindern unterscheiden kann. Die Papierabzüge der von ihr ausgewählten Motive liefert das Fotohaus A. ebenfalls nicht »Über Nacht!«. Damit hat sie sich abgefunden. Diese Verzögerung versetzt sie in eine Spannung, die noch dadurch erhöht wird, dass in ihrem Gedächtnis keines der Bilder gespeichert ist, die sich im Sucher zeigten. Denn was Bild wird, bestimmt nicht sie, wenn sie das Objektiv in das spaltweit geöffnete Tor schiebt, sondern das, was sich hinter der Mauer in den Sekundenbruchteilen der Verschlusszeit gerade ereignet.

Sie, die erfahrene Fotografin, genießt es, in ihren Gestaltungsmöglichkeiten eingeschränkt zu sein. Nicht auf ein gestelltes, sondern auf das wirkliche Leben der Biebels will sie dann und wann einen Blick werfen. »sunshine Bilder fürs Leben« – nicht Bilder vom oder übers Leben, nein Bilder fürs Leben.

Der entwickelte Diafilm befindet sich, in mehrere Streifen geschnitten, in einer durchsichtigen Folie. Sie hält Streifen für Streifen in das Licht der Schreibtischlampe. Was immer auch auf dem Film eingefangen ist, sie wird keinen Ausschnitt wählen, das Motiv nicht beschneiden, dies hieße nichts anderes, als das wirkliche Leben zu beschneiden. Dieses Stückchen wirkliche Leben, das sie jetzt gegen das künstliche Licht hält, ist vergangen, unwiderruflich, nicht wiederholbar, das macht es wertvoll. Sie schiebt den Streifen langsam durch die Zange, die Daumen und Zeigefinger bilden, Abschnitt für Abschnitt, Bild für Bild, ihre Finger üben keinen Druck aus, um das Zelluloid nicht zu beschädigen.

Die Aufnahmen sind drei Wochen alt. Es war ein dunkler Sonntag, der graue Himmel verrät es ihr. Später, sie befand sich noch auf dem Heimweg, hatte es angefangen, in Strömen zu regnen. Ich habe umsonst gegossen!, hatte sie sich in ihrem Audi gesagt. Über das »umsonst« in ihrer Formulierung hatte sie nachgesonnen. Sicher hatten die Biebels inzwischen ihren Sonntagskaffee von draußen nach drinnen verlegt.

Sie nimmt das Gedankenspiel noch einmal auf. »Umsonst« ist fehlerhaft, in jeder Beziehung des Wortes. Sie streicht es nachträglich. Wo sie doch Glück gehabt hat mit dem nicht zu früh einsetzenden Regen.

Erst seit ein paar Wochen interessiert sie sich für das, was hinter der Mauer geschieht. Zuerst nur Stimmen, Geräusche, Gerüche, eine Art von Willkommen beim Betreten des Friedhofs. Ein Auf Wiedersehen, bevor sie wieder in ihr Auto steigt. Kinderlachen, unverständliche Sätze, Torgeschrei, im Autoradio hat sie vergeblich nach dem Sender mit der Übertragung des Fußballspiels gesucht, während sie den »Eisbuckel« hinunterfuhr; wahrscheinlich wurde das Fußballspiel nur im Fernsehen übertragen. Sie hat sich daran gewöhnt, empfangen, verabschiedet zu werden. Keiner der Friedhofsbesucher, außer ihr, scheint das Familienleben im rückwärtigen Teil des Leichenschauhauses wahrzunehmen. Vor allem die jungen Leute beschleunigen dem Ausgang zu ihren Schritt, lassen dann den Motor ihres Autos aufheulen, der Tod ist leise, laut ist das Leben. Sie findet diese Hektik feige.

Dass sie bei ihrer Schönwetterfotografie nicht durch den Sucher schauen kann, macht das Unternehmen Album spannend. Allerdings ist sie auf schönes Wetter angewiesen. Regnet es, zieht die Familie sich ins Haus zurück.

Sie geht jetzt ganz nahe an die Dias heran. Dann glaubt sie, fündig geworden zu sein. Sie kann es kaum erwarten. Sie greift nach der Schere. Dabei muss sie sich konzentrieren, denn nur ein schmaler, unbelichtet gebliebener Streifen trennt eine Aufnahme von der anderen. Noch näher hält sie das Bild an ihre Augen, mit ruhiger Hand setzt sie die Schere an zum Schnitt. Der 36 mal 24 Millimeter große Filmabschnitt fällt ab und schwebt auf die lederne Schreibunterlage. Wo sie ihn mit einer Pinzette fasst und hochhebt. Die Spitze der Pinzette ist geschlossen, das Zelluloid krümmt sich, zittert, weil ihre Hand nicht ruhig hält.

Ein Mädchen und eine Katze hat der Apparat eingefangen. Auf den ersten Blick ist das Motiv nicht angeschnitten. Dass das starre Objektiv ein Motiv voll erfasst, geschieht selten. In ihrer angespannten Erwartung darf sie das Mädchen und die Katze nicht mit den metallenen Greifern verletztten. Sie erlebt diese Bildwerdung wie ein Gebären. Das Rähmchen, in das sie die beiden betten wird, liegt schon bereit.

Sie fixiert das Stück Zelluloid in dem Kunststoffrahmen an einem roten Klebepunkt. Die beiden Rahmenteile drückt sie aufeinander, mit einem Schnappen rasten sie ein. Der »Gucki«, wie sie den Diabetrachter nennt, stammt aus jenen »alten Tagen«, an denen sie noch mit Anja und Susanne auf Motivjagd ging. Was sie zur Strecke gebracht hatten, schauten sie sich gemeinsam an. Drei kichernde Schneegänse, lächelt sie, während sie das gerahmte Diapositiv Mädchen mit Katze in den schmalen Schlitz des »Reflecta« schiebt. Noch ist das Gerät nicht angeschlossen. Sie verzögert bewusst, nimmt sich ein bisschen Zeit zum Erinnern. Kichern Schneegänse denn überhaupt? Sie prügelten sich förmlich um den Platz am »Gucki«. Den Ton gab sie an. Sie war es, die die besten Bilder machte, die das Bild bestimmte. Nicht nur, weil sie sich nach solchen Urlaubsreisen immer in ihrer Wohnung trafen. Sie am »Gucki« sah, was die anderen beiden noch nicht sehen durften. Sie standen hinter ihr, während sie saß und ihr Urteil fällte, jede mit ihrem Diaschlitten in der Hand, voll beladen mit »the best of Anja«, »the best of Susanne«; zögerte sie, die Jurorin, mit ihrer Entscheidung zu lange, wurde sie schon mal von ihrem Stuhl gestoßen. Am Ende lief es immer auf »the best of Judith« hinaus. Ein Triumph, den sie still genoss. Rächen sich Susanne und Anja heute an ihr?

Im Sitzen fasst sie das Kabel und beugt sich zur Steckdose hinab. Dann leuchten das Mädchen und die Katze im »Gucki« auf. Die Fotografie trifft sie mit einer solchen Wucht, dass sie zurückweicht. Die Katze und das Mädchen haben sich ganz nahe am Objektiv befunden. Katze und Mädchen schauen ihr ins Gesicht, ertappen sie. Sie ist überführt.

Sie verlegt bei geschlossenen Augen das Bild nach innen. Sie ist entschlossen, es zu bewahren, auch wenn es einer

Zensur zum Opfer fiele. Was redet sie sich ein? Für diese Nahaufnahme, die sie bedroht und beglückt zugleich, gibt es eine einfache technische Erklärung. Trotz des verhangenen Himmels hatte sie eine kleine Blende gewählt, um Personen in Mauernähe scharf abzulichten. Glücklicherweise haben sich Mädchen und Katze in der relativ langen Verschlusszeit nicht bewegt. Das Mädchen schätzt sie auf sieben Jahre. Im Bildhintergrund hält es in Gesichtshöhe die schwarz-weiße Katze direkt vor die Linse. Die grünen Augen des schwarzhaarigen Mädchens schauen an dem Katzenkörper vorbei, ihr, der Bildbetrachterin, in die Augen; es sieht aus, als wolle das Mädchen ihr die Katze präsentieren. Die Katze füllt fast das gesamte Format des Fotos aus, in dessen Vordergrund ihr Kopf größer erscheint als der des Mädchens. Auch die Katze hat grüne Augen, etwas heller, stachelbeerfarben. Das Mädchen hält die Katze um den Bauch gefasst, unterhalb der Pfoten, die leicht abgeknickt, untätig, rührend hilflos vor ihrem schwarz-weiß gefleckten Bauch ins Leere stehen.

Schon lange hat sie, über den Diabetrachter gebeugt, die Augen wieder offen: Sie spürt die Wärme, das Weiche des Katzenfells. Dem Mädchen fällt das Haar über die Schultern. Ähnlich dem ihren ist diesem Haar mit Kamm und Bürste nicht leicht beizukommen. Es wirkt ungebändigt wie ihres. Das Mädchen und die Katze wollen sich nicht bändigen lassen. Sie haben sich an die Mauer gedrängt, um auszubrechen. Sie erinnern sie an Robo, wie er unvermindert schnell und kerzengerade auf den Zaun zufährt. Das Mädchen hält ihr die Katze Hilfe suchend entgegen. Das Mädchen und die Katze sind unzertrennlich. Sie haben sich von der Familie entfernt.

Sie drückt auf die orangefarbene Taste des »Reflecta«. Das gerahmte Bild fällt, schlägt auf – was sie an ein Fallbeil erinnert.

Und dann, spät am Abend, will sie plötzlich wissen, was heute, an diesem Junisonntag, geschehen ist. Sie möchte informiert sein wie alle anderen. Auf der Suche nach entsprechenden Meldungen schaltet sie zwischen den Fernsehprogrammen hin und her. Bei einem Rückblick auf die Ereignisse des Monats Mai bleibt sie dann aber hängen. Sie sieht den Ministerpräsidenten des Landes Niedersachsen mit einem Blumenstrauß in der Hand in strömendem Regen auf dem Rollfeld eines Flugplatzes stehen. Dann wird ein Lufthansa-Jet gezeigt. Der Sprecher erklärt, dass der Ministerpräsident im Regen mit dem Blumenstrauß in der Hand jetzt schon über eine Viertelstunde darauf wartet, dass die Grand-Prix-Siegerin aus dem Lufthansa-Jet mit dem Namen »Eberswalde« steigt, damit er ihr die Blumen in die Hand drücken und ihr seine Glückwünsche und sogar die der Bundeskanzlerin übermitteln kann. Dann erscheint endlich die Grand-Prix-Siegerin mit einem künstlichen schwarz-rot-goldenen Blumenschmuck in ihrem Haar. Auf dem Rollfeld, im Hintergrund, befinden sich neben dem Ministerpräsidenten mit dem Blumenstrauß viele Fans der Grand-Prix-Siegerin, denen sie zuruft: »Das ist krass! Ihr seid ja verrückt! Es regnet, geht doch rein!« Der Sprecher geht davon aus, dass sie damit nur die Fans und nicht den Ministerpräsidenten meint. Dafür spräche auch, dass sich die Grand-Prix-Siegerin, die jetzt schon ganz nahe bei dem Ministerpräsidenten ist, sich mit ihren Fans und dann noch mit einigen Reportern unterhält, während der Ministerpräsident im Regen noch immer darauf wartet, ihr den Blumenstrauß überreichen und seine und der Bundeskanzlerin Grüße übermitteln zu können. In einem Zusammenschnitt händigt schließlich der Ministerpräsident der Grand-Prix-Siegerin den Blumenstrauß aus. Der Sprecher zitiert den Ministerpräsidenten mit den Worten: »Die macht ihr Ding! Die hat Begabung und sie bleibt dabei, wie sie ist.« Und: »Sie ist ein großer Gewinn für unser Land.«

In der Rückschau wird dann berichtet, was sich am 31. Mai ereignet hat. Man sieht den Bundespräsidenten, neben ihm seine Frau. Der Bundespräsident erklärt seinen Rücktritt. Er ist jetzt kein Bundespräsident mehr, nicht einmal mehr ein Direktor des Internationalen Währungsfonds. Er ist jetzt niemand anderer mehr als ein Mann, dem man im Fernsehen ansieht, dass man ihn beleidigt hat.

Der zurückgetretene Bundespräsident, der früher einmal Direktor des Internationalen Währungsfonds gewesen war, tut ihr leid. Der Ministerpräsident, dem sie seine Verwandlung in einen Gratulanten, der die Grand-Prix-Siegerin für einen großen Gewinn für unser Land hält, nicht abkauft, stimmt sie nachdenklich.

Gegen 22 Uhr verwandelt sie sich, die an Sonntagnachmittagen in Strafakten wie in Liebesromanen liest, allmählich in die Vorsitzende Richterin, die am Montagmorgen tatsächliches Leben Paragrafen unterordnen wird. Spätestens nach der Spätausgabe der Tagesschau ist diese Verwandlung abgeschlossen. Doch im Schlaf setzt sie sich Träumen aus. Träume holen sie manchmal zurück.

Kapitel 2

AM MONTAGMORGEN SITZT SIE im Anzug am Frühstückstisch. Um die Garderobenfrage zu klären, musste sie keinen Blick aus dem Fenster werfen. Das Wetter war die vergangene Woche stabil und ist es geblieben. Sie vermeidet es, ihre Kleidung durch Accessoires zu individualisieren. Sie muss niemandem ihren persönlichen Geschmack beweisen. Wenn sie im Namen des Volkes Urteile fällt, tut sie das nicht als Mann, nicht als Frau, nicht als ledige, verheiratete, kinderlose, nicht als Mutter. Keinem ihrer Urteile sieht man an, dass die Person, die entschieden hat, weiblich, kinderlos, Single ist. Darauf legt sie Wert.

Sie fährt ihren Audi aus der Einfahrt, bis vor an die Weinstraße, dann schaut sie nach links. Sie sieht neben sich ihren Nachbarn Herrn Grossherr in seinem BMW. Er schaut aus dem Seitenfenster nach rechts, wohin er gleich abbiegen wird, weil sich »Bio-Markt Grossherr« im Stadtwesten befindet. Diese Begegnungen wiederholen sich in unregelmäßigen Zeitabständen. Sie könnte ihnen aus dem Weg gehen: Die Hecke, die ihre Vorgärten trennt, bietet auch im Sommer keinen vollen Sichtschutz, weil zwei Sträucher nicht angewachsen sind. Dieser Zweikampf mit Herrn Grossherr ist vermeidbar, doch sie nimmt ihn an.

Dass Herr Grossherr noch vor ihr in die Weinstraße einfahren wird, entspricht den Regeln. Er muss die Straße nicht überqueren. Er könnte ihr freilich die Vorfahrt gewähren. Doch er gibt lieber vor, sie nicht wahrzunehmen, obwohl sie unübersehbar in seinem Blickfeld ist. Auch heute bringt er es fertig, sie nicht zu grüßen, dabei berührt beim Vorbeifahren die Stoßstange seines BMW beinahe die ihres Audi. Der Vorgang ist ihr peinlich. Dass er sie nur »meistens« übersieht und nicht »immer«, macht es nicht leichter. Denn sie hat sich von Anfang an entschieden, dieses Spiel nicht mitzuspielen, es würde bedeuten, sich auf sein Niveau herabzubegeben. Wenn er sie grüßt, wird sie ihn grüßen.

Er drückt jetzt mächtig aufs Gaspedal, um fünfzig Meter weiter voll auf die Bremse zu treten. Herr Grossherr ist ein alter Sack! Sie lächelt spitzbübisch, weil sie so eine Bezeichnung sonst nicht verwendet. Alte Säcke muss man entsorgen! Vorher ist ihm noch das Sorgerecht für Robo zu entziehen!

In Justizpalastnähe herrscht das für Montagmorgen typische Kreisen: Parkplatzsucher fahren, in der Hoffnung, es möge sich am Straßenrand eine Lücke auftun, unentwegt um den Justizpalast herum. Sie steuert ihren Audi in die Tiefgarage hinab. Als Pressesprecherin der Behörde ist ihr ein Stellplatz garantiert. Der grüne Van, der sich auf ihrer Parkfläche breitmacht, steht da bereits zum dritten Mal. In ihrer Wut nimmt sie das Fabrikat des Eindringlings auch heute nicht zur Kenntnis. Ein unförmiger, familienfreundlicher Kasten, den Frauen gerne chauffieren, als wollten sie damit ihre Gebärfreudigkeit demonstrieren. Sie klappt den Scheibenwischer hoch, nimmt den Notizblock-Zettel an sich, auf dem handgeschrieben »Müller« und in Druckbuchstaben darunter der Name eines Hustenpräparats steht. Sie stellt ihren Wagen quer.

Noch im Lift wählt sie die Mobilnummer des Hausmeisters. Der ist, wenn er im Justizpalast unterwegs ist, für Normalsterbliche nicht zu erreichen. Ruft sie ihn an, reagiert er sofort. Es kann nicht daran liegen, dass sie ihm ab und zu eine Flasche Wein schenkt. Auch andere Kollegen spendieren ihm dann und wann eine Flasche, Supermarktware, die schon seit Weihnachten im Aktenschrank kocht, ein Dankeschön für Spenden an gemeinnützige Organisationen. Nein, dass er für sie erreichbar ist, liegt daran, dass er weiß, sie ist nicht so wie die anderen.

Meistens hat sie in ihrem Zimmer noch nicht Platz genommen, da steht er schon in der Tür. Sie verschwendet keinen Blick auf den Zettel, den sie ihm reicht.

»Würden Sie das bitte für mich erledigen?« Mit dem Zettel händigt sie ihm auch ihren Wagenschlüssel aus. Er liest, was auf dem Zettel steht, und lächelt schadenfroh. »Frau Kollegin Müller« ist ihm bekannt. Er wird die Richterin Müller jetzt gleich aus der Verhandlung holen. Noch in Robe wird sie zum Lift rennen, der sie nach unten befördert. Müller wird schneller in der Tiefgarage angelangt sein als er und ihn ungeduldig erwarten. Er soll den Audi versetzen, der ihren Van blockiert.

Trifft er Judith S. dann nicht mehr in ihrem Zimmer an, findet sie den Autoschlüssel auf ihrem Schreibtisch vor, genau in die Mitte der Arbeitsfläche platziert. Was aussieht wie das Ausrufezeichen nach einem gelungenen Satz. Der Satz könnte lauten: »Sehr geehrte Frau Rat, wir haben es der Frau Kollegin Müller gezeigt!«

Wenn sie jetzt gleich auf den Gang hinaustreten und gesehen werden wird, hat sie eine Ahnung davon, wer sie sein wird, bald. Eine andere Ahnung als die beim Hinaustreten auf die Weinstraße. Vielleicht hat sie es sich deshalb angewöhnt, sich mittendrin von ihrem Schreibtischstuhl zu erheben und ziellos durch die langen, hohen, lichthellen Gänge zu gehen. Ein Gerücht eilt ihr voraus. Achtung schlägt ihr entgegen. Dass sie bald schon diese Behörde leiten wird, eilt ihr auf ihrem Rundgang voraus. Beim Gehen verwandelt sie sich in ihren Vater und wieder zurück. Wie zwei Lichter, die abwechselnd blinken.

Der abgestandene Geruch von Privatem, der aus den öffentlichen Räumen dringt, in denen sie sich duzen, Pulverkaffee trinken, abgezähltes Geld in eine gemeinsame Kasse werfen, Charivari-Musik aus einem Radio hören, der neben Urlaubsfotos am Fensterbrett steht.

Sie kann sich in dieser Umgebung ihren Vater so wenig vorstellen wie sich selbst.

Sie wird heute Abend die Ermittlungen wieder aufnehmen. Sie wird den weißen Balken hochheben, der einen fremden Namen verdeckt, und sich von der Last des Ungewissen befreien. Jetzt, hier im Justizpalast, gelingt ihr, was ihr »draußen« nicht gelingt: Sie, die bald diesem Gericht vorstehen wird, solidarisiert sich mit dem Landgerichtspräsidenten a. D. Hermann S.

Kollegin Müller kommt ihr entgegen. Außer Atem, als müsste sie an ihrer Robe schleppen. Sie nähern sich, bleiben voreinander stehen.

»Ich weiß, ich weiß … es tut mir leid.«

»Muss es nicht.«

»Kinder und Montagmorgen. Sie wissen nicht, wie sich das anfühlt.«

»Doch.«

»Ich dachte, Sie haben keine Kinder.«

»Was wissen wir denn schon voneinander?«

»Ach so! – Ist der Kowalski denn überhaupt für die Tiefgarage zuständig?«

»Ich bin es für die Pressearbeit.«

»Ich hatte gerade die Klägerin und den Beklagten weichgeprügelt, wir standen kurz vor einem Vergleich. Da kommt mir der Kowalski dazwischen.«

»Die warten bestimmt noch auf Sie.«

»Ja, ich schaff das auf einen zweiten Anlauf.«

Dann sind sie schon in entgegengesetzter Richtung einige Meter auseinander, als sich die »Kollegin Müller« noch einmal umdreht: »Nächste Woche ist Betriebsausflug. Sie sind doch wieder dabei?« Das trifft sie wie ein Schlag. Seit wann interessiert sich die »Kollegin Müller« dafür, ob sie an dem Betriebsausflug teilnehmen wird? Auf was spielt sie an? Müller fühlt sich von ihr ausgebootet. Auch sie hatte sich Hoffnungen auf diesen Stellplatz gemacht. Natürlich ging es dabei um mehr als eine Parkfläche. Die Frage der »Kollegin Müller« wirkt auf sie wie ein Stoppschild, das ihren Rundgang abrupt beendet. Spielt sie auf ihre Sekretärin Carmen Stolzz an?

Auch ohne diese Bemerkung hätte sie ihre Sekretärin zu sich gebeten. Sie wählt die Nummer ihrer Geschäftsstelle und verlangt Carmen Stolzz. Bis es an ihrer Tür klopft, dauert es aufreizend lang.

Die getigerte Hose und die kurze weiße Bluse sprengen das äußere Erscheinungsbild der Justiz, denkt sie sich beim Anblick ihrer jungen Sekretärin. In ihrer momentanen Verunsicherung kommt sie auf diese komische Formulierung, die sie aber nicht ausspricht.

»Der Safari-Look macht uns Frauen im Sommer oft zu wilden Tieren. Ist es nicht so, Carmen?«, sagt sie stattdessen.

»Finde ich nicht«, sagt Carmen Stolzz kühl.

Kann man das einer Frau glauben, die im Justizpalast eine getigerte Hose trägt?, fragt sie sich. Damals, ziemlich genau vor einem Jahr, sie wird das nie vergessen, hat ihre Sekretärin Carmen schon einmal diese nabelfreie Hose getragen.

»Bringen Sie mir die Sitzungsprotokolle der vergangenen Woche?« Sie mildert einen Imperativ mit einem Fragezeichen ab, wenn sie keinen Widerspruch duldet.

»Das hatte ich gerade vor. Und dann würde ich, wenn Sie nichts dagegen haben, mit meinem Freund für eine Woche ans Meer fahren. Er hat überraschend Urlaub bekommen. Für meine Vertretung habe ich schon gesorgt.«

Carmen Stolzz legt ihr ihren Urlaubsantrag vor. Sie hat den Dienstweg nicht eingehalten: Ob dem Antrag stattzugeben ist, entscheidet zunächst sie, der Präsident unterschreibt danach blind.

Es ist eine Frage der Form. Sie muss gegenüber Carmen Stolzz ihre Form bewahren. Einmal hat sie sie schon verloren. Sie hebt ihren Blick über das Formular »Urlaub 2010«. Die weiße Bluse, die über dem Nabel endet, steht weit ab, sodass die Taille noch schmaler erscheint. Der Nabel, ein kleiner, heller Strudel in der Mitte des braunen, straffen, leicht gewölbten Bauchs. So wie das Licht jetzt einfällt, kann sie den hellen, blonden Flaum von Haaren um den Nabel sehen. Vielleicht bildet sie sich das aber auch nur ein und erinnert sich nur an diesen hellen, blonden Flaum.

»Morgen liegt das unterschrieben in Ihrem Fach.«

»Mein Freund kommt aber bald mit dem Auto vorbei, er will mich abholen.«

Judith S. überlegt eine Weile, sie weiß nicht, mit welchem Ziel. Dann sagt sie: »So wie es aussieht, haben wir heute Nachmittag noch einen Termin.«

Carmen steht aufrecht vor dem Schreibtisch. Das Urlaubsformular liegt zwischen ihnen. Sie sehen aneinander vorbei. Wird sie mich nochmals bitten, jetzt gleich fahren zu dürfen?, fragt sie sich. Sie wird es nicht tun. Sie ist zu stolz dazu. Judith S. liebt diesen Stolz an ihr. Hat es aufreizend lang gedauert, bis es an ihrer Tür geklopft hat, so dauert es aufreizend lang, bis sich Carmen wieder von ihrem Schreibtisch entfernt. Als gäbe sie ihr Zeit, den zuletzt gesprochenen Satz noch einmal zu überdenken.

Sie hatte von Anfang an diese junge Frau mit dem knabenhaft kurz geschnittenen Haar mit Jean Seberg in Verbindung gebracht. Die Schauspielerin war früh ums Leben gekommen. Der Film hieß »Außer Atem«. Sie hatte diesen Vergleich für sich behalten. Einen Film der Nouvelle Vague traute sie ihrer Sekretärin nicht zu. Jetzt drängt sich ihr diese Ähnlichkeit geradezu auf. Seit dem Betriebsausflug 2009 will sie auf Distanz zu ihr gehen. Dem Präsidenten hatte sie Carmen Stolzz zur Beförderung vorgeschlagen. Wer befördert werden will, muss bereit sein, einem anderen Referat zu dienen. Tatsächlich wurde ihr ein Wechsel auch angeboten.

Sie wollte ihr nicht Tag für Tag begegnen. Bekäme sie Carmen nicht täglich zu Gesicht, gelänge es ihr, sie aus ihrer Erinnerung zu verdrängen. Was will sie verdrängen? Nicht das, was zwischen Carmen und ihr tatsächlich geschehen ist, in deren Wohnung, sondern das, was hätte geschehen können, wäre sie geblieben, »Ganz da oben! Unterm Dach!« – eine Vorstellung, die ihr immer wieder, auch heute noch, zusetzt. Was an diesem Abend nach dem Betriebsausflug unterblieben ist, malt sie sich so genau aus, dass sie glaubt, Carmen nimmt, begegnen sie sich in der Justiz, an ihrer Vorstellung teil, sieht sie ihr an. Sie wirft sich vor, Carmen in ihre Fantasiebilder mit hineinzuziehen. Missbraucht sie Carmen Stolzz mit diesen Wunschvorstellungen?

Doch nicht immer plagen sie Selbstvorwürfe. Manchmal, wenn sie sich ein paar Tage nicht sehen, deutet sie diese Begegnung in der Schulgasse anders. So, wie sie manchmal beim Studium ihrer Strafakten plötzlich innehält, um für die Geschichte, die die Akte enthält, einen Schluss zu erfinden, so hat sie plötzlich in Carmens Wohnung innegehalten und hat sich für das, was dabei war, sich zwischen ihnen beiden zu entwickeln, einen Schluss ausgedacht. Vielleicht wäre es, wäre sie nicht vor Carmens Nähe geflohen, auch zu jenem Schluss gekommen, den sie sich, wenn sie »rückfällig« wird, lustvoll erzählt.

Zunächst glaubte sie, die Versetzung in ein anderes Referat sei auch im Interesse der jungen Frau. Von einem nonverbalen Einverständnis ging sie aus. Sie täuschte sich. Sie täuschte sich in Carmen Stolzz, die sich ihrer Versetzung widersetzte. Sucht Carmen Stolzz eine Nähe zu ihr, gegen die sie selbst sich wehrt? Oder arbeitet sie nur lieber im Strafreferat der Judith S. als in einem anderen?

Als Carmen ihr, der Pressesprecherin, nach den Sommerferien einen Pack Zeitungen aushändigte, war es nur auf einen ersten Blick so, wie es immer war nach den Sommerferien. In Wirklichkeit war es anders. Doch sie wusste nicht, was und wie dieses Anders war.

Daran hat sich bis heute nichts geändert, stellt sie fest, mit einer Wut auf sich selbst, sie schaut auf diesen straffen Bauch, den die zu kurze Bluse und die getigerte Hose entblößen. Es war falsch, Carmens Urlaub mit »so wie es aussieht« unter eine Bedingung zu stellen.

Die wenigen Meter zur Tür legt Carmen mit verzögerten Schritten zurück, als hätte sie noch einen Entschluss zu fassen. Mit dem Gesicht zur Tür bleibt sie stehen. Die Hose sitzt hauteng. Sie steht viel zu lang, wehrlos, mit dem Gesicht von ihr abgewandt, als wollte sie sich ihr ausliefern, ergeben. Sie dreht sich nicht mehr nach ihr um, als sie aus dem Zimmer geht. Judith S. schaut an ihrer Schreibtischlampe vorbei auf das nun wieder unverstellte Türblatt.

Es hält sie nicht länger an ihrem Schreibtisch. Sie hat jetzt anderes zu tun, als sich mit Carmens Urlaub zu beschäftigen. Sie nimmt sich eine der Akten, die ihr Carmen zum Unterzeichnen der Protokolle gebracht hat. Sie sucht in der Strafakte nach dem Sitzungsprotokoll. Die aufgeschlagene Akte breitet sie auf dem runden Tisch aus, an dem sie sich mit ihren Beisitzern berät. Dieser Tisch heißt bei ihr und ihren Richtern »Teamtisch«. Den Voice Recorder in der Hand geht sie vor ihrem Schreibtisch zwischen Tür und Fenster auf und ab und diktiert dabei. Zwei-, dreimal bückt sie sich, um im Protokoll etwas nachzulesen. Sie ist voll konzentriert.

Urteil für Urteil, das sie in den Recorder spricht, schmilzt der Aktenberg auf ihrem Schreibtisch. Sie hat es nicht nötig, eine obergerichtliche Rechtsprechung zu konsultieren. Sie schlägt im PC kein Rechtsprechungs-Programm auf, läuft nicht wie viele ihrer Kollegen ängstlich zwischen ihrem Zimmer und der Bibliothek hin und her. Wenn sie diktiert, zweifelt sie nicht. Sie ist entscheidungsstark. Hat sie einmal entschieden, gibt es kein Infragestellen mehr. Nachdem sich der Aktenberg auf ihrem Schreibtisch ab- und auf dem Teamtisch wieder aufgebaut hat, drückt sie das gekippte Fenster zurück in die Führung, um es öffnen zu können. Tatsächlich: Sie sieht einen Kombi vor der Einfahrt zur Tiefgarage stehen. Ein behaarter Männerarm hängt aus dem Fahrerfenster, die Finger, die eine Zigarette halten, bewegen sich zum Rhythmus eines Songs, den sie jetzt wegen dieser Fußballweltmeisterschaft oft hört, »Waka Waka«, mehr ist von hier oben aus nicht zu verstehen. Sie denkt sich zu diesem Männerarm und der Musik Carmen Stolzz. Sie denkt sich ein Bild: Der schwarz behaarte Männerarm umfasst die nackte Taille von Carmen, in dem V aus gespreiztem Zeige- und Mittelfinger ist ihr Nabel eingeschlossen, der blonde Haarflaum steht über der braunen Haut. Das Bild bedrängt sie. Sie macht das Fenster zu.

Sie will ihre Geschäftsstelle aufsuchen. Sie trifft Carmen draußen am Gang. Judith S. hat das Formular »Urlaub 2010« in der Hand und schaut Carmen ins Gesicht. Carmen Stolzz steht am Getränkeautomaten und nippt an dem heißen Kaffee. Judith S. denkt: Ich bin dieser jungen Frau, die aussieht wie Jean Seberg, genau auf halber Strecke zwischen meinem Büro und der Geschäftsstelle entgegengekommen. Sie versucht, sich vorzustellen, wie Jean Seberg heute aussähe, wäre sie noch am Leben. Es gelingt ihr nicht. Sie fühlt sich befreit, weil sie den Antrag unterschrieben hat. Sie geht auf den Getränkeautomaten zu, das Urlaubsformular in der einen Hand. Mit der anderen umfasst sie Carmens Hand, die den Plastikbecher hält. Dann lässt sie Carmens Hand los und händigt ihr das Formular aus.

»Ich brauche Sie hier nicht länger«, lächelt sie. »Beeilen Sie sich, sonst kommen Sie noch zu spät ans Meer.«

Mit dem Kuvert des Fotohauses A. in der Hand tritt sie um 10.30 Uhr auf die Straße hinaus. Sie holt ihren Audi nicht aus der Tiefgarage. Als sie auf den Kombi zugeht, der noch immer vor der Einfahrt zur Tiefgarage steht, sieht sie das Fahrerfenster geschlossen. Das rasch wechselnde Licht bewirkt auf dem Glas unruhige Spiegelbilder. Das Gesicht dahinter nimmt sie nur schemenhaft wahr. Sie stellt sich den Mann hinter dem Glas, dessen behaarten Arm sie sah, vulgär vor, »einfach strukturiert« verbessert sie sich. Nein, es ist nicht korrekt, von einem behaarten Arm im Fahrerfenster auf einen bestimmten Männertyp zu schließen. Als sie sich abwendet, um stadteinwärts zu gehen, wird sie im Laufschritt von Carmen Stolzz überholt. Die läuft um den Kombi herum, bei der Beifahrertür bleibt sie stehen. Obwohl die Tür von innen geöffnet wird, steigt sie nicht sogleich ein, sondern schaut auf sie. Dieses Verzögern ist typisch für Carmen. Es ist voller Worte, die sie nicht aussprechen kann oder will. Als der Kombi stadtauswärts aus ihrem Blickfeld fährt, ist sie noch immer nicht stadteinwärts gegangen. Sie steht jetzt genau da, wo Carmen Stolzz vor einem Jahr stand, am

Abend des Betriebsausflugs. Sie grübelt über Carmens unausgesprochene Worte nach. Sie findet rasche Lösungen, die sie wieder verwirft. Welche Worte wünscht sie sich?

Das Ende eines Betriebsausflugs: Im Bus reden jetzt nicht mehr alle auf einmal. Der Alkohol hat seine Wirkung getan. Der Bus bringt sie zum Ausgangspunkt zurück. In der Tiefgarage heulen zu ungewohnter Stunde, es ist 21 Uhr, Motoren auf. Oben, auf der Straße, nehmen die, die abgeholt werden, auf dem Beifahrersitz Platz.

Es war ein heißer Tag gewesen, erinnert sie sich. Sie mag Betriebsausflüge nicht. Doch in ihrer Führungsposition sind sie Pflicht. Sie war im Auto sitzen geblieben, bis sie sicher sein konnte, dass sie als Letzte die Tiefgarage verlässt. Sie hat ihrer Sekretärin die Verzweiflung gleich angesehen. In der Art, wie sie das Handy vom Ohr nahm und sich wegdrehte, als würde sie sich abwenden von der Person, die sie soeben enttäuscht hat.

Warum war sie nicht einfach an ihr vorbeigefahren? Die getigerte Hose und die kurze Bluse hatte sie tagsüber auf dem Wanderweg, der durch Wiesen führte, und auch später im Biergarten, als wohltuenden Kontrast zu dem Behördengrau der anderen empfunden. Jetzt, um 21 Uhr, allein auf der fast menschenleeren Straße, setzte sich eine junge Frau mit dieser Kleidung einer Gefährdung aus.

Sie stand im letzten Tageslicht. Das Weiß der Bluse leuchtete und hob sich von dem Braun der Arme und des Bauchs ab. In dem warmen Braun ihrer Haut glühte dieser Sommertag nach.

Sie strahlt die Wärme des Tages ab, den sie im Freien verbracht hat, dachte sie, als sie in ihrem Audi die Auffahrt heraufkam. Sie selbst hatte ein Leinenkostüm an. Sie achtet auch bei der Auswahl ihrer Kleidung darauf, bei dienstlichen Unternehmungen mit Freizeitcharakter nicht allzu privat zu wirken. Jemand muss sich um sie kümmern, dachte sie. Sie hatte auch Mitleid mit ihr: Wer sich so kleidet, tut das nicht nur für sich, und nun ist ihr das Publikum abhandengekommen.

Sie blickt nachdenklich auf das gelbe Kuvert in ihrer Hand und macht endlich die ersten Schritte stadteinwärts, wo sie sich im Fotohaus A. von dem Motiv »Mädchen mit Katze« einen Papierabzug machen lässt.

Sie will sich selber gegenüber ehrlich sein: Der Gedanke daran, dass diese junge Frau in ihrem Referat geblieben ist, sich nicht hat versetzen lassen, um befördert zu werden, macht sie glücklich. Vielleicht ging es Carmen Stolzz auch gar nicht darum, an ihrem gewohnten Arbeitsplatz zu bleiben, sondern um die Nähe zu ihr. Sie, Judith S., nimmt sich das Recht, sich das vorzustellen.

Die Person, mit der Carmen telefonierte, hatte sie im Stich gelassen. Ob es der Mann war, mit dem sie soeben eine Reise ans Meer antritt, kann sie nicht sagen. Aber bestimmt war es ein Mann gewesen, der sie nach Hause bringen sollte.

Über diesen Mann grübelt sie jetzt, ein Jahr später, nach: Hätte er die Nacht bei ihr verbracht? Wahrscheinlich hat er die Mansardenwohnung, in der Carmen Stolzz in kleinen Verhältnissen lebt, gekannt. Vielleicht war er zu Hause gewesen in diesen zweieinhalb niedrigen Räumen unter dem Dach.

Sie will sich jetzt der Reihe nach erinnern: Sie hat angehalten. Das Fahrerfenster war offen, sie hatte Augenblicke vorher, unten an der Schranke, den Automaten bedient. Sie hat ihren Wagen direkt neben Carmen Stolzz gestoppt. Die Szene schien einem Film entliehen, in dem Männer nachts im Schritttempo eine lang gezogene Straße abfahren und bei aufreizend gekleideten Frauen anhalten, die sich dann zum offenen Fahrerfenster hinabbeugen. Sie sieht vom Fahrersitz aus ein Stück von der steif abstehenden Bluse und den silbern gehämmerten Gürtel am Bund der Tigerhose, dazwischen der kleine Strudel, der Nabel, der flache Bauch, der nicht nachgäbe, würde sie ihn berühren.

Sie sorgte sich um ihre Sekretärin. »Sie machen vielleicht Sachen!« Sie macht sich in bestimmten Situationen mit solchen Sätzen immer älter, als sie sich fühlt. Damit übernimmt sie das Kommando und schafft Distanz.

»Ich wohne in der Schulgasse.«

Als sie das sagte, saß sie schon auf dem Beifahrersitz. Das Gefühl, wie ein Taxifahrer einem Fahrgastwunsch nachzukommen, amüsierte sie. Ein Fahrgast in Faschingsdienstags-Verkleidung, den sie am Aschermittwoch von der Straße aufgelesen hat.

»Geht es Ihnen gut?« Sie fahren am Lech entlang. Eine Landgerichtspräsidentin in spe chauffiert ihre Sekretärin in eine Schulgasse und erkundigt sich nach dem Befinden.

»Da! Schauen Sie aus dem Fenster! Der Lech transportiert jetzt goldenes Licht.«

Sie hat den Betriebsausflug geschafft. Wohl aus Erleichterung darüber kommt sie auf so ein Bild.

»Bitte kommen Sie mit hoch auf einen Tee!«, lädt Carmen

Stolzz sie ein, als sie in der Schulgasse angekommen sind. Carmen macht keine Anstalten auszusteigen. Sie deutet mit dem Zeigefinger: »Ganz da oben! Unterm Dach!« Sie nimmt die Einladung an. Es soll nicht aussehen, als würde sie kleine Verhältnisse meiden.

Die schmale, steile Stiege erinnert sie an ihre Briefträgerzeit. Der Geruch von Bohnerwachs und altem Holz nimmt ihr ein wenig die Luft. Sie ist ungeschickt, bleibt mit dem Schuh an einer Stufe hängen, taumelt, findet sich wieder in den Armen einer leicht bekleideten Frau. Einen Augenblick teilt sie den Atem mit ihr: Carmen hat getrunken, was ihr tagsüber nicht aufgefallen ist, mit der Nase nimmt sie es wahr. Die Treppenhausbeleuchtung erlischt viel zu schnell. Beim nächsten Treppenabsatz entfernt sich Carmen von ihr, endlich springt das Licht wieder an. Vier Geschosse sind es bis unters Dach. Sie versucht, ihr schnelles Atmen zu kontrollieren. Sie rechnet: Sie ist 23 Jahre älter als Carmen Stolzz. Sie hat sie dienstlich beurteilt, das Geburtsdatum ist ihr bekannt.

In der Mansardenwohnung passt dann nichts mehr zusammen. Inmitten der biederen Möblierung ihrer Zweieinhalbzimmer wird Carmen Stolzz in der getigerten Hose zum Ausstellungsstück.

Sie trinken ein Glas Wasser, nebeneinander, im Stehen, vor der Spüle, sie schauen sich dabei nicht an. Sie wird sich gleich wieder verabschieden. Sie wird sich damit entschuldigen, dass ihr Wagen im Parkverbot steht. Als Richterin hat sie mit gutem Beispiel voranzugehen. Sie legt sich diese Erklärung gerade zurecht. Da kommt ihr Carmen zuvor.

Die vergleichsweise geräumige Küche führt in ein kleineres Zimmer, unter der Dachschräge steht ein Bett. Carmen sitzt auf der Bettkante, vornübergebeugt, sie greift sich mit beiden Händen ins Haar, die Unterarme, mit denen sie ihr Gesicht verdeckt, zittern. Sie wird aus diesem Anblick nicht schlau. Die Szene liegt in einem Halbdunkel, weil nur in der Küche Licht brennt. Sie stellt das Wasserglas in der Spüle ab. Damit, dass sie falsch geparkt hat, wird sie ihren Rückzug doch nicht begründen. Ihr wird etwas einfallen. Es drängt sie plötzlich aus diesen Verhältnissen hinaus.

Carmen Stolzz sitzt unverändert, während sie neben ihr steht. Sie fährt ihrer Sekretärin mit der Hand über den Kopf. Was sich anfühlt, als streichle sie den Kopf eines Knaben. Das kurz geschnittene Haar steht schräg auf und kitzelt ihre Innenhand. Als Carmen sich schließlich nach hinten neigt, kommt sie mit ihren Fingern ab und berührt Carmens Gesicht. Sie spürt Nässe auf ihren Fingerkuppen.

Warum weint sie? Wer hat sie um 21 Uhr auf dieser kaum noch frequentierten Straße vergeblich warten lassen? Danach und nach dem Warum hätte sie fragen sollen. Sie hätte sich ihrer annehmen müssen auf der Fahrt hierher.

Sie sieht sich in dem kleinen Raum, der als Schlafzimmer dient, um. In einem Stringregal stehen ein paar Bücher. Sie versucht, die Titel auf den Buchrücken zu entziffern, um etwas über Carmen Stolzz zu erfahren. Bei zwei, drei Büchern lässt das groß- und schwungvoll geschriebene Wort »Liebe« auf den Inhalt schließen. Ihre Sekretärin kleidet sich schrill und liest Liebesromane. Die Namen der Autoren bestehen vor allem aus Selbstlauten, Namen, wie sie Verlage zu dem Versprechen »Liebe« gerne erfinden.

Sie fängt an, sich mit diesen kleinen Verhältnissen unterm Dach zu solidarisieren. Ihre Mutter las wenig, und das Wenige hatte mit Liebe zu tun. Liebe war eine Erfahrung, die ihre Mutter nicht mit ihrem Mann, sondern beim Bücherlesen machte.

Was traut sie dieser jungen Frau eigentlich zu? Was ist von ihr zu erwarten? Sie setzt sich zu ihr ans Bettende. Carmen hält sich noch immer die Unterarme vors Gesicht. Sie selbst schaut ratlos aus dem Halbdunkel in die helle Küche hinaus. Von einer weißen kreisrunden Uhr mit roten Zeigern liest sie die Zeit ab: Es ist jetzt 21.45 Uhr.

In ihrem quälenden Erinnern, die ersten Tage und Wochen danach, fragte sie sich oft, ob zu diesem Zeitpunkt der Point of no Return schon erreicht war. Wäre eine Rückkehr zum Ausgangspunkt noch möglich gewesen? Wo befand sich der Ausgangspunkt? Sie ist es gewohnt, messerscharf zu analysieren. Sie macht damit auch nicht Halt vor sich selbst, muss sich mit einbeziehen. Das sonntägliche Elternschlafzimmer und den Balkon in der Kanaumerstraße macht sie dabei zum Objekt ihrer systematischen Untersuchung. Die Kanaumerstraße, die Schulgasse … Ist nicht alles Ursache und Wirkung zugleich?

Sie drückt ihr die Arme weg vom Gesicht. Ihre Augen sind verweint, aber sie leuchten. Dieses Leuchten hat sie überrascht – nein, überfallen, sagt sie sich später. Carmen weint mit leuchtenden Augen und fängt an, ihr Küsse auf die Wange zu drücken. Sie bettelt mit diesen Küssen. Und sie lässt es eine Weile über sich ergehen. Dann stößt sie Carmen Stolzz zurück und verlässt die Wohnung.

Sie erinnert sich an das glatte Holz des Handlaufs, den sie umfasst gehalten hat, auf ihrem Weg nach unten. Als das Treppenhauslicht ausging, befand sie sich erst im zweiten Geschoss. Sie hat sich an diesem Handlauf festgehalten, nicht nur, weil sie Angst gehabt hat, im Finstern zu stürzen. Es hat sie aus diesen Verhältnissen hinausgedrängt, die ihr plötzlich nicht nur klein, sondern bedrohlich erschienen waren. Wie sehr es in dem Treppenhaus nach Bohnerwachs roch, wurde ihr bewusst, als sie sich wieder im Freien aufgehalten hat. Sie hat es eilig gehabt, zu ihrem Auto zu kommen, aber nicht, weil es falsch geparkt stand. Wieder in ihrem Haus in der Weinstraße hat sie in dieser Nacht nicht darüber nachgedacht, warum ihre Sekretärin sie mit diesen Küssen überfallen hatte. Sollte sie wirklich um etwas gebettelt haben, es hat sie nicht interessiert, worum. Es war ein Fehler gewesen, mit nach oben zu gehen. Sie hatte sich auf etwas eingelassen, dessen Verlauf sie nicht abschätzen konnte. Aber sie hatte die Kontrolle behalten.

Schon die Nacht darauf aber fing es damit an, dass sie zurückkehren wollte in diesen niedrigen Raum. Dass sie alles dafür gegeben hätte, zu erfahren, worum Carmen gebettelt hatte. Dass sie den Gedanken, Carmens plötzliche Zuwendung sei nur der hilflose Ausdruck einer Mutter-Tochter-Beziehung, nicht akzeptieren wollte. Es musste mehr sein, anderes. Was sie verhindert hatte, mit ihrer Angst, nicht zu dominieren. Sie hätte sich auf etwas einlassen, sich gehen lassen sollen. Sie holt sich diese Situation unter der Dachschräge jetzt immer wieder zurück:

Sie stößt Carmen nicht mehr weg, sie weiß ja nicht einmal, worum diese junge Frau, die ihre Sekretärin ist, bettelt.

Sie hat so wenig Erfahrung darin. Sie hat so wenig Erfahrung in Nähe. Ihr ist, jetzt, wo sie neben Carmen Stolzz am Bettende sitzen geblieben ist, als würde sie aus mehreren Personen bestehen, vor denen sie sich zu rechtfertigen hat. Die Vorgesetzte, die Präsidententochter, die Ledige, Kinderlose, die 23 Jahre Ältere, eine Frau, die unterschiedliche Ahnungen von sich hat. Das Betteln hört nicht auf, sie verschließt davor ihre Augen, ihr schwindelt, ihr wird angst vor der Zielgerichtetheit, die sie plötzlich in diesem ungestümen Bedrängen erkennt, vor was hat sie Angst? Ihre innere Verletzbarkeit will sie schützen. Sie will dominieren und kontrollieren, über all die Jahre hinweg hat sie nichts anderes getan, es soll ihr nicht wie ihrer Mutter ergehen, dem Wechselspiel von Dominanz und Kontrolle verdankt sie ihre Karriere, was ist der Preis dafür? Sie kommt auf dem Rücken zum Liegen, am Bettende, ihre Beine stehen auseinander, spreizen den weiten Leinenrock, ihre Füße stehen am Boden auf, die vielen Küsse hören auf, enden in einem Kuss, bei dem diese junge Frau, die sie an die knabenhafte Jean Seberg erinnert, ihr mit der Zunge den Mund öffnet, es ist lang her und sie kann sich den Mann nicht mehr vorstellen, sie weiß gar nicht, wie das, was jetzt mit einer Frau seinen Anfang nimmt, geht, wohin es führt, von den Händen, die ihren Kopf umfassen, fühlt sie sich wie in einen Schraubstock eingespannt, dass von diesem schmalen Körper so eine Kraft ausgeht, kann sie sich nur aus der Situation, aus dem Verlangen dieser Frau nach ihr, erklären; sie versucht, dem Eindringen auszuweichen, zieht ihre Zunge zurück. Als Carmen dann plötzlich von ihr ablässt, macht sie die Augen auf, wie nach einem Erwachen.

Sie fühlt sich von dem Licht aus der Küche geblendet. Mit dem Gesicht ihr zugewandt, kniet Carmen zwischen ihren geöffneten Beinen. Sie fügt sich. Wie in eine unvermeidbare Operation, für die man ihren Unterkörper entkleidet. Sie ist vernünftig. »Du musst dich nicht schämen!«, sagt Carmen. Mit dem Du ist ein Damm gebrochen. Sie starrt auf die weiße kreisrunde Uhr mit den roten Zeigern. Sie hält sich mit ihrem Blick daran fest. Der Kopf mit der blonden Kurzhaarfrisur darunter fängt an zu nicken. Alles Schämen, Sichschämenmüssen nickt er weg. Sie existiert jetzt nur mehr dort, wo Carmens Mund sie berührt.

Sie wehrt sich gegen diesen Film, der ungerufen immer wieder in ihr abläuft. Der sie erregt und beschämt. Sie darf sich auf ihn nicht mehr einlassen. Das ist sie nicht nur sich selbst, sondern auch Carmen Stolzz schuldig, die von diesen Bildern nichts weiß. Klopft es an ihrer Bürotür, hat sie Angst, dass Carmen Stolzz eintritt. Sie hat Angst, ihre Augen könnten Carmen verraten, dass sie wieder einmal »rückfällig« geworden ist. Doch manchmal hat sie das Gefühl, Carmen weiß davon, ist einverstanden, wünscht es sich. Ist ihre Sekretärin dann wieder aus dem Zimmer, erhebt sie sich hinter ihrem Schreibtisch, geht zum Schrank, macht die Schranktür auf, um sich im Spiegel, der die Innenseite der Tür ausfüllt, zu sehen. Wenn sie sich lange genug betrachtet, hört sie auf, eine unverheiratete, kinderlose Richterin zu sein, sie bekommt verschiedene Ahnungen von dieser groß gewachsenen, rothaarigen Frau. Sie fragt sich: Kann man diese Frau lieben?

Mit dem gelben Kuvert geht sie durch die belebte Innenstadt. In dem Umschlag befindet sich nur ein einziges Diapositiv: Es ist das gerahmte »Mädchen mit Katze«. Sie wird zu der Angestellten des Fotohauses A. sagen: »In dem Umschlag ist nur ein Foto. Machen Sie davon einen Abzug in 18 mal 24 Zentimeter. Und achten Sie darauf, das Motiv nicht zu beschneiden.«

Die Angestellte, eine ältere Dame, die seit Jahren hinter dem Ladentisch steht, nimmt, wahrscheinlich kommt sie einer Anweisung nach, das Dia dennoch aus der Tüte und hält es gegen ein Leuchtpult. Sie schaut die Fotografie länger an, als es der Zweck erfordert. Um sich der Ähnlichkeit von Tochter und Mutter zu vergewissern, pendelt ihr Blick zwischen dem Leuchtpult und ihr hin und her. Sie lächelt glücklich: »Ich werde darauf achten, dass man Ihrer lieben Tochter und dem reizenden Kätzchen kein Härchen krümmt!« Die ältere Dame traut ihr tatsächlich dieses Kind zu. Sie ist 46. Sie weiß nicht, ob man ihr das ansieht. Sie weiß nicht, wie eine Frau mit 46 auszusehen hat, damit man ihr ansieht, dass sie 46 ist. Heutzutage sind Mütter mit 46, die ein Kind haben, das so alt ist wie das Mädchen mit Katze, nichts Außergewöhnliches.

Als sie ohne das Kuvert denselben Weg, den sie gekommen ist, zurückgeht, erlebt sie es, die Hände frei zu haben, als ein schönes Gefühl. Was sie jetzt empfindet, könnte in den zwei, drei Büchern im Stringregal ihrer Sekretärin vorkommen, die ein groß- und schwungvoll geschriebenes »Liebe« im Titel führen, es ist beschämend kitschig und doch schämt sie sich nicht: »Meine Tochter!«, sie flüstert es innerlich, über die Lippen kommt es ihr nicht. In der Fußgängerzone, vor den Augen ihr fremder Menschen, verwandelt sie sich erneut: Mit dem, wie sie sich im Schaufenster einer Boutique spiegelt, ist sie einverstanden: schlank, hochgewachsen, die Hände selbstbewusst in den Hosentaschen vergraben, das rote Haar gelockt über den Schultern. Eine Frau, die schwer einzuschätzen, bei der alles vorstellbar ist.

Das Format 18 mal 24 für den Papierabzug »Mädchen mit Katze« könnte den Rahmen eines Familienalbums sprengen. Auf ein herkömmliches Familienalbum legt sie aber wert. Sie kauft sich keine CD aus dem Supermarkt, um die Software für das, was dann »Fotobuch« heißt, auf ihren PC zu installieren. Ihr Vater hat mehrere Alben hinterlassen, die sich in ihrem Besitz befinden. An dem Lebensdurchlauf in Bildern des Landgerichtspräsidenten Hermann S. ist ihr Bruder mehr interessiert als sie. Tatsächlich zeigen die Alben nur wenige Fotografien von ihrer Mutter. Die Karriere ihres Vaters wird in kleinen Lichtbildern nachvollzogen, deren Ränder gezackt sind, als Kind hatte sie Angst, sich daran zu verletzen. Eines der Alben wird sie zurückbehalten, die anderen ihrem Bruder geben. Sie wird den Korpsstudenten, den Offizier, den Vorsitzenden Richter, den Präsidenten aus diesem Album verbannen. Sie braucht Platz, nicht für ein vergrabenes Leben, sondern für eines, das gerade entsteht.

In ihrem Büro blinkt die Taste des Anrufbeantworters.

»Sagen wir in einer halben Stunde? Und ausnahmsweise mal bei mir?«

Landgerichtspräsident Baumann bittet in der Regel nicht zu sich, sondern bittet, kommen zu dürfen.

»Es geht um die Neugestaltung der Kegelbahn«, ruft er ihr zu, gleich als sie das lang gezogene Zimmer betritt, das er immer scherzhaft mit einer Kegelbahn vergleicht. Sie zuckt mit den Schultern, was geht es sie an.

»In einem Jahr sitzen Sie hier, und ich gehe draußen im Park spazieren.«

»Da wissen Sie mehr als ich.« Sie kokettiert: »Warum bedrohen Sie mich mit dieser Prophezeiung?«

»Weil es die Spatzen vom Dach pfeifen. Ihr Vater hätte nichts dagegen, wenn seine Tochter auf dem Stuhl Platz nimmt, der seiner war, und auf dem ich noch sitze, und der Ihnen gebührt.«

Sie mag den Ausspruch nicht, der ihr dazu einfällt. Sie mag keine vulgären Wörter. Sie mag vulgäre Wörter nicht einmal denken. Den Satz hat sie in einem Gedicht gelesen. Sie liest nur selten Gedichte, wenn schon dann einen Roman. Sie legt wert darauf, sich präzise auszudrücken. Zweifelsfrei, selbst wenn dann noch Zweifel bleiben. Meistens überfliegt sie ein Gedicht nur. Und doch hat sie sich die Zeile eines Gedichts eingeprägt: »… noch warm vom braunen Arsch ihrer Väter«. Sie behält das für sich, dabei ist sie sicher, mit Baumann könnte sie über ihren Vater reden.

»Kommen Sie schon herüber!«, bittet er sie.

Er steht von seinem Präsidentensessel auf. Als sie den Platz nicht einnehmen will, den er geräumt hat, fasst er sie an den Schultern und drückt sie väterlich auf das Lederpolster.

»Wenn Sie keine silbernen Löffel klauen, sitzen Sie in einem Jahr hier.«

»Silberne Löffel … ein Hoffnungsschimmer!«

»Von diesen Holzkassetten«, er deutet auf die dunkelbraune Wandverkleidung, »fühlte ich mich immer eingesperrt. Ich war ein junger Richter, als ich mich bei Ihrem Vater vorzustellen hatte. Ihr Vater war ein bemerkenswerter Mann. Doch dass er sich für dieses dunkle Holz entschieden hat, das konnte ich bereits damals nicht nachvollziehen. Nehmen Sie das mit nach Hause und suchen Sie sich aus, was zu Ihnen passt! Mich betrifft es nicht mehr.«

Baumann händigt ihr einen Möbelkatalog aus. Sie schlägt ihn auf und durchblättert die ersten Seiten.

»Nehmen Sie ihn mit!«

»Da komme ich mir aber komisch vor.«

»Ich mir auch.« Er lächelt. »Ich bring Sie noch zur Tür.«

Passiert es manchmal, dass, hat sie ein paar Schritte getan, sie nicht mehr weiß, wohin sie sich wenden soll, so wählt sie jetzt, ohne durch die langen Gänge zu gehen, den kürzesten Weg über die Außentreppe zu ihrem Büro. Sie hält sich nicht lang auf, nimmt den Autoschlüssel und versperrt von außen die Tür.

Das Telefongespräch, das sie gleich führen wird, muss sie von zu Hause aus führen. Es wird dem Präsidenten a. D. Hermann S. gelten, der dem Landgericht vorstand, dem sie jetzt dient. Läge es da nicht nahe, von ihrem Dienstzimmer aus zu telefonieren? Sie will nicht als Justizangehörige, sondern als Tochter recherchieren.

Sie benützt in ihrem Haus nicht den Telefonapparat in der Diele. Sie geht in ihr Arbeitszimmer im ersten Stock. Im Stehen wählt sie die Nummer des Fritz Bauer Instituts in Frankfurt, das sich klein gedruckt »Studien- und Dokumentationszentrum zur Geschichte und Wirkung des Holocaust«

nennt. Sie wird ihren Familiennamen in einen Kontext mit dem Stiftungsauftrag des Instituts bringen. Ihr versagt die Stimme, als sich der Teilnehmer meldet. Ihr Herz rast. Die Korrektheit, mit der am anderen Ende der Leitung gefragt und geantwortet wird, erinnert sie an ihre eigene Behörde. Die männliche Stimme verweist sie darauf, dass Namen telefonisch nicht gehandelt werden. Dass es ihr eigener Name ist, ändere daran nichts. Jetzt wirft sie sich vor, ihren Namen vorschnell preisgegeben zu haben.

»Wir können nur im Allgemeinen Auskunft geben und auf das Archiv verweisen, von dem man Auskunft erhalten kann – möglicherweise«, schränkt der Mann ein.

Als vernehmende Richterin hat sie Übung darin, die richtigen Fragen zu stellen. Sie hat sich wieder gefangen und macht von dieser Stärke Gebrauch. Was sie erfährt, deckt sich mit dem Ergebnis ihrer bisherigen Ermittlungen. Zwar habe das in der DDR erschienene »Braunbuch« propagandistischen Zwecken der SED-Führung gedient, habe aber andererseits durchaus zuverlässige Angaben über Personen enthalten, die in der Zeit des Nationalsozialismus bestimmte Ämter innehatten. In der Sprache, in der sie spricht, wenn sie die Robe trägt, ist »bestimmte Ämter« ein »unbestimmter Rechtsbegriff«. Mit »unbestimmten Rechtsbegriffen« ist es so eine Sache, das weiß sie aus Erfahrung. Sie trägt jetzt keine Robe. Ein Landgerichtspräsidenten-Amt in der Nazizeit ist als solches kein »bestimmtes« im Sinne des »Braunbuchs«, sagt sie sich. Die Daten des »Braunbuchs« würden weitgehend auf erbeuteten NS-Quellen basieren, ihre Auswertung sei mit Blick auf den Systemgegner Bundesrepublik geschehen.

»Was Mitgliedschaften in der SS anlangt, empfehlen wir, sich an das Bundesarchiv in Berlin zu wenden, Abteilung Deutsches Reich. Dort werden die SS-Personalakten, die einstmals in dem von amerikanischen Stellen verwalteten Berlin Document Center lagen, verwaltet.«

Das klingt förmlich. Aber was hat sie denn erwartet? Dass man mit ihr am Beispiel ihres Familiennamens über die Ermordung von Juden plaudert?

Sie steht eine Weile gedankenlos am Fenster. Draußen gehen junge Leute vorbei, sie tragen Jeans mit Löchern und Schlitzen, um ihre nackte Haut zu zeigen, Mädchen auf High Heels oder Holzclogs, in Miniröcken und Shorts. Die Tätowierungen an ihren Körpern wurden ihnen nicht zugefügt, sie haben dafür Geld ausgegeben. Niemand hat sie entkleidet, um sie zu entwürdigen. Mit ihrer nackten Haut wollen sie provozieren. Man schreibt das Jahr 2010.

Auch nachdem sie den Hörer aufgelegt hat, wähnt sie sich noch immer in einer anderen Zeit. Sie telefoniert wegen einer Vergangenheit, die sie nicht erlebt hat, für die sie nicht verantwortlich ist. Wer von diesen jungen Leuten hätte ein Interesse, ihr auf dieser Reise zu folgen? Sie hat den Familiennamen preisgegeben, ohne ihren Bruder zu fragen.

Sie setzt sich an den PC. Und schreibt unter:

»Betreff: Profilierte Nationalsozialisten

Sehr geehrte Damen und Herren, als Strafrichterin beschäftigt mich in meinen Urteilen der Zustand unserer Gesellschaft. Dieser existiert und erklärt sich nicht zuletzt vor dem Hintergrund der Ereignisse, der Verstrickung der damals Agierenden, der Regierenden im Dritten Reich.

Mein außerdienstliches, wissenschaftliches Interesse gilt

unter anderem ehemaligen Kollegen, also Richtern und Staatsanwälten, die im Hitler-Deutschland nicht nur Mitläufer, sondern Parteiangehörige, Mitglieder der SS gewesen waren.

In diesem Zusammenhang bin ich auf den Namen meines Vaters, Hermann S., gestoßen. Mein Vater war bis zum Jahre 1975 als Landgerichtspräsident in A. tätig und ist 1998 verstorben.

Lassen sich anhand Ihrer Unterlagen Erkenntnisse über eine profilierte Tätigkeit von Hermann S. im Nationalsozialismus gewinnen?

Ich wäre Ihnen sehr verbunden, wenn Sie mir bei meinen Recherchen behilflich wären.«

Um 15.30 Uhr schließt sie das Schreiben »mit freundlichen Grüßen«.

Sie sitzt am PC und schaut auf die schwarzen Zeilen, ohne sie nochmals zu lesen. Sie müsste jetzt etwas fühlen. So oder so. Sie fühlt nichts. Sie fragt sich, was das bedeutet. Sie versucht, sich eine Antwort zu geben. Sie weiß es nicht.

Auf ihrer Fahrt in die Justiz wirft sie das Kuvert in einen Briefkasten, der um 18 Uhr geleert werden wird. Dann lässt sie ihren Wagen stehen, geht über die Eiserne Brücke. Sie stellt sich vor, welchen Weg ihr Brief in die »Abteilung Deutsches Reich« nehmen wird. Kein Fremder, sie selbst hat aufgerufen zum großen Halali, zur Parforcejagd auf ihren eigenen Namen.

Sie geht die lange Schaufensterscheibe des »Bio-Markt Grossherr« entlang. Sie nimmt sich vor, keinen Blick ins Innere zu werfen, das Geschäft ihres Nachbarn ist für sie tabu.

Dann hört sie, dass von innen jemand gegen die Scheibe klopft. Es ist Anja. Sie haben sich monatelang nicht mehr gesehen. Der Kaffeehaustisch, an dem sie sitzt, ist nahe ans Fenster gerückt. Anja strahlt, winkt sie herein. Sie spürt, nichts ist gespielt, das Glas trennt sie voneinander. Nur jetzt keine alten Tage beschwören, nimmt sie sich vor.

»Ich sitze manchmal hier. Du meinst unter all den Leuten da draußen zu sein und bist es doch nicht. Du gehörst dazu und doch wieder nicht.« Anja schaut sie dabei an, als würde sie eine Bestätigung von ihr erwarten. Sie überlegt eine Weile, ob sie ihre Antwort zurückhalten soll.

»Das habe ich nicht von dir erwartet.«

Anja lächelt nachsichtig. Erstaunlich, dass Anja nicht danach fragt, was sie damit meint.

Sie sitzen nebeneinander und schweigen. Wie früher: Sie haben sich verausgabt, zum Beispiel bei einem ihrer Gewaltmärsche, einer Fotosafari, quer durch eine griechische Insel, jetzt ruhen sie sich in einer Kirche aus und freuen sich auf die abgelichteten Motive.

»Ich hol dir Kaffee«, sagt Anja.

Am Verkaufstresen leuchtet über ihrem schwarzen Haar grün »Bio-Markt Grossherr«.

Sie stellt die für Judith S. bestimmte Kaffeetasse am Tisch ab, nippt an ihrer, auf der wie auf allen Kaffeetassen in diesem Biomarkt in grün »Bio-Markt Grossherr« steht, stellt sie zurück und lacht.

»Ich bin zweimal in der Woche hier wegen meiner Tochter. One, two, three … four, five, six … seven, eight, nine … Hoch springen! Beine spreizen! Toe Touch! Tamara trainiert mit den Cheerleadern, drüben in der Turnhalle. Da wird nur so gecheert, gestuntet und getumbelt.«

Dass sie Puschel schüttelnde, sich für Männer reckende, streckende Mädchen albern findet, verschweigt sie. Sie sagt stattdessen: »Wie schön!«

Mit »Wie schön!« reagierte ihre Mutter, wenn sie um eine Antwort verlegen war. »Wie schön!« konnte bei ihrer Mutter alles bedeuten, vor allem sich in das Schicksal ergeben.

»Ich lese immer wieder von dir.«

»Was gibt es von mir zu lesen?«

Über eine Gewalttat von Jugendlichen in einer Münchener U-Bahn-Station hat sie für eine überregionale Zeitung eine »Außenansicht« geschrieben. Zur Sicherungsverwahrung wurde sie, die »kompetente Juristin«, von der hiesigen Presse befragt.

»Deine Meinung ist mir sehr wichtig«, Anja sagt das mit einem Ernst, als käme sie bald mit etwas sehr Persönlichem auf sie zu.

Dann erzählt sie von Susanne. Sie ist weggezogen und kommt mit ihrer Familie jetzt wieder zurück. »Meinst du«, fragt sie, »man kann das wieder …?«

»Aktivieren«, bringt sie Anjas Frage zu Ende. Sie lächelt, eine Antwort gibt sie nicht.

»Da ist sie!«

Aus der ehemaligen Essigfabrik gegenüber tritt ein etwa 16-jähriges Mädchen, es überquert die Straße, mit einer Sporttasche nähert sie sich dem Bio-Markt. Sie lässt die Tasche achtlos fallen und stützt sich mit ausgebreiteten Armen demonstrativ an der Glasscheibe ab. Sie drückt ihr verschwitztes Gesicht gegen das Glas, Tochter und Mutter begegnen sich auf Augenhöhe. Sie blicken sich an und fangen an zu lachen.

Anja verabschiedet sich, indem sie Judiths Hand fasst und drückt. Nach zwei, drei Schritten dreht sie sich nochmals um: »Wir leben getrennt. Es wird jetzt ein Jahr.«

Im Eingangsbereich stauen sich vor der Theke Kunden und Gäste, die sich selbst bedienen. Anja bahnt sich energisch den Weg nach draußen. Sie hat es eilig, als käme es darauf an, nicht zu spät zu kommen.

Das Mädchen hält sein Gesicht noch immer gegen die Glasscheibe gedrückt. Sie, im Innern des Cafés, ist mit ihrem Stuhl instinktiv noch ein Stück näher an die Scheibe herangerückt. Tamara, die Tochter von Anja, die vor fünfzehn, zwanzig Jahren einmal ihre gute Freundin war, schaut ihr, der Fremden, in die Augen. Das Mädchen kann sich sicher nicht mehr an sie erinnern. Sie hat Tamara vielleicht vor zehn Jahren zum letzten Mal gesehen. Um ihre Mutter, die jeden Augenblick erscheinen kann, kümmert sie sich nicht.

Sie ist erhitzt!, denkt sie sich beim Anblick von Tamara. Sie ist ganz nass im Gesicht! Sie würde dem Mädchen gerne den Schweiß von der Stirn tupfen. Sie bildet sich ein, die Wärme von Tamaras Gesicht zu spüren. Sie stellt sich vor, wie dieses Mädchen Sprünge macht, so lange, bis es erschöpft ist. In den geröteten Wangen glüht die Anstrengung dieser Sprünge nach.

Sie geht über die Eiserne Brücke zu ihrem Wagen zurück und fährt noch einmal ins Büro. Sie liebt es, ihren Arbeitsplatz zu einem Zeitpunkt aufzusuchen, an dem die anderen die Behörde verlassen. Mit Verfügungen, die sie in den Voice Recorder diktiert, hält sie die Aktenvorgänge in Bewegung.

Sie selbst hat ein zwiespältiges Verhältnis zu ihrer Stimme; manchmal mag sie den Klang ihrer Stimme nicht, hasst ihren Akzent. Sie hat nie aufgehört, daran zu arbeiten. Mit tiefer, sonorer Stimme, die ihre süddeutsche Herkunft nicht verrät, möchte sie sprechen. Hört sie Radio, kommt es vor, dass die Stimme, die sie hört, ein Begehren nach der Person weckt, die spricht, gleich, ob sie männlich oder weiblich ist. Bei ihren mündlichen Urteilsbegründungen, die sie frei vorträgt, ohne eine Aufzeichnung zu benutzen, kann sie ihre Stimme leiden. Aufgrund ihre Stimme will sie begehrt werden. Ihre Stimme kann man nicht berühren. Kann man mit einer Stimme schlafen?

Zum Abendessen sucht sie ein von Touristen bevorzugtes Restaurant in der Altstadt auf. Sie sitzt im Freien, in einem Innenhof. Die Bedienung, deren slawischen Gesichtsausdruck sie nicht übersieht, hält sie für eine Fremde. Wahrscheinlich weil sie minutenlang über die traubenartigen Blütenstände der über die Freifläche verteilten Robinien auf die Heilig-Geist-Kapelle geblickt hat. »Das ist die Heilig-Geist-Kapelle, ein Wahrzeichen von A.«, flüstert die Frau ihr andächtig zu. Dabei war sie nur in Gedanken versunken, auf Namenssuche für das Bild »Mädchen mit Katze«.

Bis spät in die Nacht sitzt sie über den Fotografien. Sie liegen auf dem Wohnzimmertisch um das Album verteilt, für das sie sich entschieden hat. Ihr Vater hat es wohl am Ende der Dreißigerjahre angelegt. Das Format des Albums hat sie nachgemessen: 35 mal 25 Zentimeter. Es ist in Leder gebunden und zeigt auf der Vorderseite vollformatig und ausschnitthaft eine Stadtansicht. Die Wiedergabe einer offenen, sich im Bildhintergrund verengenden Straße, eingefasst von Fachwerkhäusern, ist in das Leder geprägt und überwiegend in Brauntönen coloriert. Die Genauigkeit, der Detailreichtum der Häuser, die weitwinkelhaft verzerrt, zu beiden Seiten der Straße stehen und ihren Blick in die Tiefe der Abbildung ziehen, wirkt auf sie wirklichkeitsgetreu und magisch zugleich. Sie kann sich nicht vorstellen, dass diese Ansicht von einem Künstler erfunden wurde und in Wirklichkeit nicht existiert hat. In das zartblaue Himmelsdreieck über den Hausgiebeln sind schwarze Linien schraffiert, die, schaut sie nur lange genug darauf, Unheil suggerieren. Vielleicht ist auch deshalb die Straße menschenleer. Die unterschiedlichen Schmuckformen der Hausfassaden, Andreaskreuze, Doppelstreben, das Schnitzwerk in den Holzbalken, deren farbliche Gestaltung, lassen ihren Blick nicht zur Ruhe kommen.

Seit Jahrzehnten liegt dieses Album unberührt in einem Reisekoffer. Jetzt hat sie es vor sich. Sie schaut auf diese lederweiche, plastische Ansicht, sie fühlt sich wie in einem Kino der Dreißiger-, Vierzigerjahre, wenn der Samtvorhang aufgeht und auf der Leinwand eine deutsche Kleinstadt flimmert.

Obwohl auf der ersten Seite des Albums handgeschrieben »Album der Familie Hermann S.« steht, finden sich darin überwiegend Fotos von ihrem Vater. Bis 1957, dem Geburtsjahr ihres Bruders Markus, ist das verständlich. Ihrem Bruder und ihr, die 1964 »dazustößt«, wie sie die Familienerweiterung beim Durchblättern heiter beschreibt, sind sechs Fotos gewidmet; ihre Mutter bringt es, das Hochzeitsfoto mitgerechnet, auf sieben Bilder. Hermann S. wird bis auf eine einzige Fotografie den Platz räumen müssen. Der

Korpsstudent, der Rechtsreferendar, der Offizier – sie alle müssen weichen.

Einzig die Fotografie, die ihren Vater in seinem Dienstzimmer zeigt, wird bleiben. Aus »gebührendem Abstand« hatte der Fotograf seine Linse auf ihn gerichtet. Er musste wohl am Ende des schmalen, lang gezogenen Raums, an dessen anderem Ende Landgerichtspräsident Hermann S. hinter seinem Schreibtisch posierte, sein Stativ aufgestellt haben. Die fast durchgängig mit Holzkassetten verkleideten Wände verdunkelten den Raum. »Juni 1975«, wenige Tage vor seiner Pensionierung, saß ihr Vater auf dem Sessel, auf den sie heute Vormittag Landgerichtspräsident Baumann gedrückt hat. Es gibt eine Kontinuität, sagt sie sich, während sie in dem Gesicht ihres Vaters zu lesen versucht.

Sie ist dabei, ein System, eine Ordnung in die Papierabzüge zu bringen, die sie von ihren Dias hat anfertigen lassen. Ein schwieriges Unterfangen. Manche Bilder muten wie unscharfe Filmsequenzen an; eine weibliche Person, von der sie nur rockabwärts die nackten Beine sieht, bewegt sich, aber sie, die das Bild zu entschlüsseln versucht, weiß nicht wohin. Ein anderes Foto zeigt einen Mann, der an einem Tisch steht, auf dem alle Vorbereitungen für den Nachmittagskaffee getroffen sind. Vier Gedecke sind aufgetragen, auf einer Kuchenplatte drängen sich Tortenstücke aneinander, von der bunten, künstlich wirkenden Glasur schließt sie auf einen Kindergeburtstag, die Kinder fehlen auf dem Foto. Die männliche Person ist auf der Fotografie nicht voll wiedergegeben, die Abbildung endet über dem Mund, das Kinn ist vorstehend und wirkt, ohne das optische Zusammenwirken mit Nase und Stirn, etwas brutal. Wenn dieser Mann der Vater des »Mädchens mit Katze« sein sollte, wäre sie dann enttäuscht? Auf einem weiteren Foto ist ein Ball auszumachen, ein weißer Ball mit Wabenstruktur. Den Fußball ordnet sie nicht dem »Mädchen mit Katze« zu, dem sie, obwohl der Papierabzug noch aussteht, jetzt gleich einen Namen geben wird. Gibt es ein zweites Kind, einen Jungen?

Sie hat sich für Laetitia entschieden. Dieser Name war plötzlich da, so wie das Mädchen, das diesen Namen nun tragen wird, plötzlich da war, da ist – »in meinem Leben«, sie sagt es leise, für sich, während ihre Hände die auf dem Tisch ausgebreiteten Bilder zu immer wieder neuen Formationen verschieben. Sie nennt das Mädchen Laetitia, weil Laetitia die Personifikation der »grundlosen Freude« ist.

In dieser Nachtstunde erscheint ihr alles als eine scheinbar »grundlose« Fügung, zu der sie nichts beigetragen hat. Dass sie an Sonntagen immer gegen Mittag den Friedhof aufsucht, um das Grab ihres Vaters zu gießen. Dass sie exakt in dem Augenblick, als das »Mädchen mit Katze« sich hinter der Mauer aufbaut, das Weitwinkelobjektiv in den Torspalt steckt. Dass sie, noch im Auto, die richtige Kombination von Belichtungszeit und Blende wählt und das Wetter an diesem Sonntag mitspielt.

Dort, wo der Offizier Hermann S. auf mattem Tonpapiergrund dem Betrachter des Albums mit gespielter Sieghaftigkeit entgegenblickt, wird Laetitia, das ungebändigte Mädchen mit den grünen Augen, sie anschauen. Gespielte Sieghaftigkeit muss der grundlosen Freude weichen.

Die Katze nennt sie Henriette.

Kapitel 3

SIE LIEST BEIM FRÜHSTÜCK die Lokalzeitung: »Sucht Sextäter neues Opfer?« Als Pressesprecherin kann sie sich die Lektüre solcher Artikel nicht ersparen. »Hat der Triebtäter, der sich nach Verbüßung einer milden Freiheitsstrafe schon wieder auf freiem Fuß befindet, erneut versucht, über eine Frau herzufallen?«

Im Büro bekommt sie einen Anruf von Baumann. »Eine Stadt sucht einen Mörder – Sie sind gefordert!«, sagt er in einem nicht ernst zu nehmenden Ton.

Natürlich bittet Baumann sie nicht darum, dass sie sich als Pressesprecherin mit dem Urteil eines Kollegen öffentlich auseinandersetzt. Sie soll eine aufgebrachte Öffentlichkeit beruhigen. Sie wird versichern, dass bei gerichtlichen Entscheidungen die Sicherheitsbelange der Bürger im Auge behalten werden.

Sie hält ihre Pressekonferenzen nicht nur im Justizpalast ab, sondern sucht gelegentlich die Medienvertreter in deren eigenen Räumen auf.

Die im Glashaus sitzen, fällt ihr ein, als sie beim Funkhaus vorfährt. »Ihr Haus besteht aus Glas und Stahl und fordert von einer Pressesprecherin schon deshalb absolute Transparenz«, mit diesen Worten wird sie die Konferenz beginnen.

Die Damen und Herren sitzen wie aufgereiht an schmalen Tischen vor ihrem Mineralwasser und blicken kritisch zu ihr auf. Sie steht nicht hinter, sondern vor dem Rednerpult, das man für sie aufgestellt hat. Auf dem Rednerpult läuft ein Ventilator. Sie spricht, ohne Unterlagen zu benutzen, und kann sich deshalb frei bewegen. Das Arsenal an vorbereiteten Fragen, die aufgesagt wirken, ist schnell aufgebraucht, ihr scharfer Tonfall einstudiert, sie schreibt es nicht der Hitze zu, unter der die, die im Glashaus sitzen, leiden, aber nicht sie. Sie hätte es sich »spannender« gewünscht. Sie hat das Gefühl, man sieht in ihr nichts anderes als die Verkörperung der Justiz. Das Schweigen der Journalisten verstärkt diesen Eindruck noch. Sie ist mit dieser Sicht nicht einverstanden. Vielleicht will sie von denen, die ihr zuhören, vor allem als Frau gesehen werden. Sie ist sich über das Unbehagen, das sie bei ihrem Auftritt empfindet, nicht im Klaren. Ab und zu dreht sie den Medienvertretern den Rücken zu, steht mit dem Gesicht von ihnen abgewandt, sie spielt in der Art von Carmen Stolzz ein bisschen mit der Vorstellung, sich wehrlos zu machen, sich ihnen auszusetzen, doch es funktioniert nicht. Sie hält eine Hand in den Luftstrom des Tischventilators und fährt sich mit den kühlen Fingern langsam durchs rote Haar und dreht dabei ihr Gesicht zur Seite. Sie hat jetzt eine Ahnung von sich, die ihr gefällt.

Sie kennt von vorneherein alle Fragen und weiß von vorneherein alle Antworten, es wiederholt sich, bleibt immer dasselbe. Wenn es vorbei ist, sind alle zufrieden, sie hätten es sich ersparen können, am Ende sind sie stolz darauf, ein paar Sätze außerhalb dieser Veranstaltung, semiprivat, mit ihr wechseln zu dürfen oder doch wenigstens neben ihr zu stehen. Sie hält sich jetzt hinter dem Rednerpult, das sie vorher gemieden hat, auf und trinkt einen Schluck Wasser aus dem Glas, das man ihr, noch bevor sie diesen Raum betreten hat, bereitgestellt hat. Allmählich löst sich die Gruppe auf. Das abgestandene Wasser schmeckt schal, sie möchte es ausspucken.

Eine Person ist geblieben. Die Person sucht Kontakt zu ihr, wegen etwas Persönlichem, weshalb sie die Gesellschaft von Kollegen meidet. Sie spürt das, als der Mann sich von dem Tisch in der hintersten Reihe erhebt und auf sie zukommt. Er ist mittelgroß und außergewöhnlich schmal. Eine Figur für Anzüge, wie sie jetzt Mode sind, mit stutzerhaft kurzem, antailliertem Sakko, an einem einzigen Knopf geschlossen, den es, so schlank das männliche Modell auch sein mag, zu sprengen droht, und einer eng an den Schenkeln anliegenden Hose, unter der sich das Geschlecht abzeichnet. Sie konstatiert mitleidlos: Man hat diesen Mann für diesen Anzug entworfen.

»Ich war Ihnen zur Ausbildung zugeteilt. Können Sie sich an mich erinnern?« Er schaut sie erwartungsfroh an, sie bringt es nicht fertig, ehrlich zu sein.

»Sie machen mich ja älter, als ich es bin, zumindest als ich mich fühle.«

Ein Anwalt, der sich mit der Rechtsberatung für den lokalen Sender Bescheidenes hinzuverdient. Gleich wird er sein Kärtchen aus seiner Brieftasche ziehen, die so schmal ist, dass sie sein Sakko nicht ausbeult, und es ihr reichen. Ein Vorgang, der sich üblicherweise in ihrem Büro abspielt. Wobei die Bitte um Pflichtverteidiger-Beiordnung in aller Regel mit einem leidenschaftlichen Interesse für das Strafrecht begründet wird. In Wirklichkeit geht es den meisten Anwälten nur um das Honorar.

»Ich hatte noch kein Mandat für eine Strafverteidigung ... Ich dachte ... ich könnte ... ich möchte von Ihnen lernen«, bekennt er ehrlich.

Sie wirft einen Blick auf das Kärtchen, liest den Namen ab, Herbert Rötzer. In diesem Augenblick nimmt sie sich vor, seinem Wunsch nachzukommen und weiß doch zugleich, dass sie es vergessen wird. In ihrer Schreibtischschublade sammeln sich solche Kärtchen. Sie lächelt ihn verbindlich an. Er hat ein Bubengesicht, findet sie, kein erfolgreiches, schätzt sie, es hat zu viel Sonne abbekommen, in Sitzungssälen bräunt man nicht.

Dieser Juni ist heiß und trocken. Es genügt nicht, dass sie das Grab ihres Vaters nur sonntags aufsucht. Ohne ihre Spiegelreflex fährt sie vom Funkhaus zum Friedhof. Was geschieht mit Laetitia und Henriette, wenn der »Eisbuckel« jetzt unter ihr schmilzt? Sie kann abschalten, umschalten, während eine Stadt einen Mörder sucht. Autos begegnen ihr mit schwarz-rot-goldenen Fähnchen und schwarz-rot-goldenen Seitenspiegeln, schwarz-rot-golden geschminkte Gesichter lachen ihr hinter Windschutzscheiben zu, als wäre sie eine von ihnen. Als sie den Friedhof wie immer durch den Seiteneingang betritt, erschreckt sie der laute Ton eines Blasinstruments, sie fährt zusammen, als hätte ein Elefant in nächster Nähe trompetet. Sie wirft einen Blick über die Mauer: Aus einem der höher gelegenen Fenster im rückwärtigen Teil des Leichenschauhauses hängt ein Tuch in den Deutschlandfarben mit aufgedrucktem Adler und Fransen.

Hinter dieser Mauer findet gerade kein Familienleben statt. Was sie nicht bedauert, schließlich ruht ihre Kamera weich gebettet im Kleiderschrank. Zum Grab ihres Vaters geht sie heute nicht den schönen, ernsten, von Pappeln gesäumten Weg, der sie immer an Toskanafotos erinnert. Mit der randvollen Plastikgießkanne arbeitet sie sich querfeldein, im Zickzackkurs an den Gräbern vorbei, zu ihrem Vater vor. Dabei hat sie, abgekommen vom gewohnten Weg, die Orientierung verloren. Doch zwei, drei Grabmale dienen ihr als optische Haltepunkte, signalisieren ihr, dass sie noch einige Reihen entfernt von ihrem Vater ist. Da, wo sich Gräber befanden, die seit längerer Zeit schon aufgelassen sind, ist das Erdreich platt gemacht, Gras, Löwenzahn, Klee überwuchern den Boden, der an manchen Stellen kahl ist. Das Grab ihrer Mutter liegt im Schatten. Mit der »unanständig gestorbenen Mutter« wollte der Präsident nicht zusammenziehen. In ihrem von fremden Grabsteinen eingeengten Blickfeld leuchtet endlich in Goldglanz »Hermann S. Landgerichtspräsident a. D.« auf; sie ist abgelenkt, unachtsam, Wasser schwappt aus der Kanne, rinnt das grüne Plastik hinab.

Beim Gießen verschwendet sie Wasser, vergießt das meiste über den Stein. Sie schreibt es dem Brausemundstück der Kanne zu. Sie muss zum Brunnen zurück.

Sie liebt die Natur. Doch an ihr ist keine Gärtnerin verloren gegangen. Sie weiß, sie soll die Geranien nicht mit Wasser überschütten, sondern die Erde in der Blumenschale mit Feuchtigkeit versorgen. Als mit brauner Erde vermengtes Wasser überläuft und in Rinnsalen über dem Stein schwimmt, wendet sie sich den benachbarten Gräbern zu.

Auf diese Weise hat sie eines Tages angefangen, die Nachbarschaft des Landgerichtspräsidenten Hermann S. zu erkunden. Das zur Rechten sich anschließende Grab bedarf keiner Wässerung; das in die Mitte der Natursteinplatte platzierte Gesteck ist schon lange verdorrt, nur das rote Seidenband, das es zusammenhält, hat den Witterungseinflüssen standgehalten. Ein Ehepaar, Josef und Magdalena Riedermann, hat hier noch vor ihrem Vater seine letzte Ruhe gefunden. Die beiden zur Linken befindlichen Gräber sind großzügiger bepflanzt. Sie hat es sich angewöhnt, sie zu gießen. Manchmal geht sie verschwenderisch mit dem Wasserrest um, sodass das zweite, am Wegrand liegende Grab nur ein paar Tropfen abbekommt. Ist das der Fall, geht sie tatsächlich nochmals zum Brunnen zurück und füllt die Gießkanne mit Wasser. Sie will, dass es gerecht zugeht.

Wenn sie eine Viertelstunde später den »Eisbuckel« hinunterfährt, denkt sie über ihren Gerechtigkeitssinn nach, ihr zwanghaftes Verhältnis zur Gerechtigkeit macht ihr zu schaffen. Vielleicht macht es auch die Nähe zu den Biebels aus: Aber hier oben, über der Stadt, will sie, anders als unten im Justizpalast, keine strafende Gerechtigkeit sein.

Ihr Vater ist 1998 hierhergezogen, nimmt sie seine Diktion auf. In gutbürgerliche Verhältnisse hatte er sich einquartiert. Doch im Lauf der Jahre hat sich die Wohnlandschaft verändert. In Blicknähe ist eine Grabplatte buchstäblich eingeknickt. Der Stein ist der Länge nach mittig eingebrochen und steht zu beiden Seiten auf. Was auf ihm stand, ist in die sich aus dem Bruch ergebende Vertiefung gerutscht. Giftgrüne Kunstblumen, Grablichter, zur Unkenntlichkeit Verdorrtes liegen als Kehricht des Totengedenkens wie auf einer wilden Müllkippe übereinander. Auf einem anderen Grabstein ist ein mit einer Folie überzogener Notizzettel angebracht, ein Memo, wie man es für Büro und Haushalt verwendet. Auf dem Zettel steht fett gedruckt das Wort »erloschen«; das handgeschriebene Datum »19.3.2008« mahnt die längst fällige Räumung der Grabstätte an. Rund um das väterliche Grab werden Gräber aufgelassen, finden Beerdigungen statt, an die Situation in einem Hochhaus erinnert sie das, in dem die Mieter ständig wechseln. Sie war noch ein Kleinkind gewesen, als sie von heute auf morgen ihr Wohnviertel aufgegeben hatten, weil in einer ehemals städtischen Villa plötzlich Obdachlose nächtigen durften. Heute kann sich ihr Vater seine Nachbarn nicht mehr aussuchen, kann nicht einfach wegziehen.

Sie könnte sich bei der Friedhofsverwaltung beschweren. Doch dieses Entstehen, Verfallen ist Teil eines Provisoriums, zu dem auch das Metalltor gehört, das nicht ganz schließt und die Biebels nicht davor schützt, dass sie dann und wann für einen Augenblick an deren Leben hinter der Mauer teilnimmt.

Den zwei in der Reihe ihres Vaters ganz außen liegenden Gräbern gilt ihr besonderes Interesse. Das vorletzte Grab nennt sie »Russengrab«; das letzte verdankt seinen Namen einem deutschen Dichter. Sie nennt es das »Schillergrab«. Von einer in den Grabstein eingelassenen, Emaille überzogenen Fotografie schaut ihr ein jugendlich wirkender Mann entgegen. Er hat schulterlanges blondes Haar und trägt ein weißes Hemd mit Schiller-Kragen. Natürlich hat sich der jung Verstorbene sein Sterbebild nicht selbst ausgesucht. Aber sie kann sich gut vorstellen, dass er sich für dieses Bild, das ihn mit offenem Hemdkragen zeigt, entschieden hätte, um seinen Hinterbliebenen zu sagen, dass es nichts bringt, um ihn zu trauern.

Schiller ist so alt wie sie. Sie denkt über den Widersinn nach, der in dieser Formulierung steckt. Der offene Hemdkragen zeigt eine nackte, unbehaarte Brust. Erst seit zwei Jahren begrenzt Schiller nach Westen die Reihe, in der ihr Vater liegt. Sie hat ihn zuerst nicht wahrgenommen. Das in der Gießkanne verbliebene Wasser war bei dem daneben befindlichen »Russengrab« in aller Regel schon aufgebraucht. Allenfalls ein paar Wassertropfen hatte er abbekommen, wenn sie die federleichte Plastikkanne schwenkte, um sie vollends zu leeren. Immer öfter denkt sie jetzt über ihn nach. Woran ist er gestorben? Die Inschrift gibt keine Auskunft über seinen Beruf. Hat er eine Frau hinterlassen? Kinder? Sie stellt sich ihn unverheiratet vor. Sie wünscht sich ihn unverheiratet und kinderlos. Würde er an einem heißen Sommertag mit einem Rad den »Eisbuckel« heraufkommen und ihr, die sie gerade dabei ist, aus ihrem Audi zu steigen, begegnen, dann würde sie vor seiner nackten Brust ihren Blick nicht senken; sie müsste sich zu seiner Brust kein anderes Gesicht als seines denken. Seit sie von Laetitia hinter der Mauer weiß, bringt sie Schiller auch mit ihr in Verbindung. Schiller, Laetitia und sie. Laetitia ohne die Biebels, aber mit Henriette. Sie hat noch so viel vor sich: Sie kennt weder seine Stimme noch die von Laetitia. Sicher gibt es irgendwo eine CD oder eine Kassette, auf der seine Stimme aufbewahrt ist. Der Gedanke, nach diesem Tonträger zu forschen, ist reizvoll. Sie war jahrelang Staatsanwältin, für sie ist eine solche Recherche kein Problem. Sie genießt es, sich das alles vorzustellen, denkt es aber nicht zu Ende. Sie spielt mit diesen Gedanken und diese Gedanken spielen mit ihr. Ihre Gedanken, das, was sie fühlt, alles, was sie ausmacht, wenn sie in ihrem Auto sitzt und unterwegs ist, alles befindet sich in einer aufregenden, unwirklichen Balance, die sie versucht, über die Autofahrt hinaus zu halten. Sie hat in ihrem Amt so viel mit Wirklichkeit zu tun, dass ihr solche Ausflüge zustehen. Sie muss sich dafür nicht schämen.

Sie geht den von Pappeln gesäumten Weg nochmals zurück zum Brunnen, um die Gießkanne zu füllen. Sie wird das »Russengrab«« und das »Schillergrab« ausgiebig wässern. Ob es sich bei Andrej M. um einen russischen Staatsangehörigen handelt oder um einen Russlanddeutschen ist weder dem Grab noch dem Foto anzusehen, das über dem Namen des Verstorbenen angebracht ist. Nur ganze dreiundzwanzig Jahre alt ist er geworden. Das Foto zeigt ihn in einem schwarzen Sakko, von dem sie annimmt, das es zu einem Anzug gehört und steif an ihm wirkt. Sie braucht nicht viel Fantasie, sich vorzustellen, dass es sein einziger Anzug war und dass man ihm Anzug, weißes Hemd und Selbstbinder aus Anlass dieser Aufnahme verordnet hatte. Schiller sieht jünger aus, als er es war. Der Russe hingegen scheint über sein wahres Alter hinaus gealtert. Der Russe rührt sie. Wollte er sich in Anzug und Binder von den russischen Straftätern absetzen, die ihr, der Strafrichterin, zunehmend das Leben erschweren? Ein kleiner, weißer, kitschiger Engel hockt auf der hochpolierten Grabplatte, er schaut zur Seite, ist offensichtlich von etwas, was er gerade wahrgenommen hat, abgelenkt. Mit einer Girlande aus Kunststoffrosen in bunten Farben hat man seine dicken Schenkel drapiert.

Sie hat das »Russengrab« nochmals mit Wasser versorgt. Jetzt gießt sie das »Schillergrab«. Der nasale Ton, der sie beim Betreten des Friedhofs erschreckt hat, erreicht sie selbst hier am Grab dieses blonden Fremden, mit dem sie das Alter teilt. Die Lautstärke, mit der irgendwo ein Fußballnarr den immer gleichen Grundton bläst, ist aus dieser Entfernung aber erträglich. Der letzte Wassertropfen ist vergossen, die leere Plastikkanne schaukelt an ihrem Zeige- und Mittelfinger zum Rhythmus ihrer Schritte. Auf dem Weg begegnet ihr ein Mann in grünem Overall. Obwohl sie keinen Blickkontakt sucht, fällt ihr das lange blonde Haar des hünenhaften Mannes auf. Es erweckt, weil es sie an das Haar des Verstorbenen, den sie Schiller nennt, erinnert, ihre Neugier. Sie verlangsamt ihren Schritt, sie darf nicht zu schnell am Brunnen sein, will sie den Weg, den der Mann im grünen Overall eingeschlagen hat, verfolgen.

Sie traut ihren Augen nicht. Sie stellt die Kanne ab, verengt ihren Blick. Der Mann hat sich ausgerechnet vor dem Grab von Schiller aufgebaut, er steht hochaufgerichtet, regungslos davor, wie in Andacht versunken, seine Arbeitskleidung trägt eine Aufschrift, die sie aus dieser Entfernung nicht entziffern kann.

Beim Verlassen des Friedhofs sieht sie nochmals zu dem schwarz-rot-goldenen Tuch, das aus einem Fenster im rückwärtigen Teil des Leichenschauhauses hängt, hoch. Sie kann sich nicht vorstellen, dass Laetitias Herz für Fußball schlägt.

Benommen sitzt sie in ihrem Audi, sie hat den Wagen noch nicht angelassen. Sie kämpft um Distanz zu ihren Gefühlen. Wer ist dieser Fremde? Was hat er an Schillers Grab verloren? Aber was geht sie das eigentlich an? Sie sieht im Rückspiegel über drei geparkte Autos hinweg einen grünen Kastenwagen. Er ist ihr bei ihrer Ankunft nicht aufgefallen. Er hätte ihr auffallen müssen, weil sie rückwärts eingeparkt ist. Sie steigt aus, geht über die Straße, beugt sich über die Topfpflanzen in den Stellagen vor dem Gärtnereibetrieb, von hier aus kann der hünenhafte Fremde im grünen Overall ihren Blicken nicht entgehen. Sie will kontrollieren, nicht um zu dominieren, entschuldigt sie sich, sondern nur, um von anderen nicht beherrscht zu werden. Sie braucht nicht lange ein Interesse an den Topfpflanzen vorzutäuschen. Er tritt aus dem Seiteneingang des Friedhofs, geht auf den Wagen zu; ein Gärtner in einem grünen Arbeitsanzug, ein Mann, der sich hinter das Steuer eines klobigen Wagens setzt, dem das zärtliche Wort »Blumenliebe« auf das Blech seines kastenförmigen Aufbaus geschrieben ist. Ein ungeschlachter Typ mit einem unreinen, etwas vernarbten Gesicht, was sie selbst über die Straße hinweg feststellen kann. Auf einen ersten Blick versöhnt das lange blonde Haar mit dieser Ansicht. Jetzt wird sie zynisch: Vielleicht hat er an dem fremden Grab gebetet, die Ähnlichkeit mit dem hier Beerdigten möge sich nicht nur auf die schulterlangen Haare erstrecken. Ist sie eifersüchtig? Sie hat eine Nähe zu diesem Toten entwickelt. Die will sie mit niemandem teilen. Aber kann man denn überhaupt auf einen unbekannten Toten eifersüchtig sein? Ja, gesteht sie sich ein. Vielleicht verhält es sich ähnlich wie mit Stimmen, die man auch nicht berühren kann, und deren Sprecher sie dennoch oder vielleicht gerade deshalb manchmal begehrt.

Sie kann sich viel vorstellen, aber nicht, wenn sie unter

Menschen ist, nicht in ihrer Behörde. Sie muss dazu allein sein, mit Stimmen und auch mit diesem Toten. Sie verfügt über die Vorstellungskraft, Stimmen und Tote zu berühren.

Der Mann im Overall arbeitet in einer Gärtnerei, nicht in der, vor der sie gerade steht. Aber er hat auf dem Weg zu Schillers Grab in seinen Händen, die sie sich groß vorstellt, nichts gehalten: keine Schaufel, kein Pflänzchen. Hat er das Grab bewusst aufgesucht oder ist er unterwegs zu einem anderen Grab zufällig auf die Fotografie gestoßen? An Werktagen ist sie selten hier. Dass sie ihn heute zum ersten Mal angetroffen hat, hat nichts zu sagen. Sie weiß auch wenig über das Werktagsleben der Biebels.

Sie will jetzt auf schnellstem Weg nach Hause. Im Auto ruft sie einen gespeicherten Sender ab. Sie braucht Hintergrundmusik, Hintergrundgeräusche, gleich welcher Art. Sie ist nicht mehr in der Behörde und noch nicht zu Hause und doch stellt sich bei dieser Fahrt diese unwirklich-schöne Balance nicht ein. Der Radiosprecher kündigt eine junge Frau an, die mit »Satellite«, es sei noch keine vier Wochen her, einen europäischen Song-Wettbewerb gewonnen hat. Eine Amerikanerin habe den Text und die Melodie drei Jahre vor dem Wettbewerb in einer Hütte in den Wäldern des US-Bundesstaates Georgia geschrieben. »Lena, unserem Star für Oslo war es vorbehalten, damit für Deutschland zu siegen.« Dann bringt der Sprecher den 4:0 Sieg Deutschlands über Australien in Erinnerung und versichert, dass die deutsche Mannschaft auch den nächsten Gegner nicht fürchtet, das Jahr 2010 sei ein gutes Jahr für Deutschland.

Bezeichnenderweise ziert das DIN-A4-Kuvert, das sie aus ihrem Briefkasten nimmt, der Bundesadler. Als sie den Absender liest, beginnt ihr Herz ähnlich zu rasen wie bei dem Telefonat, das sie mit dem Holocaust Dokumentationszentrum in Frankfurt geführt hat. In der Diele setzt sie sich auf den Stuhl, auf dem sie üblicherweise Platz nimmt, um sich die Schuhe auszuziehen.

Das Bundesarchiv hat geantwortet. Es ist fündig geworden.

»Sehr geehrte Frau S., Bezug nehmend auf Ihre Nachricht vom 6. Juni 2010 teilen wir Ihnen mit, dass zu Hermann S. NSDAP-Mitgliederkarteien sowie Dokumente in den Beständen Rasse- und Siedlungshauptamt SS (7 Blatt) und Parteikorrespondenz der NSDAP (ca. 28 Blatt) ermittelt werden konnten.«

Das ist noch nicht das Ende des Schreibens. Doch sie setzt mit dem Lesen ab. Bereits diese ersten Zeilen versetzen sie in einen Zustand der Empfindungslosigkeit, der sie daran hindert, das, was noch folgt, was noch auf sie zukommt, aufzunehmen. Als würde ihr Leben auf dem Leben ihres Vaters, des Nationalsozialisten Hermann S., basieren; als würde seine Karriere im Dritten Reich ihren beruflichen Aufstieg bedingen; als wäre ihr Leben in Wirklichkeit nur ein ihrem Vater geschuldetes, ein gefälschtes, das gefälschte Leben der Judith S.

Dass das alles so nicht stimmt, weiß sie. Erkennt sie, doch diese Erkenntnis erreicht ihr Bewusstsein nicht. Als wäre eine nazifreie Familie die Zulässigkeitsvoraussetzung, dass sie im Namen des Volkes Urteile spricht. Ja, als hätte sie als

Tochter des Nationalsozialisten Hermann S. mit ihren Urteilen das Recht gebeugt.

Ihre Selbstbezichtigungen folgen nicht dem Gesetz der Logik. Doch diese Einsicht hilft ihr nicht. Das Schreiben des Bundesarchivs, Abteilung Deutsches Reich, hat die Qualität eines Haftbefehls, der sie in Sippenhaft nimmt. Sollte der Nationalsozialist Hermann S. Terror verübt haben, so ändert die Gewalt jetzt ihr Ziel, macht kehrt nach Jahrzehnten, richtet sich gegen sie.

Sie muss sich jetzt erst einmal beruhigen und zu sich finden. Der Wirkstoff, den dieses Schreiben ausschüttet, wird sich verbrauchen. Erst danach wird sie weiterlesen. Und dann weitersehen.

Das Schreiben des Bundesarchivs auf den Knien lehnt sie sich in den Stuhl zurück. Das Ölbild an der Wand gegenüber, das noch aus dem Familienbesitz stammt, ein Gemälde, dem sie all die Jahre hindurch kein Augenmerk geschenkt hat, zieht sie magisch an. Eine breite Straße führt in das Bild hinein, ohne zu enden. Sie stellt sich vor, diese breite Straße durchbricht die Wand der Diele, die Mauer des Hauses, auf dieser Straße begibt sie sich auf eine Endlosfahrt, die niemals nirgendwo endet, sie lässt alles hinter sich.

Es läutet. Sie blickt auf den Monitor der Sprechanlage, ihr Bruder Markus schäkert mit einem Mädchen in Tenniskleidung, draußen, vor dem Gartentor. Sie drückt auf den Öffner. Warum steckt sie das Schreiben in das Kuvert zurück und lässt es verschwinden? Ein jeder trage des anderen Last, nein, das ist von ihrem Bruder nicht zu erwarten, aber es ist auch seine Last, auch wenn nur sie deren Gewicht verspürt. Sie wird ihn nicht schonen. Dann wird es sich zeigen. Er wird sich zeigen. Vielleicht wird er ihr vorwerfen, dass sie nicht ruhen lässt, was außer ihr keinen Menschen mehr interessiert. Was sein Vater im Dritten Reich getan oder unterlassen hat, danach fragt er nicht. Auf die Führungsrolle, die sein Vater innehatte, ist er stolz. Sie interessiert ihn, aber nur im Allgemeinen. Über damit vielleicht verbundene Absonderlichkeiten zerbricht er sich nicht den Kopf. Manchmal, nicht oft, hat sie versucht, mit ihrem Bruder über Vaters mögliche Verstrickung und Schuld im Dritten Reich zu reden. Weit gekommen ist sie dabei nicht.

Ihr 53-jähriger Bruder und das knapp 20-jährige Mädchen halten sich an der Hand, brauchen endlos lang bis zur Haustür. Nein, sie wird ihrem Bruder und diesem Mädchen nicht sagen, dass sie vor ein paar Minuten ein Schreiben der Abteilung Deutsches Reich erhalten hat.

»Wir kommen direkt von der Anlage«, erklärt ihr Bruder die sportliche Aufmachung der jungen Frau, deren braune Beine bronzefarben schimmern. Oder reflektieren ihre Tennisshorts diesen metallenen Glanz? Diese Tennisschülerin könnte die Tochter ihres Bruders sein. Sie durchschaut das brüderliche Spiel: Sie, das Schwesterherz, Frau Rat, wird diesem arglosen Wesen vorgeführt. Er, der nur ein Tennislehrer ist, ist stolz auf seine akademische Schwester.

Kaum hat er seinen Kaffee ausgetrunken, hält ihn nichts mehr am Tisch. Er nimmt seine junge Begleiterin an der Hand, führt sie ans Bücherregal, vor dem sie sich in ihrem knappen, leuchtenden Höschen skurril ausnimmt. Aus der juristischen »Notbibliothek« seiner Schwester, mit der sie sich aushilft, wenn sie zu Hause arbeitet, zieht er einen dicken

Kommentar. Mit einer Stimme, die um die unterschiedliche Bedeutung der einzelnen Absätze zu wissen scheint, trägt er den Gesetzestext der Urkundenfälschung vor, um dann auf sie, seine Schwester, theatralisch mit einer Handbewegung zu verweisen.

Ihr Bruder ist mit dieser jungen Frau beschäftigt. Seiner Schwester sieht er nicht an, dass sie ohne seine Zustimmung Familienforschung betrieben hat. Deren bedrückendes Ergebnis sie in einem Brief versteckt, der sie allein schon mit den Worten »Abteilung Deutsches Reich« schockiert, als würden Neonazis vor ihrem Fenster eine Hakenkreuzfahne hissen.

Ihr Bruder und seine Schülerin kommen sich in ihrem Haus ungeniert näher. Noch haftet ihren Berührungen nur Verhaltenes, Zärtliches an, sie fassen sich an der Hand, streicheln des anderen Gesicht, verlieren sie, Schwester und Gastgeberin, aus den Augen. Soll sie so viel Ungezwungenheit als Vertrauensbeweis werten oder als Provokation?

Als ihr Bruder Markus sich verabschiedet »Wir müssen fahren. Verena zieht sich bei mir um«, befällt sie panische Angst: Die Angst, mit dieser Nachricht aus Berlin allein gelassen zu werden, wie mit einem Fremden, der sich in einem der Zimmer ihres Hauses versteckt hält und nur darauf wartet, dass die beiden wieder in das Auto steigen und sich entfernen.

Sie liest weiter in dem Brief. Sie kann die Dokumente »vor Ort« einsehen oder »Komplettkopien« erhalten. Bei Publikationen im Druck könne das Bundesarchiv Kosten erheben. Auf eine »beiliegende Bundesarchiv-Kostenverordnung« wird hingewiesen. Schließlich habe sie »beiliegenden Benutzungsantrag« ausgefüllt und unterzeichnet »zurückzureichen«. »Das Bundesarchivgesetz und das Merkblatt mit den allgemeinen Geschäftsbedingungen« der Kopier GmbH habe sie zur Kenntnis genommen.

Die Verwalter des Grauens bedienen sich einer formalistischen Ausdrucksweise. Ausgerechnet ihr, deren Beruf für Ordnung steht, wird bei dieser Lektüre unheimlich. Die für dieses Grauen verantwortlich sind, schüchtern die, die es verwalten, ein, warnen sie unverhohlen, keinen Fingerbreit vom Rechtspfad abzuweichen. Und sie haben damit Erfolg, stellt sie fest, angesichts der Hürden, die zu nehmen sind, will man Auskunft erhalten.

Noch kann sie aussteigen, noch ist das Formular »Benutzungsantrag« nicht ausgefüllt. Aber sie hat eine Tür aufgemacht, es ist zu spät, vor dem, was sich dahinter ereignet, die Augen zu verschließen. Es wird sie treffen mit der Wucht des unmittelbar Erlebten. Dass zwischenzeitlich Jahrzehnte vergangen sind, wird ihren Schrecken nicht lindern. Es wird einige Zeit dauern, bis sie sich darauf eingerichtet haben wird. Sie wird damit fertig werden. Sie wird damit abschließen. Mit ihrem Vater wird sie abschließen können.

Spätestens jetzt, beim Ausfüllen des Formulars, wird das Ermitteln mit unbestimmtem Ausgang zur zielgerichteten Fahndung. Sie fahndet im eigenen Auftrag nach Hermann S. Mit deutlich lesbarer Schrift schreibt sie zu Punkt »Benutzungsthema«: »Profilierte Nationalsozialisten, die als Juristen in der BRD Karriere machten oder diese fortsetzten«.

Ja, ihr ist bekannt, worauf in Punkt 2 der »Verpflichtungserklärung gemäß §3 Abs. 3 Bundesarchiv-Benutzungsverordnung« hingewiesen wird, »dass bei der Auswertung« von ihr »benutzter Archivalien des Bundesarchivs … schutzwürdige Belange Dritter berührt werden können«.

Dritte sind Markus und sie. Sie ist weit, sehr weit gegangen. Es gibt keine Umkehr mehr. Sie kann jetzt nur für sich sprechen: Sollten sich ihre Belange als schutzwürdig herausstellen, ist das für sie ohne Belang.

Es vergehen Stunden, in denen sie untätig ist.

Es ist Nacht.

Sie erleidet einen Rückfall. Von einem Augenblick auf den anderen. Sie hat keine Aufgaben mehr vor sich. Und auf diesen Tag zurückblicken will sie nicht. Sie hat jetzt keine Ahnung von sich. Das setzt sie einer Gefahr aus und macht sie gefährlich. Erst morgen, nach dem Frühstück, wird sie nach und nach eine Identität gewinnen.

Sie denkt an Carmen Stolzz. Ihre Sekretärin ist schon lange über der Grenze, am Meer, wo immer das ist. Für sie ist das Meer ein abstraktes Wort. Für Carmen Stolzz und den Mann, der sie in seinem Van dorthin gebracht hat, wahrscheinlich ein schöner Ort, sich zu lieben. Sie denkt an ihren Bruder Markus. Carmen Stolzz und ihr Bruder überschreiten eine Grenze. Nur sie hält ihr Leben in Grenzen. Zieht diese noch enger mit ihren familiären Ermittlungen.

Sie wird sich jetzt ganz leer machen, nimmt sie sich vor. Nur nachts ist ihr das möglich. Sie wird es den jungen Frauen nachmachen, die sie manchmal bei Peek & Cloppenburg beobachtet. Sie hat sich einen unifarbenen Blazer gekauft und eine gerade geschnittene Hose, die sich mit dem Blazer kombinieren lässt. Plötzlich hält sie etwas davon ab, diese auf

Verkleidung, Verwandlung angelegte Modehauswelt zu verlassen. Sie beobachtet Frauen vor dem Garderobenspiegel, wie sie dabei sind, ihre Identität abzulegen. Wie sie sich drehen, das Becken vorschieben, den Hintern recken, sich im Spiegel fixieren, selbstkritisch, selbstgefällig, wie sie sich anbieten und sich zugleich unerreichbar machen, verweigern, mit ihrem leicht geöffnetem Mund deuten sie ein Verlangen an, das Verlangen, begehrt zu werden.

Sie versucht, den sozialen Status dieser jungen Frauen einzuschätzen. Sie kommen aus allen Schichten. Sie schlüpfen aus allen Rollen, die ihnen auferlegt sind. Sie wollen sich selbst fremd werden, für einige Minuten, vor diesem Spiegel. Sie berühren sich, als würde eine fremde Hand sie mit noch verhaltener Lust berühren. Sie schaut ihnen gerne dabei zu. Und macht sich ihre Gedanken dabei. Diese Frauen kommen mit ihrer Wirklichkeit nicht aus. Einige von ihnen geben sich damit nicht zufrieden, leben sich nicht nur vor dem Garderobenspiegel von Peek & Cloppenburg aus. Dessen ist sie sich sicher.

Wenn sie am Tag darauf dann wieder in ihre Robe schlüpft und durch die hohen, lichthellen Gänge zu ihrem Sitzungssaal geht, hat sie nicht das Gefühl, sich verwandeln zu können. Sie ist, was sie nicht nur in diesem Augenblick ist, eine kinderlose, ledige Richterin. Dagegen muss sie sich wehren.

Es ist 23 Uhr. Sie steht auf und geht ins Bad. Sie knipst nur ein kleines Licht an. Auf dem gläsernen Bord steht ihr Schminkzeug. Sie fängt mit ihrer Verwandlung an.

Blass geschminkt, aber mit blutroten Lippen fährt sie durch das nächtliche A. Dabei hatte sie sich vorgenommen, dass sie nicht mehr zurückkommt, dass es nicht mehr passiert. Noch ist nichts passiert, beruhigt sie sich. Sie wird ihren Audi am Ende der Zolauerstraße parken und im Auto sitzen bleiben. Sie wird kein Standlicht einschalten. Niemand wird sie wahrnehmen. Sie fährt jetzt durch die Kanaumerstraße. Vor dem Haus, in dem sie gewohnt haben, bremst sie ab und schaut zum Balkon hoch. Ihr Blick gleitet, als sie sich wieder der Straße zuwendet, über den Innenrückspiegel. In ihm sieht sie das blass geschminkte Gesicht und die blutrot gefärbten Lippen einer Frau, die ihr fremd ist. In diesem Augenblick weiß sie, dass sie sich selbst belügt. Sie unternimmt einen Ausflug in die Unwirklichkeit. Sie braucht diese Exkursion. Sie hat ein Recht auf Unwirklichkeit.

Sie wird Teil eines eigenartigen Szenariums, als sie mit ihrem Audi am Ende der Zolauerstraße steht. In ihrem Rücken fahren Züge vorbei, erzeugen eine Zuglänge lang ein Donnern, ein Nachhall bleibt zurück, auf den sie sich konzentriert, bis schließlich auch die Erinnerung an diesen überfallartigen Lärm verebbt. Die Straße entlang sind Autos geparkt. Ist die Innenbeleuchtung eines Autos eingeschaltet, bietet sich ein Mädchen Männern, die ohne Wagen unterwegs sind, wie in einem Schaufenster an. Die meisten Mädchen aber warten darauf, in das Auto steigen zu dürfen, das am Gehsteigrand bei ihnen hält. In ganzer Länge der unbewohnten Straße erstreckt sich zu beiden Seiten ein Flachbau, dessen fensterlose Mauer, von der stellenweise der Verputz abgebröckelt ist, einen gelben Anstrich aufweist.

Sie befindet sich im ehemaligen Kasernenviertel, wahrscheinlich diente dieser lang gezogene, garagenhohe Bau der Unterbringung von Fahrzeugen und als Gerätedepot. Die Lichter der Mietshäuser des Stadtostens sind zu weit entfernt, als dass sie das Dunkel dieses Schauplatzes erhellen könnten. Nur der gläserne turmförmige Vorbau des nahen Marienkrankenhauses, eine nachträglich angebrachte Außentreppe, leuchtet in einem nächtlichen Blau. Sie sieht, wie jemand im Innern des Vorbaus die Spirale hochsteigt. Ob es sich um eine Frau oder einen Mann handelt, kann sie von hier aus nicht erkennen. Die Person ist weiß gekleidet, vielleicht ein Arzt, in einem weißen Kittel, der hinter dem gläsernen Filter, durch den sie sieht, nicht reinweiß, sondern blau eingefärbt erscheint. Sie hört auf das Geräusch aus einem Lüftungsschacht. Gelegentlich setzt das Gebläse aus. Ein plötzlicher Stillstand, als hätte man einen lebenserhaltenden Apparat abgestellt. Dann setzt das Gebläse wieder ein, mit einem tiefen Atmen, sie ist erleichtert. Auch der mit dem Apparat verbundene Mensch wird jetzt bestimmt wieder atmen.

Über dieser Straße liegt eine unwirkliche Ruhe, in der alles seinen gewohnten Gang nimmt. Autos, die im Schritttempo fahren, anhalten, das Aufflammen und Erlöschen ihrer Bremslichter, der sanfte Biss der Wagentüren, Rücklichter, die kleiner werden, entschwinden: die immer gleichen Bewegungen, die immer gleiche Akustik, in der sie ablaufen, eine kultivierte, nächtliche Gesellschaft, die sich in diesem Randbezirk der Stadt bewegt.

An dieser Stelle, wo sie jetzt steht, hatte sie im Mai bereits einmal gestanden. Den Tatort Zolauerstraße hatte sie damals aufgesucht. Ihre Strafakten handeln zwar vom wirklichen Leben, aber die Polizeiberichte, Zeugenvernehmungen, Einlassungen der Angeklagten und auch die Fotografien können das wirkliche Leben nicht wirklich wiedergeben. Deshalb sucht sie Tatorte auf.

Sie verfällt einem fremdartigen dunklen Reiz, wenn sie von ihrem Auto aus zu einem Fenster hochsieht, hinter dem eine Frau mit zwei Männern geschlafen hat, die sie nach dem Besuch einer Diskothek freiwillig mit in ihre Wohnung genommen hat. Sie kennt die Akten, weiß mehr, als die Frau zu diesem Zeitpunkt gewusst hat. Sie erlebt, lebt die Frau mit den zwei Männern. Die Akten sind nur das Drehbuch für einen Film, der sie vor Ort, in ihrem Auto, erregt.

So war es auch in der Zolauerstraße. An deren Ende sie jetzt zum zweiten Mal steht. In einem Abstand zu den Mädchen, der ihr, einer Landgerichtspräsidentin in spe, gebührt.

Jetzt sieht sie einen Mann an den geparkten Autos vorbeigehen; die Mädchen, die ihn ansprechen, scheint er nicht einmal wahrzunehmen. Er hat es eilig. Als hätte er lange Zeit gesucht, was er in diesem Augenblick endlich entdeckt. Darauf geht er jetzt zu. Oder: Als wären sie hier verabredet und er hätte sich verspätet und hätte Angst, sie würde nicht länger auf ihn warten.

Sie erkennt in ihm zweifelsfrei den jungen Mann, der im Mai in ihr Auto gestiegen ist.

Er hat hier in dieser Straße so wenig verloren wie sie, war damals ihr erster Gedanke gewesen, als er auf dem Beifahrersitz saß. Zunächst hatte sie erschrocken reagiert und den Fensterheber gedrückt. Was wollte er von ihr? Was sollte sie mit ihm? Er machte keine Anstalten, einen Wunsch zu äußern, sie nach irgendetwas zu fragen. Jemand, der es leid war, sich um ihn zu kümmern, hatte ihn ihr anvertraut, ihn zu ihr ins Auto gesetzt. Oder war er die Gesellschaft da draußen geflohen, sollte sie ihn von hier wegbringen? Wohin?

»Steigen Sie sofort aus!«

Er reagierte nicht darauf, sie drohte ihm, mit ihren Mitteln: »Sie machen sich strafbar, wenn Sie meiner Aufforderung nicht folgen. Also, spätestens jetzt begehen Sie eine Nötigung.«

Sie hatte den Paragrafen auf den Lippen. Doch so, wie er neben ihr saß, wollte sie ihn nicht weiter einschüchtern.

Etwas fing an, einen ihr ungewohnten Verlauf zu nehmen. Nicht in einem Sitzungssaal, sondern in ihrem Audi, den sie am Rand der Gesellschaft abgestellt hatte. Nicht nach einem vorgegebenem Regelwerk konnte sie jetzt dominieren und kontrollieren, sie musste improvisieren; eine neue Herausforderung, die sie gewillt war anzunehmen, vor der sie keine Angst hatte, vielleicht machte das Ganze, so wie es sich anließ, ihr am Ende sogar Spaß.

Natürlich war er hier, um mit einer Frau zu schlafen.

Sie sagte es ihm ins Gesicht. Und sie siezte ihn nicht, sondern sagte »du«.

»Du willst doch mit einer Frau schlafen. Habe ich recht?«

Er fühlte sich überführt. Sie sah es ihm an. Er amüsierte sie: Er war in die Zolauerstraße gekommen, um mit einer Frau zu schlafen, wollte es sich aber nicht anmerken lassen. Wie sollte das funktionieren? Er war aus gutem Haus. Seine Jeans kamen nicht von der Stange. Sie waren dunkelblau, nicht eine dieser vorgewaschenen, künstlich abgenutzten, mit Schlitzen und Löchern, nur über den Knien war der Stoff heller, strapaziert von seinen Oberschenkeln, die, was unübersehbar war, das Gewebe spannten, auch zwischen seinen Schenkeln, im Schritt, spannten die Jeans, genau an dieser Stelle klaffte das weiße Hemd, das er über der Hose trug, auseinander.

Die erste Anweisung gab sie ihm noch mit gepresster Stimme.

»Zieh dir die Hose runter!«

Sie duldete keinen Widerspruch.

Um den obersten Knopf zu öffnen, musste er sein Becken anheben. In die Jeans war kein Reißverschluss eingenäht. Er mühte sich ab, Metallknopf nach Metallknopf. Und sie sah ihm zu. Er hatte einen Duft aufgetragen, der ihr gefiel. Er war nervös, das machte ihn unbeholfen. Gemäß ihrer Anweisung hatte er einen ersten Schritt getan. Sie hatte eine Verantwortung für ihn übernommen, die es nicht zuließ, ihn jetzt sich selbst zu überlassen.

»Nein, weiter! Bis zu den Knien!«

Er wandte sich ihr Hilfe suchend zu. Was erwartete er von ihr? Sie hatte noch immer den Hosenanzug an, den sie tagsüber in ihrer Behörde getragen hatte. Nach dem Abendessen mit Kollegen hatte sie keinen Lippenstift mehr aufgetragen. Die Hilfe, die er von ihr erwarten durfte, bestand aus kleinen Befehlen. Die sie nicht mehr mit gepresster Stimme erteilte.

Er spreizte seine Beine und dehnte dabei seine Boxershorts, die er nach unten gezogen hatte, bis zu den Knien. Sie beobachtete dies aus den Augenwinkeln. Seine rechte Hand bedeckte schamhaft sein Glied. Das, was Voraussetzung war, seinen Wunsch in die Tat umzusetzen, funktionierte nicht. Er tat ihr leid. Sie drehte sich zur Seite, wandte sich ihm zu.

»Du musst dich berühren!«

Er kam ihrer Aufforderung zunächst nur zögernd nach. Das Mitleid mit ihm hielt sie davon ab, dieses Spiel abzubrechen. Sie begann ihn zu loben, wie eine Lehrerin einen Schüler, bei dem sie sieht, dass er Fortschritte macht. Er machte Fortschritte. Und sie half ihm dabei mit Wörtern, die sie bis dahin nicht einmal hatte denken wollen. Bei jedem Wort, das sie sprach, sah sie, wie zwischen seinen Fingern sein Glied anschwoll und wuchs.

Er war im Beifahrersitz weiter nach unten gerutscht. Seine Fersen stemmten sich in den Bodenteppich, damit er bei der Bewegung seines Unterarms nicht aus dem Sitz glitt. Sein Nacken ruhte auf der Kopfstütze, er sah blicklos nach oben, dabei bewegte er seine Hand in maschinenhafter Mechanik.

Sie hat endlich den längst überfälligen Schritt auf ein verbotenes Terrain getan, eine Zone betreten, die sie sich bisher verwehrt hatte. Er reagierte auf jedes einzelne ihrer Wörter. Er wurde schneller mit jedem Wort. Durch das, was sie sagte, war er mit ihr verbunden. Sie berührte ihn nicht. Und er durfte sie nicht berühren. Und doch spielte sich das, was er empfand, auch bei ihr ab. Sie kontrollierte sein Empfinden und ihres. Sie bestimmte das Tempo. Auch das seiner Hand. Sie bestimmte die Wörter.

Sie zögert. Dann sagt sie: »Mach weiter! Wichs deinen Schwanz!« Sie beugt sich zu ihm hinüber, über ihn. Ihr Gesicht ist seinem ganz nah. Doch sie achtet darauf, dass sie sich nicht berühren. Nur sein Atmen berührt ihren Mund. Sie riecht seinen Duft. Sein Körper streckt sich noch mehr, bewegt sich auf und ab in einem zitternden Rhythmus. In sein Stöhnen mischt sich ein Flehen. Sie hat es in der Hand, ihn zu erlösen. In ihrer Macht. Sie fixiert mitleidlos sein Gesicht und flüstert dabei, ohne ihn aus den Augen zu lassen »Mach weiter! Wichs deinen Schwanz!« –

»Mach's dir! Wichs deinen Schwanz!« – Er bäumt sich auf, ihr entgegen. Sie registriert in seinen Augen, dass er ejakuliert. Sie schaut ihm nur in die Augen. Sie lächelt dabei.

Sie lehnte sich im Fahrersitz zurück. Das nächtlich Blau in dem gläsernen turmförmigen Vorbau leuchtete jetzt wohltuend kühl.

Ihr Audi stand weit ab von den anderen Fahrzeugen, im Dunklen. Er, auf dem Beifahrersitz, hatte wieder die Haltung von vorher angenommen. Sie kannte den Namen dieses Fremden nicht, wusste nicht, wie alt er war; was zwischen ihnen geschehen war, verband sie nun mit ihm. Ihm war nichts anzusehen. Was passiert war, war schon Minuten danach nicht mehr vorstellbar, für sie beide nicht. Er war wieder der Junge von vorhin. Sie roch wieder den angenehmen Duft, den er benutzte; nichts anderes mischte sich darin. Es gab Parfüms für Frauen und solche für Männer. Das Parfüm, das er aufgetragen hatte, lag irgendwo dazwischen. Wie er seine linke Hand auf den linken und seine rechte Hand auf den rechten Oberschenkel ablegte und die Finger spreizte, hatte etwas von der Anmut einer Frau. Sie dachte an Carmen Stolzz und korrigierte sich: So wenig wie Körperkraft war Anmut an nur ein Geschlecht vergeben. Sie durfte ihn hier nicht zurücklassen. Sie ließ den Motor an. Sie fuhr langsam, bedächtig. Sie war nicht auf der Flucht. Sie fuhr mit Abblendlicht. Die Mädchen, an denen sie vorbeifuhren, drängten sich am Gehsteig vor in die Straße. Der Lichtkegel streifte über Hotpants und Miniröcke. Beim Verlassen der Zolauerstraße beugte sich eine Prostituierte zur Windschutzscheibe hinunter und machte ihr, hinterm Steuer, das Zeichen für Fuck.

Sie hatten nicht miteinander gesprochen auf der Fahrt in die Innenstadt. Sie hatte nicht nach einer Adresse gefragt. Sie hatte ihn noch vor der Kanaumerstraße bei einem Restaurant abgesetzt. In der Kanaumerstraße hatte sie gegenüber ihrem einstigen Wohnhaus angehalten. Beim Blick hoch zum Balkon empfand sie, wie bei anderen Tatorten auch, einen fremdartigen dunklen Reiz. Sie war selten mit ihrer Mutter dort oben gestanden. Vor allem sonntags nach dem Essen, wollte sich Mutter auf dem Balkon nicht zeigen. Sie hatte sich oft, schwach wie sie war, im Schlafzimmer angeblich an etwas gestoßen und hielt sich einen nassen Lappen ins Gesicht. Ihr Vater zog sich an solchen Sonntagnachmittagen in sein Arbeitszimmer zurück. Markus und sie lärmten nicht. Ihre Mutter musste es ihnen beiden erst gar nicht mehr verbieten.

Im schwachen Lichtschein aus dem hinter dem Balkon liegenden Zimmer sieht sie die einarmige Dame noch immer auf ihrem Sockel über der Straße thronen. Sie wünscht sich, selbst dort oben zu stehen. Ihre Augen wären dann aus Stein und es wäre ihnen nichts anzusehen. Sie gäben keine Auskunft. Nicht über das, was gerade geschehen ist. Nicht über ihren Vater. Die Zeit, auch die ihres Vaters, wäre vorübergegangen, zu schnell, um sich daran zu erinnern.

Sie fährt weiter. Sie wird niemals zulassen, dass es ihr ergeht wie ihrer Mutter, dass sie gelebt wird von einem Mann. Nie!

In ihrem Haus in der Weinstraße geht sie gleich ins Bad. Sie betrachtet ihr Gesicht im Spiegel, so lange, bis sie bei dessen Anblick nichts mehr empfindet. Dann zieht sie Anzugjacke und Anzughose aus.

Sie liegt auf der Couch in ihrem Arbeitszimmer und schaut in das gedimmte Licht der Deckenleuchte. Nach einer Weile nimmt sie ihre Beine auseinander und stellt sie auf.

Sie schließt jeden Zweifel aus. Ja, sie erkennt ihn wieder, obwohl sich damals in ihrem Auto alles in einem Halbdunkel abgespielt hatte. Bei der Fahrt in die Innenstadt hatte sie ihren Blick nicht von der Straße genommen.

Er eilt auf sie in ihrem Audi zu. Eine lange, verzweifelte Suche, an deren Erfolg er schon nicht mehr geglaubt hat, ist endlich zu Ende: Er ist fündig geworden. Dieses Mal drückt sie nicht auf die Taste des Fensterhebers. Er macht von außen die Beifahrertür auf, lässt sich in den Sitz fallen. Es sieht aus, als würden sie sich schon seit Jahren kennen. Nur der Begrüßungskuss auf die Wange fehlt.

Es rührt sie.

Er rührt sie.

Er sagt: »Gott sei Dank!«

»Gott sei Dank! – Was wollen Sie damit sagen?«

»Ich habe Sie gesucht.«

»Aber es sind doch Wochen vergangen?«

»Das war mir egal.«

»Heißt das, Sie waren jeden Tag hier?«

»Jede Nacht um diese Zeit.«

»Und wozu das?«

Der Dialog kommt ins Stocken. Natürlich weiß sie, nach was er gesucht hat, Nacht für Nacht. Sie malt es sich aus. Es bereitet ihr Lust, es sich vorzustellen. Sie riecht wieder den Duft, den er aufgetragen hat. Kein Parfüm, wohl ein Eau de Toilette, irgendwo zwischen Mann und Frau. Seine Vorliebe für weiße Hemden fällt ihr auf. Dieses Mal sind seine Jeans grau, und obwohl sie so eng anliegen, dass sich viele Falten an den Schenkeln und im Schritt bilden, sind sie nicht vulgär.

»Und wie soll es jetzt weitergehen?«, fragt sie frivol.

Dieses Mal ist der Blick, mit dem er sie anschaut, nicht bittend, sondern wissend. Sie lässt eine halbe Minute vergehen.

Sie siezt ihn.

»Sie werden sich berühren. Nicht mich.«

Er nickt. Er hat nichts anderes erwartet, als sich zu berühren, in ihrem Beisein. Nach Regeln, die sie bestimmt. Deshalb hat er nach ihr gesucht, ja gefahndet, in mehr als zwanzig Nächten.

Jetzt knipst sie das Licht am Rückspiegel an und geht mit dem Gesicht ganz nahe heran. Als müsste sie sich der Blässe ihres Gesichts und dem Blutrot ihrer angemalten Lippen vergewissern, bevor sie zu dieser Exkursion in die Unwirklichkeit aufbricht. Sie schließt nochmals kurz die Augen, um sich in ihre Rolle einzufühlen.

Sie hat auch dieses Mal einen Hosenanzug an. Sie schlüpft aus der Jacke. Sie erteilt ihm einen ersten Befehl. Sie führt ihre Hand an die Knopfleiste ihrer Bluse. Zögerlich, als würden sie sich widersetzen, öffnen ihre Finger Knopf für Knopf. Er gleitet im Beifahrersitz nach unten. Dieses Mal sieht er nicht zum Autodachhimmel hoch. Während seine Hand sich im gleichmäßigen Rhythmus bewegt, ist sein Blick starr auf ihre Bluse gerichtet, die sie mit beiden Händen aufgeschlagen hält wie ein Buch.

Dann sitzen sie eine Weile schweigend nebeneinander und sind sich nah. Sie lässt ihn auch dieses Mal nicht zurück in der nächtlichen Zolauerstraße. Sie setzt ihn in der Innenstadt ab, wiederum ohne nach seiner Adresse zu fragen. Die noch verbleibende Strecke in die Weinstraße fährt sie mit überhöhter Geschwindigkeit. In ihrem Haus hat sie es eilig, sich Hose und Jacke auszuziehen. Mit dem Rücken auf der Couch liegend, stemmt sie sich hoch, um aus ihrer Bluse zu schlüpfen, die sie aufgeknöpft hat. Sie hält die Augen geschlossen. Sie lässt ihn ganz nahe an sich heran, um seinen Duft zu riechen.

Kurz bevor sie in dieser Nacht zu Bett geht, schaltet sie in der Gedankenlosigkeit, mit der man beim Betreten seiner Wohnung das Licht anmacht, den Fernseher an. Sie bekommt gerade noch mit, dass der Ministerpräsident von Niedersachsen, der mit einem Blumenstrauß in der Hand bei strömenden Regen auf die Grand-Prix-Siegerin gewartet hatte, nun Bundespräsident ist. Der Bundestagspräsident sagt, dass der neue Bundespräsident sein Amt als Ministerpräsident niedergelegt hat. Auf die Frage, ob er das Amt annehme, antwortet der Bundespräsident nicht nur, dass er das Amt gern annehme, sondern außerordentlich gern. Sie schaltet den Fernseher aus.

Kapitel 4

AM 2. JULI WEISS ALLE WELT, dass morgen Deutschland gegen Argentinien anzutreten hat. Also weiß es auch sie. Schließlich ist sie die Pressesprecherin, wenn auch nur die einer Behörde. Sie macht sich nichts aus Fußball. Und doch hört sich das Wort Deutschland auch für sie an diesem 2. Juli anders an. Die deutsche Mannschaft wird am Samstag um 16 Uhr in Südafrika kämpfen. In schwarz-rot-goldenen Farben lebt bereits heute alles in A. auf den Anpfiff in Kapstadt hin. Aus den Fenstern des Justizhausmeisters hängen die deutschen Fahnen, die Behördenputzfrauen haben die Wägelchen, die sie hinter sich herziehen, schwarz-rot-golden drapiert und um die Besenstangen schwarz-rot-goldene Banderolen gewickelt.

Auch sie wünscht sich insgeheim einen Sieg der deutschen Mannschaft. Sie kann sich nicht wehren gegen diese unfreiwillige Solidarität. Dieses Mitgefühl ist ihr peinlich, sie schämt sich, am meisten vor sich. Sie denkt an das Schreiben der Abteilung Deutsches Reich, abgeheftet, in einem Ordner, in ihrem Haus. An ihren Vater denkt sie. Der hatte nur selten von dem »Deutschen Reich« gesprochen. An Fußball hatte er kein Interesse. Doch einmal hatte er zu ihnen, seinen Kindern, am Beispiel der Fußballweltmeisterschaft 1954 von einer Bewegung, die Deutschland damals erfasst habe, gesprochen. Dass alle Zeichen in Bern auf Sturm gestanden hätten. Und davon, dass Deutschland nun wieder reich und weit und tief sei und von der tapferen Erfüllung der Pflichten, die sich für alle aus diesem Fußballsieg ergeben hätten. Er hatte ihnen Angst gemacht, weil er Fußball mit Krieg in Verbindung gebracht hatte und Krieg die Heimat bedrohte. »Ob Krieg oder Frieden, der Ruf der Heimat schweigt nie.« Wenn man einen Deutschen mit einem Holzprügel in den Wald hineinschicke, käme er mit einem Panzer wieder heraus. Der Zusammenhang zwischen Fußball, Panzer, Heimat, Krieg hatte sich ihnen nicht erschlossen.

Heute weiß sie, was ihn damals, 1972, so erregt hatte, dass er einen fast zwanzig Jahre zurückliegenden Fußballsieg beschwor: Willy Brandt, »ein Staatenloser, dann Norweger« war erneut »deutscher Bundeskanzler« geworden.

War seine politische Einstellung zwischen ihm und seiner Frau ein Thema gewesen? Welches Wissen um seine Vergangenheit hatte sie mit ihm geteilt? Sie weiß es nicht. Sie wird es nie erfahren. Das tut ihr weh.

Nur dieses eine Mal hatte er gegen die Regeln verstoßen. Später hatte er sich unter Kontrolle gehabt. Um Landgerichtspräsident zu werden, hatte er sich an die Regeln gehalten. Und als er Landgerichtspräsident war, wusste er, was er diesem Amt schuldete. Auch sie kennt die Regeln. Sie lügt nicht, wenn sie sagt, die Regeln sind ihr egal. Wenn es sein muss, wird sie silberne Löffel klauen. Bei silbernen Löffeln fällt ihr der Katalog mit den Büromöbeln ein. Er liegt irgendwo in ihrer Wohnung. Sie wird ihn suchen und darin blättern. Das ist sie Baumann schuldig, dem Präsidenten der Kegelbahn.

Warum problematisiert sie alles? Warum will sie nicht empfinden, was die anderen empfinden? Alle sind an diesem 2. Juli nur Wir. Nur sie ist auch an diesem Tag wie immer nur Ich. Hochmut kommt vor dem Fall, sie macht sich ein wenig über sich lustig.

Während die anderen sich in ihren Zimmern aufsuchen, sich in der Kantine treffen, um die Vorfreude auf das morgige WM-Spiel miteinander zu teilen, studiert sie Akten in ihrem Büro.

Carmen Stolzz ist seit gestern wieder von ihrem Urlaub zurück. Sie bringt ihr neue Eingänge und alte, die nach Ablauf der Ladungsfrist jetzt reif sind zum Terminieren. Sie hat der Tür mit dem Knie einen Schubs gegeben, damit sie schließt. Sie hält mit beiden Armen einen Stapel Akten umfasst und drückt ihn gegen ihre Brust. Ein roter Aktenberg, auf den sie ihr Kinn stützt, damit er ihr nicht entgleitet: rote Strafakten vor einem weißen Kleid. Ein Sommerkleid, ein Julikleid mit Spaghettiträgern, dünne, schneeweiß leuchtende Streifen auf braunen Schultern. Judith S. will ihr zu Hilfe kommen.

»Lassen Sie bitte los, damit ich einen Stoß übernehmen kann!«

Carmen Stolzz begreift nicht und stützt weiter mit dem Kinn den Stapel ab. Sie stehen sich gegenüber, in der von den Akten geschaffenen Distanz. Um ihrer Chefin nicht in die Augen zu sehen, senkt Carmen den Blick. Der in seiner Beweglichkeit eingeschränkte, von der Last der Akten gefesselte, schmale Körper in diesem weißen Sommerkleid, der ausweichende Blick, ihr Schweigen, das alles summiert sich zu einem Bild der Hilflosigkeit. Sie lässt dieses Bild eine Weile auf sich wirken, sie empfindet Zärtlichkeit für diese Frau. Wer von einer Reise ans Meer zurückkehrt, sieht anders aus als Carmen Stolzz.

Während Carmens Abwesenheit hat ihr manchmal eine Erinnerung zugesetzt: die Erinnerung an einen behaarten Männerarm, der aus dem Fahrerfenster eines Van hängt und sich zum Rhythmus dieses Waka Waka-Hits bewegt. Diese Reise ans Meer mit einem Mann hat Carmen und sie nicht voneinander entfernt. Sie fühlt Stolz, ja triumphiert ein bisschen bei diesem Gedanken, dabei erkennt sie den Widerspruch, der darin steckt, noch vor einem Jahr hatte sie ihre Bürokraft dem Präsidenten für ein anderes Referat empfohlen. Heute weiß sie nicht mehr, ob es wirklich ihr Wunsch gewesen war. Heute ist sie dieser knabenhaft schönen Frau in diesem weißen Kleid dankbar, dass sie bei ihr geblieben ist.

Carmen Stolzz ist braun, nicht braun gebrannt. Sie liebt den warmen Goldton, den sie vor allem an blonden Frauen bewundert. Sie, die rothaarig ist, und ihre helle Haut nicht der Sonne aussetzen darf, ist auf ihre blonde Sekretärin nicht neidisch. Sie wird sich nie, wenn andere dies tun, in der Sonne entblößen können. Sie muss sich bedeckt halten. An Sommertagen in A. und erst recht am Meer. Das ist ihr Los.

Es ist heiß an diesem Vortag des Fußball-Länderspiels. »Dieselbe Hitze in Kapstadt und A.«, übertreibt die Lokalzeitung. Es ist heiß auch in ihrem Büro. Und doch stellt sie sich vor, ähnlich wie damals am Abend des Betriebsausflugs, dass die langen, heißen Tage am Meer in diesem schmalen Körper nachglühen. Unvorstellbar für sie, dass der Mann mit dem Van auf diesen Körper verzichtet, indem er mit dieser Frau bricht.

Noch immer hat Carmen ihren Blick nicht von der oben aufliegenden Akte erhoben. Sie geht jetzt so nahe an ihre Sekretärin heran, dass sie spürt, wie der Aktenstapel gegen ihren Bauch drückt. Sie schiebt ihre Hand unter Carmens Kinn und hebt ihr Gesicht an. Die Tränen überraschen sie nicht.

»Der Mann mit dem Van?«, fragt Judith S.

»Der Mann mit dem Van?«, wiederholt sie.

»Ich möchte nicht darüber reden«, sagt Carmen.

Dann liegen die Akten auf dem Tisch, den sie Teamtisch nennt. In einer gemeinsamen, wortlosen, unkoordinierten Anstrengung haben sie den Stapel auf diesen Tisch deponiert. Nur ein Ordner ist aus dem Stapel gerutscht, zu Boden gefallen und liegt jetzt zwischen ihnen beiden. Sie bückt sich und liest in der aufgeschlagenen Akte den Vermerk »Vergewaltigung zum Nachteil der Monika B.«, ein Vorgang, der schon vor Wochen in ihrem Referat eingegangen ist. Sie hat die Zustellung der Anklage angeordnet, ohne sich mit dem Fall zu beschäftigen, was nicht außergewöhnlich ist. Noch ist das Verfahren nicht eröffnet. Die Anklageschrift hat Staatsanwalt R. verfasst, auf ihn ist Verlass, zumindest im Allgemeinen. Es gibt in ihrem Referat immer wieder »Vergewaltigungen zum Nachteil« von Frauen. Es ist schlimm, aber diese Monika B. ist unter all diesen Frauen nur eine Eingangsnummer.

Carmen Stolzz ist nicht mehr im Zimmer. Judith S. eilt auf den Gang hinaus, um sich ihrer anzunehmen. Sie trägt Verantwortung für sie. Keine, die sich aus der Geschäftsverteilung ergibt; keine Vorgesetztenverantwortung. Sie will keine Tränen mehr in ihren Augen sehen. Dafür wird sie sorgen. Wenn es sein muss, wird sie dabei weiter gehen, als es ihre Fürsorgepflicht erlaubt. Was erlaubt ist, darf ihr keiner vorschreiben in diesem behördengrauen Haus. Mag sein, dass ihre Hilfe nicht selbstlos sein wird. Sie ist eine Ausnahmejuristin. Sie, die Ausnahmerichterin, wird für sich, Judith S., eine Ausnahme machen, im Bedarfsfall, zu gegebener Zeit.

Sie ist draußen am Gang. Stößt einen Laut aus, so heftig, dass Carmen Stolzz stehen bleibt. Auf Höhe eines Fensters, durch das Licht einfällt, leuchtet das Weiß ihres Kleids auf. Der alberne Satz mit dem äußeren Erscheinungsbild der Justiz fällt ihr ein. Ob in getigerter Hose oder im Kleid oder in was auch immer, diese junge Frau sprengt den spießigen Rahmen, innerhalb dessen ein Justizhausmeister, Justizwachtmeister, Geschäftsstellenbediensteter, Staatsanwalt, Richter denkt, redet, sich kleidet wie es von einem Justizhausmeister, Justizwachtmeister, Geschäftsstellenbediensteten, Staatsanwalt, Richter erwartet wird.

Carmen Stolzz sagt nicht: »Ich will das Referat wechseln« oder »Ich will vorwärtskommen«.

Sie scheint zur Ruhe gekommen.

Sie sagt: »Ich habe mich von Ihnen wegbeworben!«

Das Wort »wegbeworben« betäubt Judith S. und verschafft ihr im selben Augenblick Klarheit über sich selbst: Sie will Carmen Stolzz nicht verlieren. Dabei macht sie sich keine

Illusionen, aber nach all ihren Verlusten ist bereits der Gedanke daran, dass vorstellbar ist, was zwischen ihnen beiden vielleicht möglich gewesen wäre in Carmens Mansardenwohnung, mehr für sie als eine vage Hoffnung.

Das Wort »wegbeworben« macht alles zunichte. Das Wort kündigt jede Gemeinsamkeit auf. »Wegbeworben« ist ein Synonym für Verrat. So als sei zwischen Judith S. und Carmen Stolzz nichts geschehen. Dabei ist Carmen Stolzz am Abend jenes Betriebsausflugs von sich aus in ihr Auto gestiegen. Sie hatte ihren Wagen nicht angehalten, um Carmen Stolzz zum Einsteigen zu bewegen. Sie konnte im Dämmerlicht der hereinbrechenden Nacht doch nicht einfach in die Straße hineinfahren. Nein, ganz so war es nicht gewesen, korrigiert sie sich; Carmen Stolzz war noch im letzten Tageslicht gestanden, das Weiß ihrer Bluse hatte geleuchtet und sich von dem Braun ihrer Arme, ihres Bauchs abgehoben. Auf keinen Fall hatte sie vor, in diese Mansardenwohnung mit hinaufzusteigen, verteidigt sie sich. Sie hatte sich gleich wieder verabschieden wollen, mit dem Hinweis, dass ihr Audi im Parkverbot stand.

Bis zu diesem Juliabend 2009 war Carmen Stolzz für sie nichts anderes gewesen als ihre Justizsekretärin. Auf die junge leichtbekleidete Frau in diesen zweieinhalb niedrigen Zimmern war sie nicht vorbereitet gewesen. Diese fremde Frau hatte sie verwirrt. So wie der junge Mann sie verwirrt hatte, der sich einfach zu ihr ins Auto gesetzt hatte; der ein Parfüm aufgetragen hatte, von dem sie nicht wusste, ob es für einen Mann oder eine Frau bestimmt war; vielleicht hatte sie ihn gerade deshalb aufgefordert, sich zu berühren, ihn mit Wörtern, die sie bis dahin noch nie ausgesprochen hatte, erregt. Sie, die über so wenig Erfahrung verfügt, hat dabei die Erfahrung gemacht, dass sie die Gabe hat, Lust zu bereiten. Eine Gabe, die ihr nicht ausschließlich für eine Frau oder einen Mann gegeben wurde.

Judith S. sieht Carmen Stolzz, wie sie in ihrem weißen Kleid den Gang hinuntergeht, noch an drei Türen vorbei, dann wird sie nach rechts abbiegen, sich endgültig von ihr entfernen. Die Angst, dass dies geschieht, lässt sie auf nichts mehr Rücksicht nehmen. Auf Höhe der letzten Tür wird Carmen Stolzz von dem Licht, das durch das gegenüberliegende Fenster fällt, so hell ausgeleuchtet, dass ihr weißes Kleid im Blick von Judith S. verschwimmt. Sie eilt ihr nach. Zwei Rechtsanwälte kommen ihr entgegen, unterbrechen ihr Gespräch. Judith S. bildet sich ein, sie sehen ihr an, dass sie, die Vorsitzende Richterin, ihrer Sekretärin hinterhereilt: Die Anwälte grüßen nicht, sondern grinsen. Die letzte Tür ist die zu einem WC. Sie öffnet sie, geht hinein. Sie versperrt von innen die Tür. Ein enger Raum, in dem sich nur ein Waschbecken und ein WC befinden.

Sie ist aufgewühlt. Nach einer Weile kommt sie zur Ruhe. Als Kind hat sie sich manchmal in der elterlichen Wohnung versteckt. In der Abstellkammer hatte sie sich an die Wand gedrückt. Sie hatte leise geatmet und die Augen geschlossen gehalten, obwohl es so schon um sie herum finster gewesen war. Keiner hatte sie vermisst, keiner nach ihr gesucht. Sie hatte auf die Stimmen ihrer Eltern gehört und auf die Stimme ihres Bruders. Je länger sie in ihrem Versteck ausgehalten hatte, umso fremder waren ihr die Stimmen vorgekommen. Und schließlich hatte sie das Gefühl gehabt, nicht mehr zur

Familie zu gehören. Sie hatte sich frei gefühlt, in der Enge zwischen Besen, Leiter, Kübeln, Stellagen.

Auch jetzt fühlt sie sich frei in diesem Versteck. Sie will sich dieses Versteck mit Carmen Stolzz teilen. Sie sind jetzt ganz nah beieinander. Dieses Eingesperrtsein erregt und enthemmt sie beide. Sie haben angefangen, sich zu berühren. Noch hören sie dann und wann Schritte und Stimmen, gedämpft durch die Tür. Die Nähe zu denen, die draußen vorbeigehen, bringen sie und Carmen Stolzz nicht zur Vernunft. Die Gefahr, dass vor der Toilette jemand auf Einlass wartet, schreckt sie beide nicht ab. Sie überlässt sich Carmen. Dann hört sie keine Schritte mehr. Sie tauschen die Plätze. Jetzt steht Carmen mit dem Rücken an der von innen verriegelten Tür. Am Saum gefasst, hält sie ihr Kleid hoch. Carmen hat keine Hand frei, aber sie will sich ja auch nicht wehren. Sie schlüpft mit zwei Fingern in Carmens straff gespannten Slip, sie kann ihre Finger zunächst nur ein klein wenig hin und her bewegen. Sie verzögert, geht auf das Betteln, das sich in dem Drängen und Stoßen von Carmens Becken ausdrückt, nicht gleich ein.

Es erregt sie, Tempo und Zeitpunkt zu bestimmen. Sie sieht Carmen widerstandslos gegen die verriegelte Tür gelehnt. Sie wird sie quälen, aber nur ein bisschen, um sie dann umso lustvoller zu erlösen.

Zurück in ihrem Büro setzt sie sich hinter ihren Schreibtisch. Sie schlägt eine Akte auf und beginnt, darin zu lesen. Sie liest ein Wort nach dem anderen. Ein Wort nach dem anderen leuchtet wie ein Lichtzeichen in ihrem Kopf auf, um sogleich wieder zu verlöschen. Die Wörter ergeben keinen Satz. Sie geht zum Schrank, in dem ihre Robe auf einem Kleiderbügel hängt. Als sie mit der Hand über den samtbeschlagenen Kragen der Robe streicht, blickt sie auf ihren weißen Handrücken. Dieser Anblick ist ihr schmerzlich fremd und vertraut zugleich. Sie schlüpft in ihre Robe. Sie betrachtet sich im Spiegel, der an der Innenseite der Schranktür angebracht ist. Sie weiß nicht, warum sie weint.

Sie verlässt an diesem 2. Juli auch mittags ihr Büro nicht. Sie will jetzt niemandem begegnen.

Sie versucht, die Hitze auszusperren. Bei geschlossenen Vorhängen und halb geöffneter Tür beginnt sie, in der Strafakte, die die Vergewaltigung der Monika B. betrifft, zu lesen. Monika B. studiert Betriebswirtschaft und lebt in einer WG. Ihr Arbeitsplatz ist ihr Skoda, in dem sie sich Geld für ihr Studium verdient. Die Kunden der Monika B. sind Männer. Der Verteidiger des Angeschuldigten führt aus, Monika B. habe seinem Mandanten die Bereitschaft vorgetäuscht, ihm ihren Körper zur »Durchführung des Geschlechtsverkehrs« zu verkaufen. Die Verletzungen der Monika B. würden nicht von einem erzwungenen Beischlaf herrühren, sondern von dem Versuch des Mandanten, die im Voraus geforderten einhundert Euro zurückzuerlangen. Sie versucht, beim Lesen unparteilich zu sein. Eine emotionale Zuwendung, gleich ob an Opfer oder Täter, trübt den kritischen Blick.

Dann steht sie auf und schließt die Tür. Als könnte jemand, der draußen vorbeigeht, ihr ansehen, wie sehr das, was sie jetzt liest, sie persönlich betrifft. Monika B. habe nicht durch körperlichen Kontakt die sexuelle Befriedigung ihrer Kunden bewirkt, sondern durch die Schilderung sexueller Vorgänge. Diese zu ihrem Selbstschutz errichtete Sperre habe der Angeschuldigte gegen ihren erklärten Willen gewaltsam durchbrochen, er habe ein Messer bei sich geführt und ihr damit gedroht.

Sie liest, dass der Angeschuldigte kurzzeitig inhaftiert gewesen war. Der Haftbefehl wurde gegen Kaution außer Vollzug gesetzt; die wöchentliche Meldeauflage hält der Angeschuldigte ein.

Sie hört nicht auf zu lesen, kommt von dieser Akte nicht los. Die Fotografien von Monika B. zeigen eine junge Frau, an der nichts auffällig ist. Die »Tatkleidung«, Jeansrock und Bluse, habe sie an diesem Tag auch in ihrer WG getragen. Sie schaut sich das Bild genau an: Die blauen Jeans könnten enger anliegen, die geblümte Bluse ist nicht nach ihrem Geschmack. Nichts an der äußeren Erscheinung dieser Monika B. ist darauf angelegt, Männer zu verführen. Sie beginnt, Monika B. zu glauben. Sie wollte ihre Kunden nicht mit ihrem Körper reizen. Wenn sie den Männern »körperlos« Lust verschafft habe, habe sie selbst keine Lust verspürt, sagte sie bei ihrer Vernehmung.

Sie liest bei geschlossenen Vorhängen die Akte in einem Zug. Sie hat viele Akten gelesen, die »Vergewaltigung zum Nachteil« von Frauen betrafen. Die Akte der Monika B. liest sich anders oder liest sie sie nur anders? Sie will sich heraushalten, nimmt sie sich nochmals vor. Dabei ist sie mittendrin. An Stellen, wo Monika B. detailliert die »Grenzüberschreitung« schildert, wird ihr dies klar.

Nein, natürlich ist sie nicht wirklich befangen. Sollte es Widersprüche in der Einlassung der Geschädigten geben, wird sie diese herausfinden, vor allem auf die Fotografien, die die Verletzungen festhalten, wird sie in diesem Zusammenhang achten.

Ihr Referat hat überdurchschnittlich viele Eingänge, mit denen sie als überdurchschnittlich qualifizierte Juristin fertig wird. Sie ist auf lange Sicht ausgebucht, doch weil ein Sachverständiger verhindert ist, wird ein Sitzungstag frei für den Fall der Monika B.

Am späten Nachmittag zieht sie die Vorhänge zurück, lässt das Tageslicht in ihr Büro. Sie öffnet sogar das Fenster und schaut hinunter auf die Straße. Ein Rechtsanwalt hat seine Robe über dem Arm hängen, zieht gelegentlich an einer Zigarette und unterhält sich mit einem Gerichtswachtmeister. Ein Polizeiauto fährt vor, hält, ein Polizist steigt vom Beifahrersitz aus, nähert sich den beiden und grüßt sie; er geht auf den Eingang des Justizgebäudes zu. Sie kann vom Fenster aus seinen Weg nicht weiterverfolgen. Wahrscheinlich ist er unterwegs zu einem Sitzungssaal, wo er als Zeuge benötigt wird. Das alles ist ihr vertraut und beruhigt sie. Sie hat das Gefühl, hier zu Hause zu sein. Sie fühlt sich wie früher, nach Urlauben, die sie im Ausland verbracht hatte: Sie war erst heimgekehrt, wenn sie von ihrem Fenster aus, aus Höhe des ersten Stockwerks, wieder alles in Besitz genommen hatte, was zu ihrem Haus in der Weinstraße gehörte, in dem sie sich selten genug aufgrund der vielen Versetzungen aufhielt: die gepflasterte Einfahrt, die Garage, den Zaun, die Hecken und Sträucher, die außer Form geraten waren, die mit Wildwuchs und Überwuchern gegen ihre wochenlange Abwesenheit rebellierten.

Sie verlässt das Justizgebäude. Sie freut sich auf den Papierabzug von »Mädchen mit Katze«. Sie denkt zuerst »Mädchen mit Katze«, dann erst »Laetitia mit Henriette«. »Laetitia mit Henriette« erzeugt eine Nähe, die ihr niemand verstellen kann. »Mädchen mit Katze« ist von ihr durch eine Mauer getrennt und hat Eltern, die darauf achten, dass Laetitia und Henriette den begrenzten Raum hinter dem Leichenschauhaus nicht verlassen.

Sie dreht sich um und blickt auf den Justizpalast zurück. Sie stellt sich den Landgerichtspräsidenten Baumann vor, wie er in dem lang gezogenen Zimmer mit den dunklen Holzkassetten sitzt. Sie wird Licht in diese Räume bringen, buchstäblich und im übertragenen Sinn. Sie darf keine biedere Juristin werden, die ihr Leben ausrichtet »nach Treu und Glauben«, die es allen »billig und gerecht Denkenden« recht machen will, die sich krümmt wie ein Paragrafenzeichen.

Sie darf, auch als Richterin, das Abartige in dieser Rechtsordnung nicht übersehen, das in Aktenvermerken wie »Vergewaltigung zum Nachteil der Monika B.« seinen Ausdruck findet. Als gäbe es eine Vergewaltigung zum Vorteil einer Frau. Eine ansteckende Abartigkeit: In den Fernsehkrimis, die sie manchmal an Freitagabenden über sich ergehen lässt, wollen es Kommissare so gut wie Richter machen und bezichtigen Verbrecher, die sie zur Strecke gebracht haben, des »vorsätzlichen Mordes«; dass es sich auch fahrlässig morden lässt, ist ihr nicht bekannt.

Sie ist auf dem Weg zum Fotohaus A. »sunshine Bilder fürs Leben« und auf einem gestirnten Himmel in einem roten Kreis großgeschrieben »Über Nacht!«. Über Nacht ist plötzlich vieles anders geworden in ihrem Leben. Sie, die nicht will, dass etwas mir ihr geschieht, muss es einfach mit sich geschehen lassen. Jetzt freut sie sich auf den Papierabzug von »Laetitia mit Henriette«. Hoffentlich händigt ihr nicht die ältere Dame das Bild aus, bei der sie es in Auftrag gegeben hat.

Im Fotohaus A. sind alle Verkäufer mit Kunden beschäftigt, nur die ältere Dame ist frei und kommt freudestrahlend auf sie zu. Sie hat den Bestellabschnitt noch in ihrer Geldbörse, da zieht die Verkäuferin schon die 18 mal 24 Zentimeter große Fotografie aus der Hülle.

»Sehen Sie, Ihrer lieben Tochter und dem reizenden Kätzchen wurde kein Härchen gekrümmt.«

Die Verkäuferin blickt verzückt auf das Bild, sie kann sich davon nicht lösen.

Ein Mann um die fünfzig und eine junge Frau warten hinter ihr darauf, bedient zu werden. Sie händigt ihr das Foto noch immer nicht aus. Das Motiv Judith S. zugewandt, präsentiert sie die Fotografie auch den beiden.

»Wie alt ist Ihre Tochter?«

Noch kann sie umkehren. Noch ist der Point of no Return nicht erreicht.

»Sieben Jahre? Liege ich richtig?«

»Sieben Jahre«, wiederholt sie automatisch. »Sieben Jahre, ja, das kommt genau hin.«

»Mein Mann und ich haben uns immer so ein Mädchen gewünscht.«

Sie hat das Kuvert mit dem Foto in der Hand und steht mit dem Gesicht schon zur Tür. Sie dreht sich nochmals nach der Verkäuferin um.

»Grüßen Sie mir Ihren Mann unbekannterweise.«

»Mein Mann ist vor einem halben Jahr verstorben.«

Sie ist betroffen. Als hätte sie ihn gekannt und sich vorgenommen, ihn bald wieder zu sehen.

In dem Fotogeschäft hat sie nur einen kurzen Blick auf Laetitia mit Henriette geworfen. Sie wird sich das Foto auch jetzt auf der Straße nicht anschauen. Sie muss allein sein, um auf Laetitia mit Henriette zu sehen. In dem Familienalbum des Hermann S., aus dem sie diesen verbannt hat, wird der Papierabzug der Mittelpunkt einer neuen Familie sein. Aber auch ihr Bruder Markus wird sich in dem Album wiederfinden. Es gibt ein Bild, das ihn mit ihr, seiner Schwester, zeigt. Sie ist auf der Fotografie in etwa so alt wie Laetitia. Ihr Bruder Markus, wie er ihr ausnahmsweise einmal nicht Zigarettenrauch ins Gesicht bläst. Nein, er hat seinen Arm zärtlich um seine sieben Jahre jüngere Schwester gelegt, beide stehen sie an der Balkonbrüstung, aufrecht zwar, aber nicht in »Langzeiterstarrung«, wie sie, die Fotografin, sich über die unnatürlichen Posen der in Familienalben Abgebildeten lustig macht. Über Markus und ihr thront die Steindame mit blankem Busen, sie gehört zur Familie und passt auf das Geschwisterpaar auf.

Am Abend sucht sie wieder das von Touristen bevorzugte Restaurant in der Innenstadt auf. Sie sitzt wieder unter Robinien mit Blick auf die Heilig-Geist-Kapelle. Wieder bedient sie die junge Frau, von deren hohen Wangenknochen und mandelförmigen Augen sie auf eine osteuropäische Herkunft schließt. In ihrer Geburtsstadt, in der sie bald eine

Behörde leiten wird, hält eine Bedienung aus Osteuropa sie für eine Fremde. Sie findet das nicht schlimm, sondern reizvoll, und ist ein wenig enttäuscht, als sie der Bedienung nicht ansieht, ob sie sie wiedererkennt. Ist sie allein in einem Lokal, trinkt sie weder Bier noch Wein. Heute bestellt sie eine kleine Karaffe Rotwein. Sie trinkt ein Glas von dem Wein. Unter seiner Wirkung erlebt sie sich abwechselnd fremd und dann wieder nah.

Sie trinkt nur das eine Glas, kein zweites Glas. Dann zahlt sie und verlässt das Lokal.

Nach ihrer Ernennung zur Pressesprecherin hatte sie die Anrufe, die sie in ihrem Büro erreichten, anfangs noch gezählt. Hat sie sich, wie an diesem Nachmittag, in einen Vorgang zu vertiefen, leitet sie die Anrufe auf Carmen Stolzz um. Andererseits: Kommt sie abends nach Hause und sieht die Taste des Anrufbeantworters nicht blinken, ist sie enttäuscht.

Es blinkt. Sie geht nicht gleich ran, sondern hält die Spannung einige Minuten lang aufrecht. Was macht sie so sicher, dass es nicht Carmen Stolzz ist? Die ihr sagt, dass sie bleiben wird, in dem Strafreferat, bei Judith S., bei ihr. Wie würde sie darauf reagieren? Dann ist es doch ihr Bruder Markus.

»Frau Rat, ich brauche deine Hilfe.«

Heute ruft sie nicht mehr zurück. Sie könnte heute nicht die Frau Rat sein, die sie immer für ihn ist, wenn sie miteinander telefonieren. Diese Frau Rat ermöglicht eine fast schon intime, ungeschwisterliche Nähe und zugleich eine Distanz, die ihm, dem Bruder, einen Einblick in das wirkliche Leben der Schwester verwehrt. Was ist ihr wirkliches Leben an diesem 2. Juli 2010? Kommen darin Carmen Stolzz vor und dieser junge Mann in einer Jeans ohne Löcher und Schlitze? Vielleicht sucht er heute Nacht in der Zolauerstraße nach ihr. Die Zolauerstraße, die tagsüber eine ganz normale, »wirkliche« Straße ist.

Eine halbe Stunde später schon ist das alles unwirklich geworden. Ungläubig und mit Erstaunen blickt sie auf diese fremden Lebensausschnitte zurück. Es ist wie im Kino, bei Filmvorschauen: unglaubhaft, übertrieben, verzeichnet, nichts stimmt. Nichts als falsche Bewegungen, falsche Stimmen.

Die Papierabzüge der Diapositive hat sie in einem Karton aufbewahrt. Sie kippt die Bilder auf den Tisch. Sie beginnt, in diesen Fotografien zu suchen. Sie sucht nach den Eltern von Laetitia. Dem Mann, der an einem für den Nachmittagskaffee gedeckten Tisch steht, auf dem bunt glasierte Tortenstücke auf einen Kindergeburtstag schließen lassen, begegnet sie auf einem weiteren Bild. Auch auf diesem Foto fällt ihr das vorstehende Kinn auf. Das vollständig abgebildete Gesicht wirkt jetzt aber auf sie nicht mehr brutal, sondern markant. Auf einer anderen Fotografie ist eine Frau so klein im Bildhintergrund eingefangen, dass sie sich mittels einer Lupe einen Eindruck von ihr verschafft. Auch auf drei weiteren Fotografien erkennt sie diese Frau. Sie macht sich über ihr Alter Gedanken. Sie ist sich sicher, es ist Laetitias Mutter, sie mag vierzig Jahre alt sein. Nein, sie ist allenfalls fünfunddreißig, gesteht sie sich ein.

Sie klebt die Bilder in das Album, das einmal das Familienalbum des Hermann S. war. Dann schließt sie es und blickt auf die plastische Ansicht einer deutschen Kleinstadt aus Fachwerkhäusern.

Kapitel 5

AM NÄCHSTEN MORGEN, dem 3. Juli, läutet der Postbote und lässt sich von ihr den Empfang eines Einschreibens bestätigen. Die Sendung, ein braunes DIN-A4-Kuvert, kommt aus Berlin. Die Abteilung Deutsches Reich liefert Kopien in Sachen Hermann S. Die Lieferung kommt per Nachnahme, die sie zwar bereitwillig entrichtet und doch verbindet sie damit den absurden Gedanken, dass der Absender der Tochter eines Nationalsozialisten misstraut. Sie tadelt sich wegen so viel Selbstmitleids.

Sie hat den Frühstückstisch noch nicht gedeckt. Gestern Abend hat sie an diesem Tisch begonnen, provisorisch um das Bild »Laetitia mit Henriette« eine Familie zu entwickeln. Jetzt öffnet sie an diesem Tisch den Umschlag und entnimmt ihm einen Stoß Kopien. Obenauf ein weißes Blatt, in die Mitte desselben ist die Schwarz-Weiß-Fotografie eines jungen Mannes platziert, in einer Uniform aus schwerem Tuch und einer Mütze auf dem Kopf mit Adlerabzeichen und dem Totenkopfabzeichen der SS. Am Ärmel, in Ellbogenhöhe, leuchtet aus einem weißen Kreisrund das Hakenkreuz. Die eine Gesichtshälfte ihres Vaters, der vor dem wellenförmigen Faltenwurf eines samtenen Vorhangs sitzt, liegt im Schatten, was auch an der Härte der Kopie liegen kann. So jung, so sensibel, beinahe erdrückt von dieser Uniform, hat sie ihren Vater noch nicht gesehen. Das Bild ist anders als die Aufnahmen in den Alben. Noch ist das Gesicht kein Siegergesicht. Noch scheint der junge SS-Mann nichts von den Verlierern zu wissen. Sie blättert ängstlich, hektisch. Obwohl sie weiß, dass es vernünftig ist, sich die Wahrheit in kleinen Dosen zuzufügen, überfliegt sie Blatt für Blatt. Die Sütterlinschrift erschwert ihr die Lektüre. Geläufige Begriffe erschließen sich ihr durch einige Buchstaben, die sie lesen kann. Geläufige Begriffe sind unter anderem »Schutzstaffeln«, »Reichsführer«, »Sturmbannführer«, »Rasse- und Siedlungshauptamt«. Ein Großteil der Kopien geht auf die Personalakte des Landgerichts zurück.

Obwohl sie als Richterin Erfahrung im Studium von Akten hat, liest sie dennoch unsystematisch, pickt Stichwörter, Daten, Zugehörigkeiten aus Fragebögen, Personal- und Befähigungsnachweisungen, Urlaubsgesuchen heraus, ist viel zu nervös, um beim Lesen auf Chronologie und einen Zusammenhang zu achten.

»Ich bin Mitglied der NSDAP seit 1. Juni 1933, Mitgliedsnummer: 3 987 505, und Mitglied der SS seit 15. Juli 1933, unter: A 20 753«, schreibt ihr Vater mit Tinte, dünn und etwas zittrig, will ihr scheinen, in einem der Fragebögen. Er verneint, der »Kommunistischen Partei oder kommunistischen Hilfs- oder Ersatzorganisationen (einschließlich der sogenannten nationalkommunistischen Bewegung ›Schwarze Front‹)« anzugehören oder angehört zu haben. Er verneint ebenso, »der Sozialdemokratischen Partei, dem Reichsbanner Schwarz-Rot-Gold, der Eisernen Front oder sonstigen sozialdemokratischen oder republikanischen Hilfs- und Nebenorganisationen sowie der Deutschen Friedensgesellschaft, der Liga für Menschenrechte, der Friedensliga und anderen internationalen oder pazifistischen Verbänden, Vereinigungen oder Zusammenschlüssen« anzugehören oder angehört zu haben. Als »Konfession (auch frühere Konfession)« schreibt er »röm.-katholisch« über eine aus aneinandergereihten Punkten gezogene Linie. Ein paar Blätter weiter ist er nicht mehr römisch-katholisch, er teilt dem »Herrn Oberlandesgerichtspräsidenten« mit, dass er nunmehr »gemäß eines Erlasses des Reichsministers des Inneren« die Bezeichnung »gottgläubig« führt. Ein Schreiben des »Gerichtsreferendars« Hermann S. berichtigt »meine Personalakte; ich teile mit, daß ich am 1.6.1937 aus der katholischen Kirche ausgetreten bin«. Auch dieses Schreiben ist wie viele andere an den »Herrn Präsidenten des Oberlandesgerichts H.« gerichtet.

Sie sieht sich am »Weißen Sonntag« 1973 an der Hand ihrer Mutter in einem weißen Kleid auf den Dom zugehen zur Ersten heiligen Kommunion, der ehemalige SS-Mann, der ihr Vater ist, und der Bischof stehen oben auf dem Treppenabsatz vor dem Eingang der Kathedrale und plaudern angeregt miteinander; als sie das Kommunionkind mit Mutter sehen, blicken sie lächelnd auf die beiden herab.

In mehreren urkundlichen Erklärungen bescheinigt unter »Betr.: Erhebung über die politische Zuverlässigkeit des Gerichtsreferendars Hermann S.« die Nationalsozialistische Deutsche Arbeiterpartei, Kreisleitung K, Ortsgruppe West, dem Rechtsreferendar »politische Zuverlässigkeit«.

Sie schichtet die über den Tisch verstreuten Blätter übereinander und steckt den Stoß Kopien in den Umschlag zurück. Mit einem Permanent-Stift der Stärke M schreibt sie »Nazi-Richter« auf das DIN-A4-große Kuvert.

Nein, sie wird jetzt nicht weinen, nimmt sie sich vor. Sie ist ja noch nicht am Ende mit ihrer Beweisaufnahme.

Sie fährt über die Autobahnbrücke zu ihrem Bruder. Kann er bei diesem Verkehrslärm auf seiner Terrasse tatsächlich die Vögel an ihrem Gezwitscher unterscheiden?, fragt sie sich. Er nimmt diesen Verkehrslärm einfach nicht zur Kenntnis, ebenso wenig wie die Vergangenheit seines Vaters. Wo es Sieger gibt, gibt es auch Verlierer. Das müsste er eigentlich wissen. Aber an die Verlierer denkt er nicht. Hoch oben auf der Brücke baut sie sich mit solchen Argumenten auf, denn heute wird tief unten im Souterrain, wo er es sich gut gehen lässt, die Schonzeit für ihn beendet.

Die Haustür ist offen. Den braunen DIN-A4-Umschlag in der Hand, wie eine postalische Sendung, die sie auf schnellstem Weg zu übergeben hat, steigt sie die Stufen zu seiner Wohnung hinab.

Er hält sich nicht in seinem Wohnzimmer auf, auch nicht, wie sie durch die ins Freie führende Glastür erkennt, auf der Terrasse. Sein Liegestuhl ist leer. Sie hat sich angekündigt, sicher stand deshalb die Haustür offen. Sie geht den dunklen Gang hinein. In einem der kleinen fensterlosen Zimmer sieht sie ihn an seinem PC sitzen. Er scheint über etwas nachzudenken, wirkt ratlos, abwesend. Nimmt er sie überhaupt wahr? Sie setzt sich auf die zweisitzige Ledercouch, die noch aus dem Familienbesitz stammt, und legt den DIN-A4-Umschlag neben sich.

»Was ist los mit dir?«

»Nichts.«

»Ich sehe es dir aber an.«

»Mir ist nichts anzusehen.«

»Eine Frau?«

»Ja.«

Sie setzt nicht gleich nach. Aus seinen Affären macht er nie ein Geheimnis.

»Die Tennisschülerin?«

»Aber nein.«

»Wo ist das Problem?«

»Es läuft anders als sonst.«

Es ist so düster in diesem dem Hang zugewandten Zimmer, dass der Widerschein des Monitors sein Gesicht aus dem Dunkel hebt.

»Du hast doch Übung darin, Bruderherz.«

Er nimmt den Schwesterherz-Bruderherz-Tonfall nicht auf.

»Nicht darin.«

»Worin nicht?«

»Ich bin nicht verliebt. Kapierst du, es ist anders: Ich liebe sie!«

»Wie schön für dich.«

»Ich mach die verrücktesten Sachen.«

»Zum Beispiel?«

»Ich schreibe SMS.«

»Und. Die schreibst du doch auch deinen Tenniseroberungen.«

»Ich schicke sie nicht weg. Ich lösche sie wieder.«

»Wieso?«

»Es klingt so bescheuert.«

»Wenn es deine Gefühle sind, ist es gut.«

»Schwesterherz«, sagt er jetzt doch. »Es gibt Dinge, von denen du nichts verstehst.«

»Ach ja.«

»Es ist idiotisch. Das ist mir noch nie passiert.«

»Was denn?«

»Ich habe mir noch nie darüber den Kopf zerbrochen, wie ich auf eine Frau wirke. Wie es sich anhört, was ich ihr sage. Spiele ich Tennis, stelle ich mir vor, sie steht auf der anderen Seite vom Netz.«

»Aber da steht doch, so wie ich dich kenne, sowieso immer eine attraktive Frau.«

»Du nimmst mich nicht ernst.«

»Wer ist sie?«

»Ihr Mann war Direktor bei Siemens. Er hat sie wegen einer Jüngeren verlassen. Ihre Tochter nimmt bei mir Stunden.«

»Also, zuerst die Tochter und dann die Mutter. Das geschieht dir recht.«

»Sie hat angefangen, nicht ich.«

»Wie hat sie angefangen?«

»Sie hat mir geschrieben: ›Ich möchte Sie gerne kennenlernen‹.«

»Du sie doch auch.«

»Das läuft nicht wie sonst. Sie gebraucht Wörter, die ich nicht kenne, sie drückt sich auf eine Art aus, die …«

»Wie drückt sie sich denn aus?«

»Es hört sich ein bisschen nach dir an, Frau Rat.«

»Dann bleibt es ja in der Familie. Du hast Angst, sie zu enttäuschen?«

»Ich habe Angst, dass sie mich durchschaut.«

»Du machst alles richtig.«

»Ich werde ihr schreiben. Hilfst du mir mit ein paar Formulierungen aus?«

Sie geht nicht anders vor als bei ihren gerichtlichen Beweiserhebungen. Ihr Bruder erweist sich als ein um Wahrheit bemühter Zeuge, was für sie in Kenntnis dieses familiären Beweismittels nicht selbstverständlich ist. Die Tochter mit den bronzefarben schimmernden Beinen studiert hier in A. Dass er mit ihr geschlafen hat, versteht sich. Die Mutter steht offensichtlich noch aus. Was sich zum einen aus der Entfernung zwischen A. und M. erklärt. Zum anderen vielleicht daraus, dass es mit ihr tatsächlich »anders läuft« als mit seinen bisherigen Eroberungen.

Die Mutter der Tennisschülerin mit dem knappen metallic leuchtenden Höschen liebt klassische Musik, spielt Violine, jede Nacht, kurz vor Mitternacht, singt sephardische Lieder, sie bevorzugt Nachthemden in pflaumenblau, ohne ihren Tanz könnte sie nicht leben, sie mag alles Mittelalterliche, Anmut und Reinheit sind ihre Lieblingswörter, übermorgen hat sie »einen klitzekleinen Auftritt« mit anderen Gesangsschülerinnen, sie wird »Ave Maria« singen, aber nicht in der »Ohrwurm-Version«.

Es ist ein bisschen viel für ihren Bruder, zumindest außerhalb des Center-Courts. Ihre Tochter Verena besucht in einer hiesigen Akademie, die sich »Gestalt und Design« nennt, ein sogenanntes Vorstudienjahr. Markus hat mit so einer Akademie nichts am Hut. Einmal ist ihr Bruder dieser Frau schon begegnet. Sie kam aus M., um ihre Tochter bei ihm, dem Tennislehrer, einzuführen. Markus und die Mutter seiner Tennisschülerin haben im Restaurant der Tennisanlage Tee getrunken. Sie haben dabei sicher nicht über die Vor- und Nachteile der beidhändigen Rückhand gesprochen.

Sie muss aus der Düsternis dieses fensterlosen Raums heraus, wo die Gefahr besteht, dass sie ihn einweiht und dabei die falschen Worte findet, hinaus auf die Terrasse, wo es zwar laut ist, aber sich vielleicht gerade deshalb das Nachdenken, das Zurückblicken in eine Zeit, in der sie und ihr Bruder nicht gelebt, die sie beide nicht zu verantworten haben, in dem gegenwärtigen Donnern und Dröhnen von der Autobahnbrücke her aufhört, der Kopf wieder frei wird für hier und heute. Als würden diese Automobilgeschosse durch das Hirn rasen und all die ängstlichen Zweifel zerschmettern, das Gedächtnis reinigen und das Erinnern zurückstellen auf null.

Sie wird das Gefühl nicht los, dass ihn nicht nur diese Frau verunsichert, die gegen Mitternacht Geige spielt und sich nach Anmut und Reinheit sehnt. Sie nimmt sich vor, länger als üblich zu bleiben, ihn nicht in seinem Liegestuhl zurückzulassen. Den braunen DIN-A4-Umschlag weiß sie in seinem Arbeitszimmer auf der Elterncouch. Dort ist er im Dunklen gut aufgehoben. Sie wird ihn für ihren Bruder nicht öffnen. Sie darf das Beweisstück nur nicht vergessen.

»Wenn ich die Augen zumache, höre ich sie zwitschern.«

Er liegt jetzt in seinem Liegestuhl. Er hat die Augen zu, auch weil ihn die Sonne blendet. Sie hört das Vogelgezwitscher nicht, doch sie will es ihm gerne glauben. Sie hört stattdessen, wenn zwischendurch für Sekunden der Lärm abbricht, den hohlen, angestrengten Ton einer Vuvuzela. Sie verlieren kein Wort über die deutsche Mannschaft in Kapstadt. Ihr Bruder ist auf dem Center-Court zu Hause, an Fußball ist er nicht interessiert. Dass das Spiel in diesen Minuten begonnen hat, folgert sie aus den jetzt vermehrt und aus unterschiedlicher Richtung kommenden Signalen, die sich zu einem einförmigen schmalen Konzert summieren und mischen. Lässt sich mit diesen langen Röhren die deutsche Nationalhymne blasen? Auf welche Abwege ihre Gedanken geraten. Ja, sie traut es den deutschen Schlachtenbummlern in Südafrika zu. Wenn man einen Deutschen mit einem Holzprügel in den Wald hineinschickt, kommt er mit einem Panzer wieder heraus. Wahrscheinlich hatte ihr Vater, der an Fußball nicht interessierte SS-Mann, recht.

Sie verbringt über eine Stunde draußen auf der Terrasse mit ihm. Nur einmal steht sie von dem bequemen Korbstuhl auf, der am Fuß der Liege steht, um sich die Füße ein wenig zu vertreten. Die Holzplanken geben unter ihren Tritten nach, aber sie hat bei diesem weichen Einsinken heute nicht das Gefühl einzubrechen. Dann setzt sie sich wieder zu ihm und blickt in sein ruhiges Gesicht, besorgt, wie eine Mutter, die den notwendigen Schlaf ihres Sohnes bewacht.

Der Autobahnlärm ist unüberhörbar und doch erreicht er sie jetzt nicht, er verdeckt etwas, damit es nicht in ihr Bewusstsein dringt. Das kann natürlich nur für Minuten gelingen, aber diese Ruhepause braucht sie, um Ordnung in ihr Gedächtnis, in ihre Planung zu bringen. Vielleicht wird sie die Kopien nicht mehr aus dem Umschlag nehmen. Unterliegt nicht auch die Pflicht zu recherchieren der Verjährung?

Wer ist diese Frau, die ihrem Bruder Angst einjagt, mit dem Wunsch, ihn gerne kennenzulernen? Ja, vielleicht ist sie sogar ein bisschen eifersüchtig, wo es doch dieses Mal »anders läuft«. Er rekelt sich jetzt im Liegestuhl und sieht aus kleinen Augen zu ihr auf, als wäre er soeben aus einem langen, erquickenden Schlaf erwacht. Er ist noch immer ein Beau, in einer dunkelblauen Gabardinehose und einem hellblauen Poloshirt und vollem schwarzen Haar. Ja, man kann sich vorstellen, ihn, so wie er ist, zu lieben.

In A. bricht der Verkehr an bestimmten Punkten, an denen junge Leute »Abfeiern« und »Party-Machen« – Wörter, die sie unerträglich findet –, zusammen. Vor dem Dom kommen die Autos zum Stehen. In Gedanken bei ihrem Bruder, ist sie arglos in diese Deutschland-Falle hineingetappt. Schwarz-Rot-Gold beherrscht den »Platz zur Lieben Mutter«, vor dem Hupkonzert schützen sie auch die geschlossenen Scheiben ihres Audi nicht. Deutschland-Deutschland-Rufe rotten sich zu Sprechchören zusammen, liefern sich einen Wettkampf mit dem schrillen Hupen. Sie will nichts wie weg von hier.

Ein Polizist klopft an die Fahrertür. Sie lässt die Scheibe herab. Sie kennt diesen älteren uniformierten Mann. Vor Jahren, noch mit Verkehrsstrafsachen befasst, hatte sie ihn oft als Zeugen geladen. Seinen Namen hat sie vergessen. Er aber hat sie in dieser jubelnden Menge gleich wiedererkannt. Sie macht der Höflichkeit halber die Fahrertür auf, am Holm sich festhaltend, stemmt sie sich hoch. Er nimmt Haltung an. Aufrecht stehend, von ekstatischen Menschen umgeben, rapportiert er, auf Augenhöhe mit ihr: »Frau Rat, Deutschland schlägt Argentinien 4:0!« Als sie »Deutschland« auch aus seinem Mund hört, bricht sie in Tränen aus. Was er missversteht. »Auch ich kämpfe dagegen an«, gesteht er ihr mit gebrochener Stimme.

Er versucht, ihr einen Weg aus diesem Chaos von Menschenleibern und Blechkarossen zu bahnen. Die Aggressivität des nicht endenden Hupkonzerts glaubt sie plötzlich gegen sich gerichtet. Junge Männer, die sich das Hemd vom Leib gerissen haben, tauchen vor der Windschutzscheibe ihres Autos auf und versperren ihr den Weg. Sie haben ihre Hände zu Fäusten geballt und erheben sie gegen den Himmel. »Deutschland! Deutschland!«, brüllen sie ohne Unterlass.

Endlich fällt alles von ihr ab. Im Rückspiegel sieht sie, wie ihr der uniformierte Polizist nachwinkt. Sie sieht ihre Hand mädchenhaft linkisch dem Polizisten zurückwinken und ihr dabei über die Augen fahren, was aussieht, als möchte sie alles auswischen, liquidieren, für null und nichtig erklären.

Zu Hause blinkt der Anrufbeantworter. Markus weist sie auf ein E-Mail hin, das er ihr soeben geschickt hat. Tatsächlich findet sie im Outlook den Entwurf eines Briefes vor, den er an die Mutter seiner Tennisschülerin schreiben will.

Sie hatte ihm zu seinem fünfzigsten Geburtstag eine CD mit Mozarts Violinkonzerten geschenkt. Die CD ist nicht neu, aber es handelt sich um eine von Experten geschätzte Einspielung. Er darf sich deshalb nicht sicher sein, dass sich diese CD nicht auch in der Sammlung seiner neuen Bekanntschaft findet und sie den Begleittext zu dieser CD kennt.

»Liebe Ingeborg U., wie gerne wäre ich dabei, wenn Sie musizieren. Ich wäre unauffällig wie ein schlafendes Kind. Ich würde bei Ihrer Musik eine arkadische Landschaft betreten, in der Anmut und Heiterkeit dominieren …«

Bereits an dieser Stelle macht sie mit dem Lesen eine Pause. Dass ein schlafendes Kind kein zuhörendes ist, erscheint ihr noch das geringste Übel. Die arkadische Landschaft aber, in der Anmut und Heiterkeit dominieren, hat bereits ein anderer vor ihm betreten, der Verfasser des Begleittextes zur CD. Im Übrigen spiegelt dieser Briefentwurf den schwierigen Seelenzustand ihres Bruders wider, dem es tatsächlich ernst zu sein scheint, der offensichtlich Probleme hat im Umgang mit einer Frau wie dieser Ingeborg U. Sie will das in ihrer Macht Stehende dazu beitragen, dass es für ihn zu einem guten Ende führt.

Sie ruft nicht gleich zurück.

Sie stellt sich das Gespräch mit ihm so vor:

»Auch wenn diese Ingeborg Anmut liebt, so kannst du doch nicht einfach fremde Zitate klauen.«

»Es gibt Sätze, die hab ich so drauf, dass ich nicht weiß, sind die jetzt von mir oder dir.«

»Also, dieser Satz ist auf keinen Fall von dir.«

»Ich weiß einfach nicht, wie ich es anstellen soll.«

»Mach es einfach so wie immer.«

»Darauf fällt sie nicht rein.«

»Sie soll doch nicht auf dich hereinfallen, sondern … ja, ich weiß nicht genau, was du dir vorstellst, was du dir wünschst, aber …«

»Ich möchte, dass sie für mich das Gleiche empfindet wie ich für sie.«

»Dann sag ihr doch einfach, was du für sie empfindest.«

»Das ist eine gute Idee.«

Es dauert eine Weile, bis er abhebt. Das mit dem schlafenden Kind erspart sie ihm. Auf den Vorwurf, das Zitat geklaut zu haben, geht er zu ihrer Überraschung nicht ein. Er hört nur zu, setzt sich nicht zur Wehr, sagt wenig. Und dann erfährt sie, dass sie sich nicht getäuscht hat: Es ist nicht nur diese Frau, die ihn verunsichert. Der Laborbefund einer routinemäßigen ärztlichen Untersuchung hat einen erhöhten PSA-Wert ergeben. Sie versucht, ihn zu beruhigen. Ein erhöhter PSA-Wert lasse auf vieles schließen, in einem »gewissen Alter« sei ein normaler PSA-Wert nicht mehr normal. Sie schönt ein bisschen, ohne dabei zu lügen. Sie erinnert sich an ihre Mutter, der ihr Vater ungeniert und rücksichtslos seinen Befundausdruck entgegengehalten hatte, wie ein schlechtes Zeugnis, an dem nicht er, sondern sie als Ehefrau schuld sei, sie erinnert sich, wie klug und einfühlsam ihre Mutter mit dieser Situation umgegangen war, sie hatte ihn damals beruhigt und recht behalten.

Am Ende bringt sie das Gespräch nochmals auf Ingeborg U., um ihn abzulenken. »Warum rufst du sie nicht einfach an?«

Er wird sie anrufen, will ihr aber auch schreiben. Dann legt er auf.

Sie ist jetzt froh, ihn nicht mit den Unterlagen des Bundesarchivs konfrontiert zu haben. Es ist nicht seine Schuld, auch nicht die ihre. Andererseits erklärt sie den ihr zur Ausbildung zugewiesenen Rechtsreferendaren, Schuld sei das Belastetsein mit der Verantwortung für eine rechtswidrige Tat.

Das kann auch die Tat eines Anderen sein. Sie denkt über diesen Schuldbegriff nach. In der juristischen Literatur werden auch andere Schuldbegriffe diskutiert. Juristen machen es sich leicht, wenn sie über eine fremde Schuld befinden.

Warum maßt sie sich eigentlich an, über die Schuld ihres Vaters befinden zu können? Stirbt ein Beschuldigter, enden von Gesetzes wegen die Ermittlungen. Warum setzt sie sich ausgerechnet bei ihrem Vater über diese gesetzliche Bestimmung hinweg? Niemand kann verurteilt werden, ohne vorher zu den Tat- und Schuldvorwürfen gehört zu werden. Ihren Vater kann man nicht mehr anhören, nicht mehr vernehmen. Ihr wird bewusst, dass sie den Fall nicht zu Ende ermitteln kann.

Sie bildet sich ein, noch immer die Deutschland-Deutschland-Rufe zu hören, während sie auf den Apparat schaut, von dem aus sie mit Frankfurt telefoniert hat. Auf dem Foto, das ihren Vater zeigt, in einer Uniform, die so schwer ist, dass sie ihn fast zu erdrücken scheint, ist ihr Vater nicht älter als die jungen Männer mit nacktem Oberkörper, dic sich vor ihrem Audi aufgebaut und mit erhobenen Fäusten »Deutschland! Deutschland!« gerufen haben. Sie stellt sich vor, dass nicht nur in A., sondern über die gesamte Republik verteilt, junge Männer mit nacktem Oberkörper die Straßen füllen und »Deutschland! Deutschland!« rufen. Sie hat gelesen, dass nichts schlecht daran sei, Deutschland habe wieder seine Identität gefunden. Sie mag Männer mit nacktem Oberkörper auf Straßen nicht, aber sie mag sie noch viel weniger in einer Uniform aus schwerem Tuch und einer Mütze mit Adlerabzeichen und dem Totenkopfabzeichen der SS. Sie wünscht sich, dass diese jungen Männer, anders als ihr Vater auf der Fotografie, dagegen gefeit sind. Sie denkt darüber nach, wie diese jungen Männer, selbst mit dem Wissen von dem, was damals war, sich heute in einer weniger freien Gesellschaft verhalten würden. Sie versteht nichts von Fußball. Aber sie hat Angst vor so viel Fußballsolidarität.

Von dem, was ihr Vater im Dritten Reich gemacht oder unterlassen hat, lässt sich kein deutliches Bild gewinnen, angesichts dessen die undeutlichen Bilder, die sie wiederkehrend bedrängen, verblassen. Sie fühlt sich dennoch erleichtert, in demselben Maße, wie sie die Sorge um ihren Bruder beschwert.

Kapitel 6

Es ist ihr zur Gewohnheit, ja zum Bedürfnis geworden, dass sie am Sonntag kurz vor 12 Uhr im ersten Stock ihres Hauses am Fenster steht; sie unterbricht deshalb ihre Tätigkeit als Hausfrau, Gärtnerin, Zeitungsleserin, hört auf, Behörden, Versicherungen zu antworten, füllt keine Überweisungsformulare mehr aus, all diese »Sonntagspflichten« stellt sie zurück, um durch den Spalt, der sich zwischen zwei Metalllamellen auftut, auf das Rasenquadrat hinunterzuschauen, wo Robo auf die Minute genau erscheint.

Auch heute wünscht sie sich, er möge nicht haltmachen vor dem Zaun, der den Garten einfasst, möge die unsichtbaren Befehle, die von den grasüberwachsenen Begrenzungsdrähten ausgehen, missachten, er möge ausbrechen, jetzt, dieses eine Mal. Doch auch heute hält er dicht vor der Einfriedung an, dreht ab, unterbricht nicht wie sie seine sonntägliche Pflicht. Es ist heiß. Deshalb hält sie das Fenster geschlossen. Die Lamellen aus Aluminium sind, da nicht außen, sondern innen ans Fenster montiert, für diese Julihitze keine echte Barriere.

Sie kann Robo nur sehen, nicht hören. Sie kann seit Robos Unfall seine Arbeit nicht mehr unbeschwert von ihrem Fenster aus verfolgen. Was wäre, wenn Robo wieder umkippt? Sie würde sich überwinden, sagt sie sich, und Herrn Grossherr anrufen, um Robo wieder auf seine Rädchen zu stellen, den Missmut ihres Nachbarn nähme sie dabei in Kauf.

Sie wählt auch heute das schwarze Kostüm aus Cool Wool und schlüpft in die halbhohen Schuhe. Sie öffnet den Kleiderschrank und hebt die Spiegelreflexkamera aus dem weichen Bett übereinandergeschichteter Pullover. Wenn sie gleich mit ihrem Audi bis an die Einfahrt zur Weinstraße vorfahren und nach links schauen wird, braucht sie keine Angst zu haben, Herrn Grossherr zu begegnen. An Sonntagen findet, da »Bio-Markt Grossherr« geschlossen hat, der ihr peinliche Zweikampf, wer als Erster in die Straße hineinfährt, nicht statt.

Auf dem Weg zum Friedhof kommen ihr Sieger entgegen. Hinter der Windschutzscheibe ihrer Wagen sehen sie müde aus. Ihr Jubeln hält sich um diese Zeit in Grenzen. Hupt einer sie an, so klingt das fast ein wenig verzagt. Die Nacht der Sieger hat offenbar lang gedauert, sie ist schadenfroh.

Es ist heiß und die Luft steht still. Hoffentlich schmilzt unter ihr nicht der »Eisbuckel«, sie hat ein Recht, albern zu sein. Sie wählt wie immer den Seiteneingang des Friedhofs. Die Kamera hat sie vor dem Aussteigen präpariert. Die Aufnahmebedingungen sind ideal. Die Tasche, in der sich die Spiegelreflex befindet, steht offen, sodass sie im Bedarfsfall einen raschen Zugriff auf die Kamera hat. Die Biebels haben offensichtlich die Nacht gut überstanden. Hinter der Mauer herrscht Hochstimmung. Ein Mann grölt, ein Junge schreit ohne Unterlass »Tor für Deutschland! Tor!«. Sie stellt sich vor: Auf dem Tisch sind keine vier Gedecke aufgetragen für den Nachmittagskaffee, es gibt keine Tortenplatte, auf der sich bunt glasierte Tortenstücke aneinanderdrängen. Stattdessen reihen sich leer getrunkene Bierflaschen aneinander. Der Mann, der gegrölt hat, trägt kein Hemd, sein nackter Oberkörper ist entweder dick und rötlich oder schlank und von der Sonne verbrannt.

Sie lässt ihre Kamera in der Tasche. Sie hört das dumpfe Klopfen eines Balls, den jemand von innen gegen die Mauer schießt. Das Klopfen erinnert mit der Regelmäßigkeit, in der es sich wiederholt, an ein Herzklopfen. Von irgendwoher, weit entfernt, hört sie den nasalen Ton einer Vuvuzela. Sie stellt sich vor, wie sich dieses lang gezogene Klagen in der flimmernden Hitze über die Gräber zieht.

Sie geht weiter, auf den ersten Brunnen zu, der mit grünen Plastikgießkannen dekoriert ist wie ein Christbaum mit Kugeln. Die Fröhlichkeit, die sie noch während der Fahrt auf den »Eisbuckel« zu albernen Vorstellungen getrieben hat, ist wie weggeschmolzen. Sie wünscht sich eine andere Gesellschaft für Laetitia mit Henriette. Sie hat kein Recht dazu. Aber vielleicht ist es auch keine Frage von Rechtsansprüchen. Und wenn doch: Vielleicht steht Laetitia mit Henriette eine andere Familie zu. Sie hält die Kanne unter den Wasserhahn. Sie dreht den Hahn nur leicht auf. Der sparsame Wasserfluss in die Plastikkanne hört sich an wie ein hohles Husten. Sie dreht den Hahn voll auf.

Sie versorgt als Erstes das Grab ihres Vaters. Sie leert die Kanne am »Russengrab«. Den toskanisch anmutenden, von Pappeln gesäumten Weg, den sie gekommen ist, geht sie zurück, denn am »Schillergrab« wird sie keinesfalls mit Wasser sparen.

Um das Wasser gerecht über das in die Steinplatte eingelassene Rechteck, in dem Stiefmütterchen wachsen, zu verteilen, geht sie um das Grab herum. Sie stellt sich vor, dass die Pflanzen nach Wasser dürsten. Um nah an sie heranzukommen, muss sie sich bücken, ihr gestreckter Arm zittert etwas unter dem Gewicht der jetzt noch immer halb vollen Kanne, sie darf diese zarten Blüten aber nicht mit Wasser benetzen, weil sie sonst in der Mittagssonne verbrennen.

Erst als sie mit dem fertig ist, was zu allererst getan werden muss an diesem heißen Tag, sie die grüne Plastikgießkanne und die klobige Ledertasche neben sich abgestellt hat, steht sie wie eine Angehörige, die jetzt endlich Zeit hat zu trauern, aufrecht und in Gedanken an den Verblichenen versunken, vor diesem Grab. Eine Weile blickt sie auf das Bild dieses Fremden, betrachtet sein schönes Haar, dann wird ihr plötzlich die Absurdität ihres Vorgehens bewusst. Wenn sie jetzt ein Verwandter des Toten sähe, eine Tochter, ein Sohn. Sie würden auf sie zukommen, sie wegdrängen, ihren Vater schützen vor dieser ungerufenen Nähe.

Bisher hat sie nur auf die Fotografie geachtet, nicht auf den Namen. Zum ersten Mal liest sie nicht nur das Geburts- und Sterbedatum, sie prägt sich den Namen ein: Roman Wanders. Sie will etwas über Roman Wanders erfahren; sie will Licht in das Dunkel der Beziehung bringen, die sie mit ihm unterhält. Ein Leichtes für sie, bereits morgen, am Montag, wird sie damit beginnen; Einwohnermeldeamt, Standesamt, vielleicht auch Polizei, werden dafür die ersten Adressen sein.

Sie ist noch nicht auf Höhe der »Biebel-Mauer«, als sich die beiden Flügel des Tors ein wenig öffnen und zwei Personen heraustreten. Als sie einen Mann mit Irokesenhaarschnitt sieht, zweifelt sie keinen Augenblick, dass er der Mann ist, der gegrölt, und auch nicht daran, dass der vielleicht zwölf Jahre alte Junge mit der gleichen Frisur der Junge ist, der »Tor für Deutschland! Tor!« gerufen hat. Bei den beiden handelt es sich unverkennbar um Vater und Sohn. Der Mann ist schlank, ausgemergelt, dort, wo sein ärmelloses Unterhemd seinen Oberkörper nicht bedeckt, ist seine Haut dunkel gebräunt. Laetitia mit Henriette in dieser Gesellschaft zu wissen, deprimiert sie. Der kurze laute Wortwechsel zwischen dem Mann hinter der »Biebel-Mauer« und dem Jungen mit den kahlrasierten Schläfen sagt ihr, dass die beiden, die jetzt auf den Seiteneingang des Friedhofs zugehen, nicht der Vater und der Bruder von Laetitia sind. Der Junge hält einen weißen Ball mit Wabenstruktur umfasst, wie sie ihn von der Sportschau her kennt, in die sie beim Umschalten auf ein anderes Fernsehprogramm manchmal gerät. Das ungleiche und angesichts seiner äußeren Erscheinung, für die sie den Vater verantwortlich macht, auch wieder gleiche Paar, geht jetzt, sich lautstark unterhaltend, nur mehr wenige Schritte vor ihr. Unversehens holt der Junge mit dem rechten Bein aus und schlägt den Ball aus der Hand in einem hohen Bogen über die Friedhofsmauer, hinter der der Ball, wie es sich anhört, auf ein Autodach trifft. Vater und Sohn lachen, die letzten Meter zum Friedhofstor legen sie laufend zurück.

Sie hat den Motor angelassen, warum fährt sie nicht los? Sie sieht Laetitia beschmutzt durch die beiden, durch die Verhältnisse hinter dem Leichenschauhaus, hinter der »Biebel-Mauer«. Sie hat heute nicht fotografiert. Die Motive passten nicht in das Familienalbum, das sie dabei ist, anzulegen. Sie hat ein Recht auf Unwirklichkeit. Jetzt stellt sie den Motor ab.

Sie stellt sich vor, dass Laetitia mit Henriette durch die weit geöffnete Metallflügeltür in den Friedhof getreten ist. Die Katze trägt sie in beiden Armen vor ihrem Gesicht. Eingeschlossen, hinter der Mauer, konnte Laetitia den Weg, den sie zum Grab ihres Vaters, dem »Russen« – und dem »Schillergrab« immer nimmt, nicht nachverfolgen. Und doch geht Laetitia ihn jetzt mit schlafwandlerischer Sicherheit. Unter den hohen Pappeln nimmt sich das Mädchen mit einer Katze in seinen Armen märchenhaft klein aus. Wohin wollen die beiden? Wen suchen sie? Sie biegen nach rechts in die Reihe ein, in der Schiller, der Russe Andrej M. und ihr Vater liegen. Vor dem Grab des Landgerichtspräsidenten Hermann S. verweilen sie nur einen Augenblick, vor dem »Russengrab«, Laetitia nimmt jetzt die rechte Hand von dem Katzenkörper, bekreuzigt sie sich. Ausgerechnet die Sicht auf das »Schillergrab« ist ihr durch etwas Undefinierbares verstellt.

Es dauert lange, sie atmet auf: Laetitia hat Schiller abgeholt, Hand in Hand kommen sie die Pappelallee zurück, Henriette schmiegt sich an Laetitias Brust und schnurrt. Sie lassen die »Biebel-Mauer« links liegen und gehen jetzt direkt auf ihr Auto zu.

Es ist ein Sommertag, wie man sich ihn wünscht, um ins Grüne zu fahren. Schiller hat eine weite kakifarbene Hose an und trägt dasselbe Hemd wie auf dem Foto. Laetitias schlichte Kleidung würde an jedem anderen Mädchen armselig wirken. Hatte sie bei dem Rechtsanwalt, der sie im Funkhaus angesprochen hatte, den Eindruck gehabt, dieser Mann sei für den Anzug entworfen, den er angehabt hatte, so verweist Laetitia in der Art, wie sie den abgetragenen Rock und das ausgewaschene T-Shirt trägt, die Kleidung auf ihre eigentliche Funktion, vor Nässe und Kälte, vor Sonne und Hitze zu schützen. Es ist dennoch an der Zeit, das Mädchen neu einzukleiden. Ein paar Häuser vom Fotohaus A. entfernt weiß sie eine Boutique, die auch Kindermode führt.

Sie haben auf dem Rücksitz Platz genommen. Gleich geht es den »Eisbuckel« hinab. Unzählige Male ist sie auf dem Rückweg vom Friedhof am Justizpalast vorbeigefahren. Doch diese Fahrt gleicht keiner anderen. Sie nimmt den Fuß vom Gaspedal und zeigt mit einer lässigen Handbewegung auf ihren Arbeitsplatz, im Rückspiegel sieht sie Schiller und Laetitia zustimmend nicken. Sie wünscht sich, es wäre nicht Sonntag und die Kolleginnen und Kollegen hätten sich von ihren Schreibtischen erhoben und stünden am Fenster. Sie wünscht sich ein Auto mit offenem Verdeck.

In der Boutique, die für sie heute geöffnet hat, begrüßt man sie als eine treue Kundin, Laetitia kennt man beim Namen. »Es ist schön, Laetitia und Sie auch einmal in Begleitung Ihres Mannes zu sehen.«

Schiller hat sich in einem Sessel niedergelassen und sieht aus, wie Männer bei Peek & Cloppenburg aussehen, die ihre Frauen seit einer halben Stunde schon im Spiegel betrachten, wie sie sich drehen, ein Bein vor stellen, sich über die Schulter schauen, den Hintern recken. Die Verkäuferin wirft einen Blick auf Schiller im Sessel, zuckt mit gespieltem Bedauern die Schultern, lässt ihren Blick zu ihr weiter wandern, man sieht sich an, ist unter Frauen, man sagt sich: »Das können wir unseren Männern leider nicht ersparen. Da müssen sie durch«.

»Gelb steht Ihrer Tochter gut.«

»Finden Sie?«

»Sehen Sie! Sie bewegt sich so elegant wie ihre Mutter.«

»Sie schmeicheln mir.«

»Nicht ich. Ihre Tochter schmeichelt Ihnen.«

Man steht nah beieinander, aber man schaut sich und die anderen im Spiegel an. Henriette streicht lautlos durch den Raum und macht kleine Entdeckungen. Das Schwarz-Weiß ihres Fells ist kompatibel mit allen Farben, die in diesem Sommer angesagt sind.

Sie bewundert die Natürlichkeit, mit der sich Laetitia vor dem Spiegel bewegt. Sie war noch nie in einer Boutique. Sie macht nichts nach, sondern alles zum ersten Mal. Sie selbst schaut auf Schiller, er sitzt geduldig in diesem samtenen Sessel. Sie wird ihm nicht sagen, dass sie sein langes blondes Haar zueinander gebracht hat.

»Grün finde ich aufregend zu ihren grünen Augen.«

»Ja, machen wir doch einen Versuch.«

Laetitia schlüpft in das grüne kurzärmelige Kleid aus Crinkle-Stoff, der Spitzeneinsatz am unteren Rand gibt ihm eine festliche und doch sommerliche Note, den Knöpfchenverschluss am Rücken findet nicht nur sie, sondern auch die Verkäuferin süß.

Laetitia dreht sich einmal um sich herum, löst den Blick von ihrem Spiegelbild und schaut aus ihren grünen Augen auf ihre Mutter. Henriette hat ihren Streifzug durch die Boutique unterbrochen und sieht aus ihren stachelbeerfarbenen Augen verwundert auf.

Sie verlassen die Boutique mit einer glänzenden Tragetasche, in der sich der Rock und das T-Shirt befinden. Das Kleid hat Laetitia nicht mehr ausgezogen. Die Stimmung ist ausgelassen. Mutter und Tochter kümmern sich nun um Schiller, sie überbieten sich dabei in einer Theatralik, die schließlich in einem gemeinsamen haltlosen Lachen endet.

Ihr Vorschlag, vor den Toren der Stadt an dem Fluss R. zu picknicken, findet bei Laetitia und Schiller keine Gegenliebe. Sie sitzen stattdessen in der Flaniermeile von A. im Freien vor einem französischen Lokal. Die belebte Gasse, in der sich Boutiquen, Feinkostläden, Galerien aneinanderreihen, ist so schmal, dass sie ungewollt an den Unterhaltungen der Passanten teilhaben, die weitergehen, sich weiter unterhalten und nicht ahnen, dass der Satz, den sie zurückgelassen haben, die kleine Familie amüsiert, die ihnen durchaus aufgefallen ist, sie kurz abgelenkt hat von ihrem Gespräch, der Mann mit dem langen blonden Haar, die rothaarige Frau und das Mädchen, das eine schwarz-weiße Katze in seinen Armen hält.

Wie selbstverständlich sie hier sitzt. Als wäre sie schon den ganzen Sommer lang hier gesessen. Als hätte sie niemals die Scheu gehabt, sich an einen Kaffeehaustisch zu setzen, um den leere Stühle gruppiert sind. Als hätten die leeren Stühle nicht verdeutlicht, dass sie allein ist, niemanden hat, der sich zu ihr setzt.

In ihrem Rücken, an der Hauswand, an die ein Schild angebracht ist mit einer Aufschrift, die an Jean Cocteau erinnert, ist auch eine Tafel montiert, schultafelgroß, sie listet Snacks und Drinks auf. Der Fruchtdrink, für den sich Laetitia entscheidet, ist pinkfarben und harmoniert auf eine extravagante Weise mit ihrem Kleid.

Sie kontrolliert nicht, dominiert nicht, es geschieht einfach, und sie lässt es geschehen.

Nachmittags unternehmen sie dann doch eine Fahrt ins Grüne. Sie sitzt jetzt am Steuer eines Wagens mit offenem Verdeck. Sie trägt einen breitkrempigen Sommerhut aus luftigem Leinen, versehen mit einer weißen Blütengarnitur, dazu ein weites schulterfreies Kleid. Sie kann sich nicht mehr vorstellen, graue Anzüge und schwarze Kostüme, und seien sie auch aus Cool Wool, zu tragen. Schiller und Laetitia sind einen Holzsteg hinausgegangen, wo sie jetzt so nah beieinandersitzen, dass sie sich mit der Schulter berühren, sie lassen die Füße ins Wasser hängen, plötzlich fangen sie an, damit zu strampeln, bis es sprudelt und schäumt. Kein Schatten fällt auf die beiden, während sie sich im Schatten einer Weide aufhält.

Sie hört auf das Lachen draußen am Steg. Bei offenem Verdeck hat sie viel Sonne abbekommen, sie spürt es an den Schultern, die Haut spannt. Henriette hat es sich währenddessen auf dem Beifahrersitz bequem gemacht und schläft.

Nachts, in ihrem Haus in der Weinstraße, erlebt sie zum ersten Mal, wie ein Sommertag in ihr nachglüht, fortdauert, auch wenn es draußen längst dunkel ist. Was sie sich beim Anblick von Carmen Stolzz vorgestellt hatte, erlebt sie jetzt an sich selbst, und Schiller erlebt es mit ihr. Er hat Laetitia und Henriette zu Bett gebracht. Die beiden schlafen in einem Zimmer. Man darf sie nicht trennen. Miteinander haben sie sich aus den Biebel-Verhältnissen herausbegeben. Nachdem er die Tür hinter Laetitia und Henriette geschlossen hat, hält

Schiller den Zeigefinger vor seine geschlossenen Lippen, sie weiß nicht, was seine Aufforderung bedeutet, wem sie gilt. Noch ist sein weißes Hemd an drei Knöpfen geschlossen. »Du, ich hab dir gar nichts zu sagen«, lächelt sie kokett. Sie sieht ihm dabei in die Augen und öffnet langsam sein Hemd, Knopf für Knopf.

Sie lässt den Motor an, sie hat kein Ziel. Sie wird nicht nach Hause fahren. Ihren Arbeitsplatz würdigt sie beim Vorbeifahren mit keinem Blick. Die Straßen sind von der Hitze leer gefegt. Alles, was sie jetzt interessiert, ist, ob es diesen Holzsteg auf ihrem Badeplatz noch gibt.

Der Steg liegt in der Sonne. Sie geht ihn vor bis an sein Ende, setzt sich. Eigentlich müsste das Wasser ihre baumelnden Füße benetzen. Der Wasserstand ist niedrig, die Hitze hält sich jetzt schon über mehrere Wochen. Mit einem »Erst-recht-Gefühl« liefert sie sich der Sonne aus. Sie wird es büßen müssen. Sie nimmt es in Kauf, sie will nicht darüber nachdenken, warum sie das tut.

Kapitel 7

Am Montag Vormittag beginnt sie mit ihrer privaten Ermittlung. Sie hat sich nicht überschätzt: Nach zwei, drei Telefonaten hat sie den richtigen Ansprechpartner gefunden. Sie spricht mit einem Kriminaloberkommissar Brückl. Roman Wanders ist freiwillig aus dem Leben geschieden. Er betrieb ein kleines Elektrounternehmen, im Wesentlichen bestand es aus seiner eigenen Person. Um nach der Renovierung des »Mädchen-Gymnasiums Helene« einen einigermaßen geregelten Fortgang des Unterrichts zu ermöglichen, arbeitete er in dieser Schule auch an den Wochenenden. »Glaublich«, berichtet der KOK, habe er sich in eine Studienrätin, die sich auch an Samstagen regelmäßig in der Schule aufhielt, um den Unterricht vorzubereiten, verliebt. Seine »forensische Erfahrung« sage ihm, sagt KOK Brückl, dass die Frau diese Liebe erwidert habe, auch wenn sie dies bei ihrer Einvernahme bestritten hat.

»Der Hausmeister hat die beiden beobachtet.«

»Beobachtet bei was?«

»Nicht bei dem, was Sie meinen.«

Sie meint nichts. Er wird unverschämt. Doch wenn sie ihn zurechtweist, geht sie darauf ein. Im Übrigen besteht für ihn keine Auskunftspflicht.

»Beim Petting.« Das hört sich komisch an aus seinem Mund.

»›Sexuelle Stimulation ohne Geschlechtsverkehr‹ sagt man, um Missverständnisse auszuschließen. Petting ist eine Allerweltsvokabel«, klärt sie ihn auf.

Die Studienrätin habe ihn angezeigt, es sei nicht mit ihrem Willen geschehen.

Sein freiwilliger Tod habe das Verfahren beendet. Er sei aus dem Leben geschieden nicht aus Angst vor einer Strafe, sondern »aus Liebe«. Roman Wanders war unverheiratet, er hat einen unehelichen Sohn.

Dürre Fakten, doch sie hat die Fantasie, diese Angaben mit Leben zu füllen.

Nachmittags passiert etwas, was noch nie passiert ist: Die Kollegin Müller hält ihren Kopf in die offene Tür. Dieses Mal geht es nicht um ihren Van. Wenn sie nicht alles täuscht, hat sie nicht einmal angeklopft.

»Wollen Sie sich nicht auch von Carmen verabschieden?«

Sie weiß nicht sofort, was sie meint, aber sie spürt sofort den unaufrichtigen Unterton.

»Wir«, sie meint damit die Strafabteilung, »sind vollständig vertreten.«

Müller schließt von außen die Tür. Sie geht ans Fenster. Im Hof findet eine jener Feiern statt, die Bürokräften gelten, die kommen oder gehen. Die Feier gilt ihrer Sekretärin Carmen Stolzz. »Ich habe mich von Ihnen wegbeworben.« Sie hat Carmens Behauptung einfach verdrängt.

An der Rückseite des Justizpalastes stehen zwei Gebäudetrakte so zueinander, dass sie ein schmales Rechteck, einen

Innenhof bilden. Dort, im Freien, sind Tische und Stühle aufgestellt; bei Wein und Bier und Essen auf Plastiktellern drängen sich Behördenbedienstete, aber auch Rechtsanwälte, die, auf dem Weg zu ihren Autos abgefangen, einer spontanen Einladung folgen.

Sie nähert sich dieser Gesellschaft mit Herzklopfen. Gefeiert wird Carmen Stolzz' Abschied, die zunächst auf Fortbildung geht, bevor sie in einer dem Justizpalast ausgegliederten Abteilung, in einem benachbarten Gebäude, eine neue Stelle antritt. Die jetzt mit ihr feiern sind so jung wie sie. Sie fühlt sich von der fröhlichen Stimmung ausgeschlossen. Noch hat Carmen sie nicht wahrgenommen. Dass gefeiert wird, war einem Umlauf zu entnehmen. Umläufe liest sie nur selten. Carmen hätte sie einladen können. Noch hat sie nicht nach einem der mit Rotwein gefüllten Gläser gegriffen, die auf einem Tapeziertisch aufgereiht stehen. Nur der Hausmeister, der diese Veranstaltungen organisiert, hat von ihrer Anwesenheit Notiz genommen. Er hebt sein Bierglas und prostet ihr zu. Noch kann sie diese Gesellschaft fliehen. Sie bleibt.

Irgendwo auf einem Tisch muss ein Radio stehen, jemand hat es jetzt auf volle Lautstärke gestellt. Man spielt dieses »Waka Waka« nur, um sie zu verhöhnen.

Dann setzt sie sich doch auf eine dieser Bierbänke. Man macht ihr Platz, rückt zur Seite, was sie als ein von ihr Abrücken versteht. Eine Frau, die sie vom Sehen kennt, kommt auf sie zu, sie trägt zwei Weingläser, sie lächelt aufmunternd und stellt eines der beiden Gläser mit Rotwein vor sie hin, ein paar Tische weiter nimmt sie dann selbst Platz. Sie ist dankbar und trinkt. Sie trinkt selten, nachmittags nie. Jetzt trinkt sie schnell und genusslos. Wie in dem Touristenrestaurant unter den Robinien erlebt sie sich bald abwechselnd fremd und dann wieder nah.

Sie holt sich selbst ein Glas Wein, zur Freude des Hausmeisters, der sie bedient und dabei den Sommelier spielt. »Ein roter Chianti für eine schöne rothaarige Frau« – dass es weißen Chianti nicht gibt, ist sogar ihr, die keine Weinkennerin ist, bekannt. Sie mag den Hausmeister, schließlich sind sie ein Team, arbeiten zusammen, »zum Nachteil der Kollegin Müller«, sie kann jetzt wieder lachen.

Der Hausmeister fühlt sich für sie verantwortlich, was die Getränke angeht. Ob sie sich selbst nochmals ein Glas Rotwein von dem Tapeziertisch geholt hätte, den ihr Verbündeter in dem Innenhof, der den Anwälten als Parkplatz dient, aufgebaut hat, kann »dahingestellt bleiben«, wie sie in ihren Urteilen formuliert, wenn eine Rechtsfrage nicht entschieden werden muss. Um zu testen, ob sie noch nüchtern ist, versucht sie, den Begriff »Überholende Kausalität« einzudeutschen; es funktioniert. Bei Wegfall der Handlung des Täters wäre der gleiche Erfolg später durch eine andere Ursache herbeigeführt worden. Wenn sie ehrlich ist, heißt das mit anderen Worten: Hätte der Hausmeister ihr den Chianti nicht gebracht, hätte sie ihn sich selbst geholt. Darauf nimmt sie noch einen Schluck.

Endlich, sie war dabei, sie schon zu vergessen, steht Carmen an dem benachbarten Tisch. Sie hat mit einer Frau, die an diesem Tisch sitzt, ein paar Worte gewechselt, jetzt dreht Carmen ab, schaut auf, sieht sie, hält inne. Carmen blickt sie an, als müsste sie nachdenken, was es nun zu tun gilt. In der sich bewegenden Menschenmenge geben sie beide das Bild zweier Statuen ab, in denen das Leben zum gleichen Zeitpunkt zum Stillstand gekommen ist. Was sie beide hier umgibt, hat mit Carmen und ihr nichts zu tun. Sie ist sich sicher, dass auch Carmen das so empfindet. Sie teilen sich etwas, was, so sehr Carmen mit anderen auch lacht, so viel sie mit anderen auch trinkt, nur ihnen beiden gehört.

Carmen entfernt sich, verschwindet in der Menge. Es kommt ihr vor, als hätte sie einer Filmvorführung beigewohnt, eine Panne wäre aufgetreten, die jetzt aber behoben ist und der Film läuft weiter.

Als sie aufgestanden ist und sich mit dem leeren Weinglas in der Hand den Weg zu dem Tapeziertisch bahnt, wird ihr schwindlig und sie glaubt sich kurz auf der Terrasse ihres Bruders, wo sie manchmal, wenn sie auf die Holzplanken tritt, das Gefühl hat, sie würde einsinken. Sie denkt an ihren Bruder und an dessen PSA-Wert. Dass sie nicht mehr an Markus denken kann, ohne nicht auch an seinen PSA-Wert zu denken, wird ihr inmitten der Behördenmenschen bewusst. Sie hat schreckliche Angst.

Sie sitzt wieder vor einem vollen Glas. Wie sie den Weg vom Tapeziertisch hierher zurückgefunden hat, ist ihr ein Rätsel. Sie ist betrunken, konstatiert sie entsetzt, zumindest angetrunken. Der Rechtsanwalt vom Funkhaus hat sie entdeckt und winkt ihr zu. Er kommt jetzt wie gerufen. In seinem kurzen, antaillierten Sakko ist er für sie eine vertraute Erscheinung. Nein, sie will jetzt nicht mehr die böse Frau sein, die unterstellt, man hätte diesen schmalen Mann für dieses Anzugmodell erfunden. Sie kann froh sein, dass er sie nicht übersehen hat, über sein ganzes Gesicht strahlt und sich gleich zu ihr setzt. Hat sie sein Kärtchen noch in ihrer Geldbörse oder ist es schon eines von vielen in ihrer Schreibtischschublade? Der junge Rechtsanwalt ist ihr sympathisch. Sie nimmt sich vor, ihn zu fördern.

»Ich habe kein Mandat für das Trinken. Da ist Chianti im Glas. Ich fürchte, ich bin betrunken. Sieht man mir das an?«

»Chianti steht Ihnen gut.«

»Das Sexmonster läuft noch frei herum – bevor Sie mich fragen.«

Wenn er sie mit seinem Bubengesicht anlächelt, was er, er sitzt jetzt schon eine Weile bei ihr, die meiste Zeit tut, fühlt sie sich älter. Er ist ein guter Zuhörer. Ihr fällt auf, dass sie gleich wieder vergisst, was sie ihm erzählt.

Wie komme ich nach Hause?, fragt sie sich.

Als sie in seinem BMW sitzt und von ihm nach Hause gefahren wird, genießt sie es, das Steuer für diesen Tag aus der Hand gegeben zu haben. Sie erinnert sich nur bruchstückhaft daran, wie sie überhaupt in seinen Wagen gekommen ist. Er lächelt jetzt fast väterlich. Sie verspürt, und dabei kennt sie ihn kaum, Vertrauen zu ihm. Sie hat sich nicht etwa fallen lassen, um von ihm aufgefangen zu werden. Sie hat nur zu viel getrunken. Sie hat es sich bequem gemacht im Beifahrersitz und schaut ihn von der Seite an. Sie untersteht jetzt seiner Fürsorge. Er hat jetzt zu kontrollieren und ihretwegen darf er auch dominieren. Sie ist gespannt, was er, sind sie erst einmal in ihrer Wohnung, daraus macht. Sie hat die Rollen getauscht, sie will erleben, was mit ihr geschieht. Dabei ist sie todmüde und doch zugleich auch ein wenig erregt.

Er will sie vor ihrer Haustür absetzen. Damit ist sie nicht einverstanden. Sie besteht darauf, dass er sich um sie kümmert, schließlich ist sie »eine ausnahmsweise mal betrunkene Frau«. Auf das »Venire contra factum proprium«, das sie in einem »Unterlassen« sähe, weist sie ihn ausdrücklich hin. Sie hätte es gern, könnte Herr Grossherr sie so sehen, Arm in Arm mit einem jungen Mann in einem antaillierten Sakko, der zu tun hat, sie ins Haus zu bringen. Das Bild einer ledig gebliebenen, kinderlosen Juristin, die nach einer abgetragenen Robe riecht, auch wenn sie gar keine trägt, wäre korrigiert. Leider lässt sich Herr Grossherr nicht blicken. Wahrscheinlich steht er gerade unter dem grün leuchtenden »Bio-Markt Grossherr« hinter dem Tresen und achtet darauf, dass der Umsatz stimmt, und streicht sich mit einer unleidlichen Handbewegung sein glattes Haar, das sie an ihren Vater erinnert, aus der Stirn.

»Wie finden Sie eigentlich mein rotes Haar?«

Da sind sie schon im Hausinnern. Er findet rote Haare schön. Ob sie ihm glauben darf, ist ihm nicht anzusehen.

Sie hat nie Männerbesuch. Natürlich kommen gelegentlich Handwerker, Angestellte der Stadt, Lieferanten in ihr Haus. Obwohl sie angetrunken ist, spürt sie, dass sich der Charakter des Wohnzimmers verändert hat, da sie ausnahmsweise nicht allein, sondern mit einem Mann in ihm sitzt. Ihr Wohnzimmer hat etwas von seiner Unschuld verloren. Zimmern, die zu Tatorten geworden sind, sieht sie beim Blättern in der Lichtbildmappe eine solche Veränderung an. Natürlich können Zimmer nicht schuldig werden.

In dem fünfzig Quadratmeter großen Raum sitzen sie weit auseinander. Sie hat ein Flimmern vor den Augen. Ein Gewitter kommt auf, von einem wolkenbruchartigen Regen begleitet. Sie kann nicht erkennen, ob er noch immer lächelt.

Den Deckenstrahler für ein Bild an der Wand hat sie eingeschaltet. Sie sitzen sich in einem Halbdunkel gegenüber. Sie muss ihm ein Getränk anbieten. Mineralwasser, er ist Autofahrer.

In der Küche rutscht sie aus. Ihr Kopf schlägt gegen die Tischkante. Die zwei bereitgestellten Wassergläser fallen auf den Steinboden und zerspringen. Er ist sofort bei ihr. Obwohl sie sich elend fühlt, schießt ihr ein Satz durch den Kopf: Das Eis ist gebrochen!

Er verarztet ihre Stirn mit einem Pflaster. Es fröstelt sie. Ihr Kreislauf. Sie sitzen nebeneinander auf der Ledercouch. Er tastet ihre Stirn auch noch im Umkreis der Wunde ab. Er ist ein guter Pfleger. Als guten Verteidiger kann sie sich ihn nicht vorstellen. Er hat ein bisschen Angst vor ihr. Er lächelt jetzt nicht mehr wie ein Junge. Vielleicht sollte sie von der dreisitzigen Couch aufstehen und sich auf die zweisitzige Couch gegenüber setzen. Sie befürchtet, sie wird dabei torkeln, aber sie befürchtet auch, er könnte das missverstehen und meinen, sie will von ihm abrücken.

»Jetzt ist das Schwindelgefühl weg«, sagt sie, als sie sich besser fühlt. Sie greift sich an die Stirn. Sie ist entspannt. Reden erleichtert sie. Sie erzählt ihm von ihren Italienreisen und dass es falsch ist, nur in Museen und Galerien nach dem Land zu suchen. Sie redet von einer Reise ans Meer, schließlich spricht sie von Carmen Stolzz.

Auch nach einer Stunde sitzen sie noch zu zweit auf dieser dreisitzigen Couch. Sie lösen sich mit dem Erzählen ab. Morgen wird sie nicht mehr genau wissen, was er nun von ihr weiß. Das wird ihr nichts ausmachen, selbst wenn sie ihm in der Justiz auf dem Gang begegnet oder im Sitzungssaal. Sie sitzt gerne neben ihm.

Auch er rückt nicht von ihr ab. Dazu besteht auch kein Anlass. Seitdem sie sich wieder nüchtern fühlt und er ihr erzählt hat, dass er einen »Harald« liebt, bei dem er seine Anzüge kauft. Sie sagt schon die ganze Zeit Du zu ihm. Erst jetzt fällt ihr das auf. Dass sie jemanden duzt, hat Ausnahmecharakter. Bei ihrem Du wird es auch morgen bleiben.

Am nächsten Morgen fällt ihr beim Anblick des nassen Rasens von Herrn Grossherr ein, dass sie ihrem Retter einen Schirm aufgezwungen hat, damit sein taillierter Anzug auf der Strecke von der Haustür zum BMW nicht seine Form verliert.

Sie ist eine Stunde später aufgestanden als üblich. Jetzt steht sie im Bad. Im Spiegel über dem Waschbecken sieht sie ein Pflaster auf ihrer Stirn. Sie löst es ab. Nur mit einem Slip und BH bekleidet, setzt sie sich auf den Plexiglasstuhl. Sie versucht, sich an den Traum der vergangenen Nacht zu erinnern. Nach und nach gibt der Traum Bilder ab. In der Wachrealität erscheint ihr das, was sie erfährt, unglaublich. Sie hat ein gestörtes Verhältnis zum Schlaf. Das hat sie wahrscheinlich von ihrem Vater. Schlafend setzt sie sich Träumen aus. In Träumen wird sie von einem fremden Ich regiert. Sie will sich von niemandem regieren lassen.

In dem von Holzkassetten verdunkelten Präsidentenzimmer liegt sie mit ihrer Sekretärin in einem Bett. Das Bett ist so breit wie das Präsidentenzimmer. Sie selbst ist jung, nicht älter als Carmen. Sie wird von einem heftigen und gleichzeitig hilflosen Gefühl beherrscht: Sie möchte schwächer als Carmen sein. Sie will bestimmt werden von ihr und sich dabei entspannen. Sie liegen auf dem Rücken und streicheln einander, ohne sich anzusehen. Sie hat das pflaumenblaue Nachthemd an. Es ist das Nachthemd von Ingeborg U. Ihr Bruder hat es ihr überreicht, respektvoll, als handle es sich um eine Robe. Es ist dreiviertellang und bedeckt ihre Sommersprossen und Muttermale. Sie hat Angst, dass Carmen die Sommersprossen und Muttermale, die sie unter ihrem Nachthemd verbirgt, sieht, aufdeckt wie einen Schwindel. Dann wird sie von Carmen Stolzz aufgefordert, das Nachthemd auszuziehen. Carmen fängt an, die winzigen gelblichen Flecken an ihrem Körper zu zählen. Auf einmal und doch wie selbstverständlich liegt zwischen ihnen beiden der junge Mann von der Zolauerstraße. Heute hat er Jeans an mit Schlitzen und Löchern. Dann läutet das Telefon. Der Apparat steht am Fensterbrett. Judith S. steigt aus dem Bett und nimmt den Hörer ab. Sie kennt die männliche Stimme. Es ist der Mann vom Fritz Bauer Institut in Frankfurt. Aber sie kann den Mann am anderen Ende der Leitung nur schlecht verstehen. Den Hörer gegen ihr Ohr gepresst schaut sie auf die Straße hinunter. Junge Männer und Frauen in Jeans schlendern jetzt unten auf der Weinstraße vorbei. Die Holzclogs hämmern laut auf dem Gehsteig. Sie ist verzweifelt, weil das, was der Mann ihr berichtet, offensichtlich ihren Vater entlastet. Die Löcher und Schlitze in den Jeans der jungen Leute werden immer größer, werden zu klaffenden Lücken. Die Männer und Frauen schlendern nicht mehr. Mit nackten Beinen marschieren sie jetzt unter ihrem Fenster, direkt vor ihrem Haus.

Und dann macht Carmen Stolzz mit diesem Mann etwas. Sie muss sich zwingen, nicht wegzusehen. Bevor Carmens Kopf abtaucht, lächelt sie Judith S. noch einmal an. Carmen sucht ihr Einverständnis nicht. Es ist vielmehr ein Animieren: So geht das! Es ist doch natürlich!

Nein! Sie wird es nie tun und sie will es nicht sehen. Sie wendet sich ab und schaut zum Fenster hinaus.

Kapitel 8

AM MITTWOCH, DEM 7. JULI, ist sie vor dem monotonen Klagen der Vuvuzela, das sich anhört, als würde von weit her ein Elefant trompeten, nirgendwo sicher. Sie weiß, dass Elefanten so ein Geräusch von sich geben, wenn sie ängstlich sind, angreifen oder sich angegriffen fühlen. Den Einbruch der Nacht erlebt sie in ihrem Garten. Um 22.30 Uhr legt sich plötzlich eine verdächtige Ruhe über die Stadt.

Dass sie morgen Vormittag um 10 Uhr im Marienkrankenhaus »Die Wucht der Wahrheit« treffen wird, kann sie nicht ahnen. Sie wird den Artikel mit dieser Überschrift im Sportteil der Süddeutschen Zeitung nicht lesen. Der ältere Mann, der dann neben ihr und ihrem Bruder sitzt, wird die Zeitung aufgeschlagen liegen lassen. »Wortkarg und mit glasigen Augen verschwinden die deutschen Spieler nach dem WM-Aus im Mannschaftsbus«. Ein junger Assistenzarzt wird »Herrn Markus S.« in den Behandlungsraum »Ambulante Operationen« bitten.

In dieser ungewohnten, fast unwirklichen Stille hört sie um 23 Uhr im Garten das Telefon läuten. Sie hat, um sich vor Mücken zu schützen, kein Licht angemacht. Jetzt läuft sie durch das dunkle Wohnzimmer in die Diele und hebt ab.

Er meldet sich nicht mit »Bruderherz« und auch nicht mit »Markus«.

»Ich werde morgen den Test machen lassen.«

Sie gibt sich arglos. »Von welchem Test redest du?«

»Es ist wie früher am Fahrkartenschalter. Doch stanzen sie dir nicht nur ein Loch in die Prostata, sie machen daraus ein Sieb.«

»Wann soll es sein?«

»Um 10 Uhr.«

»Ich hole dich ab.«

»Ich habe das Antibiotikum schon eingenommen.«

Der junge Assistenzarzt in seinem weißen Kittel wirkt auf sie arrogant und unpersönlich. Warum täuscht er nicht wenigstens vor, für den Patienten Markus S. ein Mitgefühl zu empfinden? Sicher entgeht auch ihrem Bruder seine Geschäftigkeit nicht, seine Glätte, seine zur Schau gestellte, in Wirklichkeit nicht vorhandene Routine. Warum versucht er nicht, ihnen beiden etwas von ihrer Angst zu nehmen, ihretwegen mit einstudierten Sätzen, es müsste sie nicht überzeugen, und doch wäre ihnen geholfen, für den Moment, der natürlich länger währen wird als ein Augenblick. Sie könnte ihn ohrfeigen. Wie er aus dem Zimmer des Herrn Oberarztes plötzlich auf dem Gang auftaucht, hin und her eilt, ohne auch nur einen der Patienten, die alle angespannt darauf warten, dass er sie aufruft, eines Blickes zu würdigen. Wie er seine linke Hand streckt und sie in die Seitentasche seines eng anliegenden weißen Kittels steckt, wo sie nicht genug Platz findet, sodass der Daumen heraushängt.

Sie hasst die Brutalität dieser urologischen Warteraum-Inszenierung. Dabei sitzen ihr Bruder und sie nur auf einem schmalen Gang und sind gezwungen, drei erdrückend große Schwarz-Weiß-Fotografien, die diesen Warteschlauch noch enger machen, anzuschauen.

Der Mann neben ihr räuspert sich. Er ist angezogen, wie man zu Hause angezogen ist, wenn man niemanden mehr erwartet. Er wiederholt sein Räuspern in gleichmäßigen Zeitabständen. Sie sitzt zwischen ihrem Bruder und ihm. Sie will Markus vor diesem wiederkehrenden Räuspern schützen. Es riecht nach Urin.

Sie blickt die langen, hellblauen Jeansbeine ihres Bruders hinab, ihr Arm berührt sein dunkelblaues Sommersakko, das er, trinken sie auf der Tennisanlage miteinander Kaffee, gerne trägt. Eigentlich ist er wieder so schlank wie früher, findet sie. Wahrscheinlich ist er es schon die ganze Zeit, es ist ihr nur nicht aufgefallen, sagt sie sich. Der Assistenzarzt ruft den Mann neben ihr auf, geht ihm voran. Als die Tür zu ist, liest sie wieder den hinter Plexiglas angebrachten Hinweis »Ambulante Operationen«.

Sie möchte den Blick ihres Bruders wegziehen von diesen schrecklichen Bildern. Doch wie soll sie das anstellen? Eine dieser Fotografien ist in einem Winkel von etwa fünfundvierzig Grad zu einem Krankenhausbett aufgenommen, in dem, wie aufgebahrt, mit über der Brust gefalteten Händen, ein alter Mann liegt. Sein eingefallener Mund lässt darauf schließen, dass man ihm sein künstliches Gebiss herausgenommen hat, bevor er operiert wurde. Dass man es aus einem anderen Grund entfernt hat, ist nicht auszuschließen. Seine von der Aufnahme erfasste dürre Schulter ist bloß, am linken Unterarm erkennt sie unter dem grobmaschigen Baumwollverband ein breites Pflaster, das wohl die Einstichstellen von Infusionen verdeckt. Der lang hingestreckte, mit einem weißen Leinentuch zugedeckte Körper lässt keinen Zweifel daran, dass der Mann außerstande ist, sich zu bewegen. Dem Kopf ist eine Kunststoffhaube bis in die Stirn übergezogen, die Judith S. an aufschriftslose Plastiktüten erinnert, die man ohne Aufpreis an der Kasse von Supermärkten bekommt. Über dem Kopf des Mannes schwebt ein Triangel, an dem Kranke sich hochziehen können. Wahrscheinlich nutzt dem wie aufgebahrt Liegenden dieses über ihm hängende Dreieck nicht mehr. Am Bettende, mit dem Gesicht zum Betrachter, steht eine junge, hübsche, weiß gekleidete Schwester mit blonden Haaren. Sie scheint unerfahren zu sein im Umgang mit Schwerkranken. Sie wirft, ihre Lippen sind zusammengepresst, einen ängstlichen Blick auf ihn.

Sie fasst die Hand ihres Bruders, drückt sie, will ihn ablenken von dieser Fotografie. Vielleicht ist diese blonde junge Frau eine Auszubildende, die dasselbe denkt wie sie: Ist dieser Mann noch am Leben oder wird er gleich aus dem Bett gehoben?

Als ihr Bruder aufgerufen wird, muss sie seine Hand loslassen. Seit sie das Marienkrankenhaus betreten haben, ist aus der Schwester-Bruder-Beziehung eine Mutter-Sohn-Beziehung geworden. Sie sieht ihn auf die schon geöffnete Tür zugehen. Er geht betont aufrecht, glättet mit der Hand der Schläfe entlang sein dichtes schwarzes Haar. Ihr Bruder ist ein schöner Mann. Sie betet jetzt darum, dass sich der Eingriff, der gleich an ihm vorgenommen werden wird, als überflüssig erweisen wird.

Während sich ihr Bruder in dem OP-Raum befindet, versucht sie, sich abzulenken. Die zweite Fotografie an der Wand, nur ein paar Handbreit von der Furcht einflößenden entfernt, ist zwar genau so groß, aber der Mann, den sie zeigt, macht ihr wenigstens nicht Angst. Er verkörpert auf eine zwar nicht natürliche, aber dennoch überzeugende Weise einen Arzt. Kopf und Brust füllen das Bild bis zu seinem dünnen weißen Rahmen aus. Obwohl er, wie jedermann in A. weiß, als Operateur einen Namen hat, operiert er auf dem Foto nicht. Er spricht zu einer Person, die man nicht sieht. Dem zufriedenen, zuversichtlichen Gesichtsausdruck des Arztes ist anzusehen, dass der Eingriff gut verlaufen ist. Seine in einem weißen Arztkittel steckenden Arme holen dabei weit aus, er hält sie in Schulterhöhe vor seine Brust, die gespreizten Finger sind ebenso wie sein beim Sprechen geöffneter Mund Ausdruck einer hohen kraftvollen Konzentration.

So will sie das Bild deuten. Der Arzt hat in seiner Brusttasche mehrere Stifte sowie ein Handy, vielleicht ist es auch ein Funkgerät, stecken. Die Brusttasche des Kittels ist nicht nur heute, also am Tag der Fotografie, überladen. Die Tasche ist ausgeleiert, ausgeweitet von dem Gewicht dieser »Nützlichkeiten«, auf die der Arzt als ein angesehener Operateur nicht verzichten kann oder will. Judith S., selbst zur Untätigkeit verurteilt, will diesem Mann vertrauen. So ist es am besten, für ihren Bruder, und auch für sie.

Als sich schließlich die Tür des OP-Zimmers wieder öffnet, tritt Markus wieder auf den Gang heraus, eitel nestelt er am Hemdkragen, streicht sich die Sakkoärmel glatt; dass sich ihr Bruder nach dem Eingriff nicht mehr ganz so dynamisch bewegt, fällt niemandem auf außer ihr. Im Hintergrund sieht sie den renommierten Operateur, gut gelaunt, er hat ihren Bruder zur Tür gebracht, die Klinke hält er noch in der Hand, dass nach wie vor Patienten vor dem Behandlungsraum sitzen, hält ihn nicht ab, Markus zuzurufen: »Und in den nächsten zwei Tagen bitte kein Geschlechtsverkehr!«

Sie fährt mit ihrem Audi denselben Weg zurück, den sie gekommen ist. Sie fühlt sich erleichtert. Das Auto fährt jetzt wie von allein. Alles ist nun wieder Gegenwart.

»Er ist ein guter Typ!«

»Wie fühlst du dich?«

»Meine Prostata ist jetzt ein Sieb.«

»Tut dir etwas weh?«

»Es zwickt ein bisschen, nicht mehr.«

»Er weiß aber schon, dass ich deine Schwester bin?«

»Hätte ich es ihm sagen müssen? Weißt du, dass du scharf aussiehst, Schwesterherz? Man kann sich sehen lassen mit dir.«

Sie spürt ihr Gesicht glühen; ihn nur nicht anschauen jetzt, geradeaus schauen, auf den Verkehr achten.

»›Seien Sie unbesorgt‹, hat der Arzt gesagt. ›Das können wir doch den jungen Frauen, denen Sie den Kopf verdrehen, nicht antun.‹ Ein guter Typ. Nur dieses Antibiotikum macht mir etwas zu schaffen.«

Sie setzt ihn vor seiner Wohnung ab. Auf dem Weg zu ihrer Arbeit wird sie nachdenklich, fängt an zu zweifeln. Es gibt ein drittes Bild. Warum hat sie ihm keine Bedeutung beigemessen? Etwas weiter von dem Operateur abgerückt als der Mann im Krankenhausbett; dennoch: Die drei Bilder bilden bestimmt eine Einheit, erzählen wahrscheinlich eine Geschichte. Man muss sie nur interpretieren können. Unterwegs in ihrem Audi unternimmt sie den Versuch, sie nachträglich zu lesen. Auf dem dritten Bild sieht man ein leeres Krankenhausbett. Eine ältere Ordensschwester, zu erkennen an der weißen Tracht und der weißen Kapuze, bestimmt das Motiv. Die Aufnahme ist stark überbelichtet, zeigt nur mehr wenig Konturen, ist unwirklich zart. Das über das Kopfteil des Krankenhausbetts geneigte, mild lächelnde Gesicht, vor allem das schwarze Kreuz an der Brust dieser Frau, das sich abhebt von dem weichgezeichneten Umfeld, sollen trösten, auf eine jenseitige Erlösung verweisen. Ihr jagen dieses mild lächelnde Gesicht und das schwarze Kreuz an der Brust der Ordensschwester Angst ein.

Zwischen diesen beiden großformatigen Schwarz-Weiß-Fotografien hängt das Foto von dem renommierten Operateur, der die Arme ausbreitet. Unterstellt sie einmal, dass man den alten Mann tatsächlich aus dem Bett gehoben hat, weil er es nicht mehr benötigt, und das leere Bett das ist, in dem er gerade noch lag, dann kann man die weit ausholende Geste des Arztes, seine gespreizten Finger, auch anders verstehen. Er ist verzweifelt, weil die Operation nicht gut verlaufen ist.

Warum quält sie sich? Warum nur will sie alles deuten, verstehen? Es ist ihr beruflicher Alltag als Richterin, sie attestiert sich schmunzelnd eine schon »ziemlich weit fortgeschrittene professionelle Deformation«. Aber was hat das alles mit ihrem Bruder Markus zu tun?

Sie ist erschöpft. Dieses Sitzen, Warten, Bangen in diesem Warteschlauch hat sie mitgenommen. »Heute heizt uns

Hoch Zadok ein«, sagt der Wetterbericht, den sie im Auto hört. Zadok war ein jüdischer Priester, nachzulesen im Alten Testament. Der Name Zadok bedeutet »gerecht«.

Es ist nicht gerecht, dass sie über ihren Akten schmort, während andere eine Reise ans Meer antreten oder doch zumindest an einen der Baggerseen, wie es sie, schon ein paar Kilometer vor den Toren von A., zuhauf gibt. Diesen Wetterbericht vom 8. Juli 2010 findet sie ganz schön unverschämt.

Kapitel 9

AM ABEND ZWINGT SIE dieser ungerechte Priester, nochmals ihr Haus zu verlassen, dabei ist sie spät heimgekommen. Sie war bis 18 Uhr wieder in die Strafakte, in der es um die Vergewaltigung der Studentin Monika B. geht, vertieft, hat dann eingekauft und schließlich eingesehen, dass Schiller, Andrej M. und Hermann S. in dieser nicht nachlassenden Hitze versorgt werden müssen.

Gegenüber dem Seiteneingang des Friedhofs sieht sie den Kastenwagen mit der Aufschrift »Blumenliebe« geparkt. Sie denkt sofort an den jungen Mann, den sie vor dem »Schillergrab« beobachtet hatte und der dann in diesen Wagen gestiegen war, ein Gärtner sicherlich, der aber keine Arbeiten an dem Grab verrichtet hatte, ein Hüne in einem grünen Overall, mit einem ungesunden, vernarbten Gesicht, mit Schiller ähnlichem blonden Haar. Sieht sie ihn heute wieder am »Schillergrab«, dann steht er, jetzt um 19 Uhr, hier nicht als Gärtner, sondern als Sohn. Sie will ihn sehen, ohne von ihm gesehen zu werden. Fast schämt sie sich, es sich einzugestehen, aber sie konkurriert mit ihm um die Gunst des Toten. Um die Gunst eines Toten zu konkurrieren, geht das denn überhaupt? Immerhin, sie gießt seit zwei Jahren sein Grab. Dass sie den Mann im Overall seitdem nur ein einziges Mal zu Gesicht bekommen hat, mag daran liegen, dass sie in aller Regel nur an Sonntagen ihrer Pflicht nachkommt, für das Grab ihres Vaters zu sorgen.

Sie hat die Spiegelreflex in ihre Tasche gepackt. Das Abendlicht verspricht warme Farben. Sie wünscht sich Laetitia mit Henriette in diesen Farben, auf einem Bild, das sie dann ihrem Album einverleiben wird. Sie hat im Laufe dieses Sommers ein sicheres Gefühl dafür entwickelt, wie stark sie abblenden kann, um eine möglichst große Schärfentiefe zu gewinnen. Ab und zu testet sie ihre Fähigkeit, Blende und Zeit richtig zu kombinieren. Bei verhangenem Himmel stellt sie die Blende auf 8 und schätzt die Belichtungszeit. Der Belichtungsmesser überprüft ihre Prognose: Sie stimmt. Ihr fällt auf, dass sie immer recht haben will. Aber muss sie nicht recht haben, um andere zu kontrollieren? Ihr Vater hatte sich dieses Recht einfach genommen.

Um diese Zeit sind die meisten Gräber schon gegossen. Niemand wird ihr gefolgt sein, wenn sie gleich die Kamera in den Torspalt schiebt. Sie ist voll konzentriert, denn das Licht ist außergewöhnlich, ja unwiederbringlich, selbst dieses wesenlose Metalltor, hinter dem sich in diesem Augenblick hoffentlich Laetitia mit Henriette befindet, glüht in einem warmen Rot.

Tatsächlich findet hinter der Mauer kein Leben statt. Die heruntergelassenen Rollos vor den zwei Fenstern lassen erahnen, warum. Auch das Tuch in den Deutschlandfarben mit aufgedrucktem Adler und Fransen ist verschwunden, was nichts bedeuten muss, nach der Niederlage der deutschen Mannschaft gibt es nichts mehr zu feiern. Sie lässt ihre Kamera in der Tasche und sichert sich nach hinten ab.

Nein, keiner folgt ihr. Heute ersetzt ihr Auge das Objektiv: Die Biebels sind nicht nur für ein paar Stunden außer Haus, sie sind in Urlaub. Der Tisch ist weggeräumt und auch die Stühle. Dem Sonnenschirm ist eine Schutzhülle übergezogen. Warum überrascht sie das? Warum macht sie das betroffen? Es ist ihr erster Sommer mit den Biebels. Sie weiß nicht, mit welcher Arbeit Herr Biebel seine kleine Familie ernährt. Aber sie vermutet, Herrn Biebel und seiner Familie wird nichts geschenkt, dieser Urlaub steht ihnen zu.

Am Brunnen hat sie bei den Gießkannen die Qual der Wahl. Sie hängen hier in unterschiedlichen Größen. Sie greift nach irgendeiner. Der Friedhof liegt jetzt in ruhigem Licht. Nicht in dem aggressiven am Mittag, in dem, davon geblendet, die Beerdigten aus ihren Gräbern auferstehen, und die Schmalseiten der Grabsteine mit ihrer funkelnden Helligkeit diese weite Landschaft rhythmisieren.

In diesem friedlichen Friedhofslicht sieht sie von der Pappelallee aus den hünenhaften Kerl in seiner Arbeitskleidung, auf deren Rücken sie den Aufdruck »Blumenliebe« liest, vor dem »Schillergrab«. Er steht bewegungslos, hat den Kopf leicht gesenkt. Sein Arbeitstag ist zu Ende. Bevor er sich in einem Gartenlokal sein Bier bestellt, sich mit seinen Freunden in einer Diskothek trifft, beruhigt es ihn, nach seinem Vater zu sehen.

Nein, eine Familie hat Schiller nicht, redet sie sich ein. Aber was macht sie da so sicher?

Als er auf sie zukommt, macht sie schnell ein paar Schritte in die erstbeste Gräberreihe hinein und fängt an, ein fremdes Grab zu gießen. Sie sieht ihn von der Seite, aufrecht unter den hohen Pappeln. Auch heute findet sie, dass sein Gesicht von den Narben entstellt ist, aber es ist kein Gesicht, bei dem sie an Gewalt denkt, es spiegelt Leiden wider, ja, etwas Versöhnliches glaubt sie darin zu sehen; er, der Hüne, hätte sich wehren können, kämpfen und hat es nicht getan. Vielleicht liegt es aber auch nur an dem friedlichen Licht, das schwindelt und vortäuscht, was in Wirklichkeit nicht vorhanden ist.

Nachts ist sie mit ihrem Album beschäftigt. In ihrem Wohnzimmer brennt, sie nennt es: »das kleine Licht«. Es leuchtet nicht viel mehr aus als den Tisch, an dem sie über den Bildern sitzt. Nach einem Traum, den sie vor vielen Jahren hatte, hat sie sich für dieses »kleine Licht« entschieden.

Sie hat geträumt, in ihrem fünfzig Quadratmeter großen Wohnzimmer allein zu sein, an einem hellen Tag. Dann hat sich das Zimmer, in dem sie saß, zu einem Foto verwandelt, auf dem das Zimmer zu sehen war und sie, wie sie in diesem Zimmer am Tisch sitzt. In ihrem Traum lag dieses Foto dann auf dem Tisch, an dem sie saß und sie musste sich anschauen, wie auf diesem Foto das Zimmer und sie plötzlich immer heller wurden, bis von ihr und der Zimmereinrichtung nur mehr Umrisse übrig blieben. Schließlich waren das Wohnzimmer und sie nur mehr unbelichtetes Fotopapier.

Dieser Traum liegt Jahre zurück und fällt in die Zeit, in der sie halbe Nächte in ihrer Dunkelkammer verbracht hatte. Nach dieser Nacht war sie zwei Nächte lang wach gelegen, hatte sich dem Schlaf verweigert, um nicht zu träumen.

Ihr Körper, so interpretierte sie diesen Traum später, hatte sich einfach gegen dieses ungesunde Hobby gewehrt.

Vor ihr auf dem Wohnzimmertisch liegt nicht allzu viel Material, das, fügt man es im Album aneinander, eine Familie ergeben soll. Laetitia mit Henriette war ein Glücksfall. Laetitia mit Henriette steht für mehr als nur für ein Bild.

Ihr bleibt nicht mehr viel Zeit. Die Haube über dem Sonnenschirm signalisiert das Sommerende, auch wenn heute erst der 8. Juli ist. Nicht selten folgt auf einen heißen Juli ein kühler August, der einen nicht oft ins Freie lockt. Regen im August, »Melancholie im September«, ein sentimentaler italienischer Schlager, der, natürlich kennt sie den Songtext nicht, sagen will, dass der Sommer vorbei ist.

Sie gefällt sich sentimental nicht. Sie begibt sich damit in eine Abhängigkeit von beliebigen Menschen, die zufällig hinter dieser Mauer leben, an der sie vorbeigehen muss, wenn sie das Grab ihres Vaters gießen soll. Diese Leute kennen sie nicht; hätten an der Bekanntschaft mit ihr bestimmt kein Interesse. Sie dächten nicht im Geringsten daran, ihre Gefühle für Laetitia mit Henriette zu respektieren. Warum sollten sie das auch tun. Wüssten sie denn, ob sie vor ihr, der Fremden, der Ehelosen, der Kinderlosen sicher sind?

Sie ist ein Eindringling, ein widerrechtlicher, der in das befriedete Besitztum dieser Familie Biebel eindringt.

Sie darf nicht Gefahr laufen, am Ende nur noch über diese Biebels zu existieren. Hat sie denn kein Selbstwertgefühl? Ist sie sich denn allein nichts wert? Wird sie erst wertvoll durch die anderen? Dann hätte sie sich in den Herrschaftsbereich dieser Anderen begeben, in deren Verfügungsgewalt. Sie muss selber leben und darf sich nicht leben lassen.

Sie will jetzt zu Ende denken, sich nicht auf Müdigkeit hinausreden. Sie schaut lange auf den Glückstreffer in ihrem

Album: Laetitia mit Henriette. Die beiden haben sich nicht zufällig von ihrer Familie entfernt, sie wollen nach draußen. Sie klappt das Album zu, die lederweiche, braune Abbildung der Fachwerkhäuser, die offene, sich im Hintergrund verengende Straße, die in ein Deutschland der Dreißiger- und Vierzigerjahre führt, bedrückt sie.

Ihre Vernunft redet ihr ein, sich von Laetitia mit Henriette zu trennen. Sie hält es für möglich, dass sie auf ihre Vernunft hört.

Um 01.30 Uhr legt sie sich schlafen. Sie liegt im Bett und hat Angst.

Kapitel 10

AM TAG VOR DER Verhandlung des Falls von Monika B. wird ihr Rechtsreferendar Horst Münck zugeteilt. Sie hat ihm vier Wochen Einblick in ihr Referat zu geben und ihn dann zu beurteilen.

Um ihn in die für morgen angesetzte Strafsache einzuführen, setzt sie sich mit ihm an einen Tisch. Sie gibt ihm die Akte nicht mit nach Hause, einen Tag vor dem Termin erscheint ihr das zu riskant. Von den Stühlen um den Teamtisch zweigt sie einen ab und stellt ihn neben ihren Schreibtischstuhl.

»Wir gehen miteinander die Anklageschrift durch und dann, was Opfer und Angeklagter sagen, vielleicht noch der polizeiliche Schlussbericht. So läuft die Verhandlung morgen nicht an Ihnen vorbei.«

Nicht zum ersten Mal beugt sie sich mit einem Referendar zu Ausbildungszwecken über eine Akte. Alles, was sie liest, und betrifft es noch so intime Bereiche, hat sie schon einmal gelesen. Die Polizei hat dieses Mal gut gearbeitet, macht nicht den Fehler, die schockierend anschauliche Schilderung des Tathergangs durch die Beteiligten mit einer weniger bildhaften Übersetzung abzuschwächen.

Rechtsreferendar Horst Münck ist ein langsamer Leser. Oder ist er ein Leser, der an dieser Lektüre nicht nur ein juristisches Interesse findet? Seine Hand fasst nach ihrer, hält sie zurück, wenn es ihr zu lange dauert und sie umblättern will, dabei lassen seine Augen nicht von dem Text. Spürt er nicht, wie unangebracht es ist, sie zu berühren? Oder nimmt ihn diese Lektüre so gefangen, dass ihm gar nicht bewusst wird, was seine Hand tut? Zwischendurch hält er den Atem an, und atmet dann wieder weiter in tiefen Zügen. Sie hätte keinen zweiten Stuhl an ihren Schreibtisch rücken sollen. Dass sie ihre Kostümjacke, noch bevor sie ihr erstes Telefongespräch heute führte, ausgezogen hat und nun in einer ärmellosen Bluse neben ihm sitzt und immer wieder etwas von ihm abrücken muss, um von seinem Unterarm nicht berührt zu werden, ärgert sie. Sie findet es unangemessen, dass er sein Jackett über die Stuhllehne gehängt hat und in diesem kurzärmeligen Sommerhemd seine Arme entblößt. Monika B. wird jetzt von Wolfgang Fischer auf den Rücksitz ihres Skoda gezwungen, er ist dabei, ihr, gegen den Widerstand, den sie leistet, den Schlüpfer über die Knie nach unten zu ziehen.

Sie hat Münck in Verdacht, genüsslich langsam zu lesen. Bricht sie das Unternehmen ab, läuft sie Gefahr, er könnte ahnen, sie unterstellt ihm, sich an dieser Lektüre zu erregen. Auf diese Weise würde sie zu einem zusätzlichen Objekt seiner sexuellen Fantasie. Sie ist in eine Falle geraten, die sie selbst aufgestellt hat: Sie sitzt Seite an Seite mit diesem jungen Mann, miteinander lesen sie die Beschreibung einer Vergewaltigung, was ihn offensichtlich erregt, wobei ihn wahrscheinlich nicht nur die Bilder erregen, die er sich dabei vorstellt, sondern die Einbildung, dass auch sie, die Frau neben ihm, sich solche Bilder vorstellt und diese Bilder sie stimulieren.

Sie nimmt sich für den Abend nichts vor. Die Nacht vor Sitzungstagen schläft sie, auch wenn schwierige Fälle zur Verhandlung anstehen, nicht schlechter als in anderen Nächten. Diese Verhandlung morgen wird, das spürt sie, keine Routine. Dabei kennt ein Strafprozess keine Sieger oder Verlierer. Sie muss, obwohl die Anklage zur Hauptverhandlung zugelassen ist, alles für möglich halten. Sie darf sich die Verurteilung nicht mehr wünschen als den Freispruch. Sie muss das Gefühl heraushalten, darf sich nicht auf die Seite des Opfers schlagen, das nach Aktenlage diesem Wolfgang Fischer nur »körperlos« zu einer sexuellen Befriedigung verhelfen wollte. Das alles überdenkt sie, das alles hat sie im Griff.

Dass sie selbst mit »Wichs deinen Schwanz!« einen Mann erregt hat, weiß sie. Diese Wörter sind aber in einer Zone der Unwirklichkeit gefallen, in der nächtlichen Zolauerstraße. Sie hat ein Recht auf Unwirklichkeit. Davor haben die Paragrafen haltzumachen. Auch Paragraf 30 der Strafprozessordnung, der einem Richter die Pflicht auferlegt, von einem »Verhältnis Anzeige zu machen, das seine Ablehnung rechtfertigen könnte«. Sie kennt diesen Gesetzestext aus dem Effeff. Ihr wirkliches Leben findet in der Weinstraße und in einem Behördengebäude statt. In die Zolauerstraße führten sie Exkursionen.

Als sie sich im Auto zu diesem jungen Mann hinübergebeugt und ihm »Wichs deinen Schwanz!« zugeflüstert hat, hat sie darauf geachtet, von ihm nicht berührt zu werden. »Wichs deinen Schwanz!«, hat ihre Stimme gesagt. Nur über ihre Stimme durfte er ihren Körper begehren. Eine Stimme kann man nicht berühren. Mit einer Stimme kann man nicht schlafen. Nur einmal, als sie ihre Bluse mit beiden Händen für ihn aufgeschlagen hielt wie ein Buch, durfte er sie über ihren Körper begehren. Berühren durfte er sie nicht.

Manchmal wird sie im Traum gezwungen, wieder auf eine nackte männliche Brust zu sehen, die sich über ihr in einem immer schneller werdenden Rhythmus hebt und senkt. Sie richtet ihren Blick starr auf das Spiel der Muskulatur, die sich unter der Anstrengung aufbaut und glättet. Das Gesicht über ihr will sie nicht sehen.

Wacht sie nach solchen Träumen auf, ist sie erregt. Sie versucht, wieder einzuschlafen. Es gelingt ihr nicht. Sie gibt dieser Erregung nach. Zu dem athletischen Oberkörper denkt sie sich ein Gesicht: Schiller, mit langem blondem Haar. Sie öffnet die Beine und stellt sie auf.

Als kurz vor 19 Uhr in ihrem Haus das Telefon läutet und sie aus dem Garten holt, wo sie in Gedanken den morgigen Sitzungsverlauf durchspielt, ist es ausnahmsweise nicht Markus, sondern Anja. Anja hat vor zehn, fünfzehn Jahren das letzte Mal bei ihr angerufen. Anjas abendliche Anrufe waren so zuverlässig wie der Sonnenuntergang. Sie brauchten keinen Anlass. Nach diesen langen Gesprächen fühlte sie sich immer erleichtert, vielleicht weil diese Anrufe keiner Mitteilung dienten, eher der Vergewisserung, dass sie, Anjas Freundin, wohlauf war, dass bei ihr alles stimmte, und der Versicherung, dass, gäbe es ein Problem, sie mit Anjas Hilfe rechnen durfte.

Anjas Anrufe hatten ihr Grübeln beendet, ihre Zweifel geglättet, die sich mit der Frage beschäftigten, warum sich fortwährend Männer in Anja und Susanne verliebten und warum keiner in sie. Wahrscheinlich verliebt es sich leichter in eine Sekretärin oder Versicherungsangestellte als in eine Staatsanwältin, sagte sie sich. Nein, sie musste sich nach solchen Anrufen nicht trösten, es war gut so, wie es war, und sie war die beste Freundin ihrer beiden besten Freundinnen.

Anjas Stimme am Telefon hört sich so vertraut an, so selbstverständlich, dass es schmerzt, als hätte der letzte Anruf erst gestern stattgefunden. Anjas Anruf verzeiht alles.

»Judith, trinkst du einen Kaffee mit mir?«

»Aber ja. Wo?«

»Im ›Bio-Markt Grossherr‹. Ich warte hier auf dich.«

Sie dreht instinktiv ihren Kopf in Richtung Grossherr, obwohl von der Diele aus das Nachbargrundstück nicht einsehbar ist.

»Um diese Zeit noch?«

»Ja, das Café schließt erst um 20 Uhr.«

Sie fährt ihren Audi aus der Garage. Warum ruft Anja sie an?, fragt sie sich. Sie wird es gleich erfahren. Dann kehren ihre Gedanken wieder zu der morgen stattfindenden Verhandlung zurück.

Anja sitzt auch heute dicht an der Schaufensterscheibe. Jeder, der vorbeigeht, kann sie sehen. Warum rückt sie so nahe an alle da draußen heran und nimmt doch von niemandem Notiz? Eigentlich hat sie sich niemals viel Gedanken über Anja gemacht.

Als sie vor der Glasfront des Biomarktes erscheint, steht Anja von ihrem Stuhl auf und winkt ihr zu. Sie setzt sich zu Anja an den Tisch, an dem sie vor einiger Zeit schon einmal miteinander saßen.

»Ich bin so froh, dass du gekommen bist«, sagt Anja. Dann schweigt sie. Judith S. wartet geduldig. Anja braucht Zeit. Minuten vergehen. Anja sagt nichts.

»Man nimmt sich vor, mit jemandem zu reden, und dann kann man es plötzlich nicht. Ist es so Anja?«

Anja nickt und blickt dankbar zu ihr auf.

»Ihr habt euch getrennt. Darüber willst du mit mir reden. Und über Tamara, stimmt's?«

»Ja«, antwortet Anja, sie schweigt weiter.

»Wir haben uns jetzt Jahre lang nicht mehr gesehen und nicht mehr miteinander gesprochen. Da kommt es auf eine Stunde mehr oder weniger nicht an.«

»Danke, Judith!«

Einmal taucht Herr Grossherr hinter der Theke auf, an der man sich seinen Kaffee und Kuchen holt. Als er sie sieht, strahlt er über sein ganzes geschäftstüchtiges Gesicht. »Das ist Herr Grossherr. Herr Grossherr ist ein alter Sack, der heute mal höflich grüßt.« Anja lacht mit, dabei ist sie nicht eingeweiht. Lachen fällt ihr nicht leicht. Sie legt ihre Hand auf Anjas Hand. Aus der ehemaligen Essigfabrik gegenüber kommt jetzt Tamara, mit einer Sporttasche über der Schulter. Sie schaut nach links und dann nach rechts. Sie lächelt und läuft aus ihrem Blickfeld. Kurze Zeit später fährt ein grüner Mazda provozierend langsam die Glasfront entlang. Tamaras Gesicht, das sich ihnen jetzt zuwendet, ist anzusehen, dass es heiß ist und glüht. Fragen, Bitten glaubt sie, in diesem Gesicht zu sehen. Doch das Auto rollt trotz der langsamen Fahrt zu schnell vorbei, um diese Fragen und Bitten entschlüsseln zu können. Anjas Mann hinter dem Steuer blickt geradeaus, stur auf die Straße. Sie hält die Hand ihrer besten Freundin gegen den Tisch gedrückt.

»Was immer zwischen dir und deinem Mann auch passiert; ob ihr getrennt lebt oder geschieden, gib Tamara niemals das Gefühl, dass sie zwischen ihrer Mutter und ihrem Vater steht«, sagt sie zu Anja.

Um 20.30 Uhr tauchen sie ins Dunkel des Atlantis-Filmtheaters ab, wo es ihr so unwirklich vorkommt wie in der nächtlichen Zolauerstraße. Sie kann sich nicht daran erinnern, wann sie sich das letzte Mal einen Film im Kino angesehen hat. Es ist gut, dass sie mitgekommen ist. Draußen ist Sommer. Die Zahl der Besucher ist überschaubar. Sie haben es sich gemütlich gemacht. Die Stühle sind weich gepolstert. Die Sitzreihe, in der sie Platz genommen haben, liegt etwas höher als die vor ihnen. Ein Durchgang ist freigelassen, um den Raum durchqueren zu können.

Mit ausgestreckten Beinen machen es sich Anja und sie in den plüschigen Kinostühlen bequem. Anja hat sich diesen Liebesfilm ausgesucht. Er nimmt seinen Ausgang in dem fünfzig Jahre alten Liebesbrief eines Mädchens, auf den eine junge Sophie in Verona stößt. Diese Sophie setzt sich in den Kopf, die Briefeschreiberin Claire und deren Jugendliebe Lorenzo zusammenzuführen.

Sie schaut nicht immer auf die Leinwand. Im roten Licht der Sicherheitsbeleuchtung über dem Notausgang denkt sie an die Schulgasse, die Romane im Stringregal, an das groß und schwungvoll geschriebene »Liebe« auf den Buchrücken.

Eigentlich wollte sie mit Anja nur einen Kaffee trinken; vor zwei Stunden war sie, es kommt ihr vor wie in einem anderen Leben, noch eine Vorsitzende Richterin gewesen, einen Tag vor der Verhandlung einer schwierigen Strafsache, die in ihrem Garten den Einbruch der Nacht abwarten wollte, um sich dann ins Hausinnere zurückzuziehen, wo sie vielleicht in ihrem Album geblättert hätte oder von ihrem Bruder Markus angerufen worden wäre. Ihr ist, als hätte sie von der Terrasse aus nicht ihr Haus in der Weinstraße betreten, sondern sei versehentlich in das Mietshaus eingetreten, in dem sie früher einmal gewohnt hatte, in der Zeit zwischen Referendariat und Eintritt in die Justiz, damals hatte der Boden unter ihren Füßen nachgegeben, hatte sie nicht mehr gewusst, worauf sie stand, beste Freundinnen waren in ihrem verunsicherten Leben das Wichtigste gewesen. Sie schaut jetzt nicht mehr auf die Kinoleinwand, auf der die Suche nach Lorenzo weitergeht, in schönen toskanischen und doch ein bisschen verlogenen Bildern, als sei dieser nicht angekommene Brief an allem schuld, als sei für die Briefeschreiberin Claire und ihren Geliebten Lorenzo die Zeit stehen geblieben, als ließe sich so einfach nahtlos zusammenfügen, was sich vor fünfzig Jahren nicht gefunden hat.

Sie betrachtet Anja von der Seite, wie sie mit dieser Sophie sucht, fiebert, an dieser späten Glückssuche teilnimmt, wahrscheinlich glühen ihre Wangen wie die ihrer Tochter Tamara nach den Cheerleader-Sprüngen, sie kann es im Dunkeln des Atlantis-Filmtheaters nur nicht sehen.

Ihre beste Freundin macht keine großen Sprünge mehr. Sie ist Anja plötzlich dankbar und weiß nicht warum.

Zuerst will sie Anja nur vor ihrer Wohnung absetzen, dann steigt sie doch mit aus. Nein, hochkommen kann sie nicht. Morgen ist Sitzungstag. Sie geht um den Wagen herum, nimmt Anja in die Arme, drückt sie an sich. Als sie das Gesicht ihrer Freundin streichelt, fühlt sie das weiche schlaffe Gewebe, es sinkt schon bei dem sanften Druck ihrer Finger ein. Sie erschrickt, muss sich zusammenreißen, damit sie ihre Hand nicht zurückzieht. Als hätten ihre Fingerkuppen ein Erinnerungsvermögen, zieht sie einen Vergleich mit früher. Nach ihren Griechenland-Dia-Abenden übernachtete Anja fast immer bei ihr. Im Anschluss an ihre Bilderschau kochten sie miteinander, Susanne, Anja und sie. Zu dem griechischen Essen tranken sie einen Wein, dessen Wirkung sie immer unterschätzten, weil er nicht nach Wein schmeckte, sondern so, als hätte man einen Christbaum in Badewasser ausgekocht. Mit einem Slip und einem Trägerhemdchen bekleidet, lag Anja später neben ihr in dem Bett, das kein Doppelbett war, aber zur Not für zwei Personen Platz bot. Susanne, sie wohnte ein paar Straßen weiter, war schon lange zu Hause angekommen. Es war ihr so leicht nach diesen Griechenland-Abenden. Sie war nach diesen südlichen Bildern, den Urlaubserinnerungen, dem Essen, dem vielen Wein so offen, sie fühlte so zärtlich. Dabei war diese Zärtlichkeit zunächst ganz auf sich selbst verwiesen und tat ihr fast weh. Im Bett suchten ihre Finger im Dunklen Anjas Gesicht und tasteten es ab. Dass es sich glatt und straff anfühlte, daran denkt sie jetzt. Und dass sie sich immer küssten vor dem Einschlafen. Das Nasse auf ihren Lippen wischte sie niemals ab. Mit dieser Nässe auf ihrem Mund schlief sie ein. Sie waren einander kein Ersatz für einen Mann. Keine musste sich vor der anderen schämen, und auch nicht vor sich selbst. So sah sie das immer, wenn sie am nächsten Tag aufwachte. Ob das auch Anja so gesehen hat?, fragt sie sich heute. Waren sie Baden, hatte sie immer den ölig wirkenden Glanz von Anjas schwarzem Haar bewundert, wenn sich Anja, noch nass vom Schwimmen, in die pralle Sonne legte, während sie sich immer im Schatten aufhalten musste. Nun geht ein säuerlich talgiger Geruch von diesem Haar aus. Was sie nicht stört, aber doch traurig stimmt.

Durch die Windschutzscheibe blickt sie die Hausfassade hoch und wartet, bis in der Wohnung im zweiten Stock das Licht angeht. Nacheinander scheint es in allen Fenstern auf, die auf die Straße weisen. Sie stellt sich vor, wie Anja von Zimmer zu Zimmer geht und das Licht anmacht. Ihre beste Freundin Anja braucht jetzt viel Licht.

Sie waren fast vier Stunden zusammen. Haben vielleicht ganze zwanzig Sätze miteinander gesprochen. Sich alles gesagt. Nichts blieb offen. Aber sie nimmt sich vor, es soll nicht so bleiben, wie es jetzt ist.

Auch wenn sie in der Nacht vor einem Sitzungstag nicht schlechter schläft als sonst, auf wenigstens sieben Stunden Schlaf will sie nicht verzichten. Sie wird jetzt auf schnellstem Weg nach Hause fahren. Sie wird den Frühstückstisch decken, wie immer, bevor sie zu Bett geht. Eine weiße Bluse wird sie aus dem Schrank nehmen, Sitzungstag ist Weißer-Blusen-Tag. Sie wird das »große Licht« im Wohnzimmer meiden, sie, die morgen im öffentlichen Licht stehen wird, kann jetzt, anders als Anja, »großes Licht« nicht vertragen. Im kleinen mild verfließenden Licht, das durch den Schirm der Stehlampe dringt, ist sie ganz privat, nur Judith ist sie, in diesem »kleinen Licht« ist sie nur sie selbst. Sie braucht dieses »kleine Licht«, um die dann eintretende Verwandlung etwas zu verzögern, die früh genug, noch vor dem Einschlafen, beginnt, in der sie dann wieder zur ledig gebliebenen, kinderlosen Juristin wird, die nach einer abgetragenen Robe riecht, auch wenn sie keine trägt.

Dieses Ritual aus eingespielten wiederkehrenden Bewegungen in einem gedämpften Licht ist ihr Guter-Nacht-Trunk, ihr Tranquilizer, der leider viel zu wenig lang wirkt.

Das hat sie noch vor sich, nicht mehr. Deshalb fährt sie jetzt gleich nach Hause. In Wirklichkeit, während sie sich das denkt, sich das vorstellt, ist sie unterwegs in die Zolauerstraße. Nein, es ist nicht sie, die hinter dem Steuer sitzt. Sie kann es nicht sein, denn sie weiß ja nicht einmal, was die Frau, die den Audi jetzt in die entgegengesetzte Richtung, in den Stadtosten, lenkt, dort überhaupt sucht. Aus der hell ausgeleuchteten Realität der Innenstadtstraßen von A. fährt sie in eine im Halbdunkel liegende Zone hinein, die, obwohl nur zwei, drei Kilometer vom Stadtzentrum entfernt, so unwirklich ist, dass in ihr nicht die Gesetze gelten, nach denen sie morgen richtet, ein fantastischer rechtsfreier Raum, der, sobald sie ihn wieder verlässt, nur in ihrer Vorstellung existiert, den sie sich nur eingebildet hat. Dorthin ist sie jetzt unterwegs.

Alles bricht hinter ihr ab, versinkt, als sie um 23 Uhr in die Zolauerstraße einbiegt, in der die Innenbeleuchtung der am Gehsteigrand parkenden Autos warme Lichttupfer setzt, Versprechen, die auf der Rücksitzbank der Pkws eingelöst werden, was sie sich spannender vorstellt, als wenn eine Frau sich einem Mann im Bett anbietet; diese Beengtheit verlangt eine Beschränkung auf das Wesentliche, eine Konzentration, die kein Eingehen auf die Individualität des anderen duldet, die umweglos auf Lusterfüllung zielt. Sie, die Juristin, stellt sich vor, dass der geschäftliche Charakter dieses Vertrags, bei der der Mann als Gegenleistung für die von ihm erbrachte Zahlung in der Enge des Autofonds über den Körper einer fremden Frau verfügt, seine Lust noch steigert, was auch der Frau zugutekommt. Dabei können sich die beiden im Auto nicht sicher sein, dass sich nicht eine Person nähert und ihnen zusieht. Die Gefahr zum bloßen Objekt der Beobachtung zu werden, verschafft dem Mann und der Frau zusätzlichen Reiz. Sie beneidet Verheiratete nicht. In der Geborgenheit eines Eheschlafzimmers ist diese Lust nicht zu haben.

Sie hat ihren Platz wieder eingenommen, am Ende der Straße, in ihrem Rücken weiß sie die Gleisanlagen. Sie dreht das Standlicht aus. Um sie herum ist Nacht. Niemand kann sie sehen. Was sich da draußen abspielt, ist seltsam fremd und ihr doch auch schon wieder vertraut. Die Auffahrt der einzelnen Wagen, die sich aufreizend offerierenden Frauen am Gehsteigrand, die, nähert sich ein Auto, ein Bein in die Straße strecken, damit der Fahrer anhält, das Sichhinabbeugen zum offenen Fahrerfenster, wo sie den Freierblick auf ihre Brüste lenken, während zäh und verbissen verhandelt wird, ein do ut des, als ginge es um Hehlerware, jedes Kleidungsstück, das sie versprechen abzulegen, hat seinen Preis, um jedes Extra wird geschachert. Was sind diese Extras, möchte sie wissen, was ist noch verhandelbar? Auch wenn der Grundsatz der Vertragsfreiheit gilt, wo sind die Grenzen?

Sie kennt dieses Feilschen um Geld und Fleisch nur aus den Akten. Und da übersetzen es tüchtige Polizeibeamte, die es gut mit ihr meinen, in ein holpriges Behördendeutsch, dem jede Erotik ausgetrieben ist. Nein, sie hat in ihren Akten nie nach Sex und Erotik gesucht. Doch der Versuch, Anstößiges zu versachlichen, treibt in den Vernehmungsprotokollen, die sie liest, oft komische Blüten.

Sie will sich nicht eingestehen, dass sie wegen des jungen Mannes hier ist, der sich einfach zu ihr ins Auto gesetzt hat. Sich ihr überlassen hat, ihr die Verantwortung für sich aufgezwungen hat. Wobei sie einräumt, dass er es ihr nicht schwer gemacht hat, der junge Mann, der ebenso wenig wie sie in dieser nächtlichen Zolauerstraße zu Hause ist, den sie sich aber andererseits außerhalb dieser nächtlichen Zolauerstraße nicht vorstellen kann, und den sie dennoch aus dieser Straße weggebracht hat, wie es ihr aufgetragen war, sie weiß nur nicht von wem, sie hätte es nicht zugelassen, dass er aussteigt. Warum eigentlich nicht, da er doch schon bei ihr zum Ziel gekommen war, an den Mädchen vorbeigeeilt war, ohne auf deren Reize zu achten, auf sie zu, in ihrem Audi, als seien sie verabredet, im Eilschritt des zu spät Gekommenen. Vielleicht ist sie in dieser Nacht auch nur kurz hier, um sein Parfüm wieder zu riechen, einen Duft wieder aufzunehmen, so wie man ein Gespräch wieder aufnimmt. Einen Duft, der weder an einen Mann noch an eine Frau vergeben ist, an kein bestimmtes Geschlecht, und an den sich vielleicht gerade deshalb ihr Geruchsgedächtnis erinnert?

»Heißt das, Sie waren jeden Tag hier?«

»Jede Nacht um diese Zeit.«

Jetzt ist diese Zeit. Sie hat keine Zeit, sagt sie sich. Sie kann nicht warten, sagt sie sich. Und macht keine Anstalten, den Motor anzulassen. Sie schaut in diese Straße hinein wie in ein Aquarium, alles spielt sich wie unter Wasser ab, ein Wagen schwimmt in die Straße hinein, ein anderer aus ihr hinaus, ein tonloses Schweben, Verzögern, Weitergleiten, sie sieht den blauen gläsernen Turm des Marienkrankenhauses, in dem auch jetzt, zu später Stunde, eine weiß gekleidete Menschenfigur die Spirale hochsteigt.

Die geschlossenen Autofenster wirken als Membrane, nur der von der Sprache gereinigte Film dringt durch. Ohne Ton regt dieser Film sie an.

Sie, die für Stimmen, die sie im Radio hört, empfänglich ist, will die menschlichen Stimmen da draußen nicht hören. Sie würden sie desillusionieren. Als würde eine boshafte Hand das Tageslicht in der Zolauerstraße anknipsen und all die Netzstrümpfe, Miniröcke, die hautengen Leggins verlören ihren erotischen Reiz und gerieten von einer Sekunde auf die andere zum lächerlichen Faschingskostüm.

Sie ist ausgestiegen. Zum ersten Mal hat sie ihren Fuß auf diesen Boden gesetzt. Sie macht ein paar Schritte, vorsichtig, als befände sie sich auf vermintem Terrain. Noch immer ist die Prostituierte, die am nächsten bei ihr steht, so weit weg, dass sie nur deren leuchtendes T-Shirt erkennt, aber nicht ihr Gesicht. Die Scheinwerferkegel der Autos reichen nicht bis zu ihr, können sie und ihren Audi nicht erfassen. An der bayerisch-tschechischen Grenze hatte sie in den Ferien als Kind mit ihrem Vater nach Pilzen gesucht, in der ständigen Angst, versehentlich auf feindliches Gebiet zu geraten. Nach fast vier Jahrzehnten stellt sich diese Angst bei ihr wieder ein. Ihr Audi ist ein Schutzraum, sie kann ihn jederzeit wieder aufsuchen, sobald sich doch ein Auto hierher, ans Ende der Zolauerstraße, verirrt. Allmählich findet sie Gefallen an dieser Situation. Die Tür eines Käfigs, in dem sie gefangen war, ist aufgegangen, und sie spaziert in einer ihr ungewohnten Freiheit herum.

Mit Hochgeschwindigkeit rast ein Zug heran. Die hinter den hellen Abteilfenstern wissen nicht, woran sie vorbeigefahren werden. Jetzt nähern sich ihr doch Autoscheinwerfer. Sie könnte in ihren Audi fliehen. Stattdessen bleibt sie stehen. Sie ist kein geblendetes Tier, das darauf angewiesen ist, dass dieser Typ hinterm Steuer rechtzeitig reagiert. Er macht einen Bogen vor ihr, kehrt um.

Ernüchtert sitzt sie in ihrem Auto. Der Ausflug ist zu Ende. Sie ist nicht enttäuscht, eher erleichtert. Vor dem Unkontrollierbaren in ihr, das sie hierhergebracht hat, hat sie, wenn überhaupt, Angst. Und dann fällt ihr beim Anblick des blauen Glasturms plötzlich ihr Bruder ein. Nein, sie hat ihn nicht vergessen, beruhigt sie sich. Sie hat ihn nur nicht angerufen, warum auch sollte sie ihn mit ihrer ständigen ängstlichen Erwartung bedrängen, mit ihrem berufsbedingten Bezweifeln, mit ihrem Alles-für-möglich-Halten. Nein, sie hält es nicht für möglich, dass der Befund schlecht ausgefallen ist. Es ist ja auch noch nicht lang her. Am Donnerstag war sie mit Markus bei dem Facharzt für Urologie. Dass sich am Freitag und übers Wochenende im Pathologischen Institut nicht viel getan hat, liegt auf der Hand. Heute ist Dienstag. Markus hat mit dem Oberarzt wahrscheinlich vor ein paar Stunden telefoniert. »Ich habe Ihnen doch gesagt, dass wir das den jungen Frauen nicht antun können. Warum rufen Sie mich denn an!«, so stellt sie sich die Antwort des Oberarztes vor, für den von vorneherein klar war, dass der Befund negativ ausfallen wird. Der Assistenzarzt, dem der Daumen aus der Kitteltasche hängt, ist eine unnahbare Person. Der Oberarzt aber trifft für ihren Bruder genau den richtigen Ton: »Die Schonzeit von zwei Tagen ist vorüber. Das weiß auch Ihre reizende Frau.« Was Markus zu ihren nächtlichen Ausflügen sagen würde? Sie muss sich nicht vor ihm verantworten. Und doch: Wie möchte sie, dass er über sie denkt?

»Ich hätte dich hier nicht vermutet, Schwesterherz.«

»Warum ich hier bin«, jetzt fängt sie doch an, sich zu verteidigen, »weißt du nicht.«

»Ich kann es mir ausmalen, Schwesterherz. Nein, sagen wir, ich kann es mir denken.«

»Und was denkst du dir?«

Darauf bekommt sie keine Antwort. Alles bleibt, wie es war. Nein, dass der Befund schlecht ausgefallen ist, hält sie nicht für möglich. Sie fährt jetzt nach Hause.

Im Atlantis-Filmtheater war sie der jungen Sophie und Claire, der Verfasserin des ein halbes Jahrhundert alten Briefs, bei ihrer Reise durch die Toskana nicht immer mit Aufmerksamkeit gefolgt. Jetzt, im Bett, holen sie diese Bilder von silbrig schimmernden Ölbäumen, schlanken Zypressen und sanft abfallenden Weinhängen ein. In der Toskana werden die Biebels ihren Urlaub bestimmt nicht verbringen. Die Toskana traut sie den Biebels nicht zu. Wo Laetitia mit Henriette sich in diesem Augenblick wohl aufhält? In welchem Bett Laetitia schläft?

Sie streift sich die Decke ab, steht auf, holt sich das Album, sie wird nur einen Blick hineinwerfen und dann mit dem Bild »Laetitia mit Henriette« einschlafen.

Sie träumt nicht gern. Für einen Traum aber, in dem sie mit Laetitia und Henriette in die Toskana fährt, würde sie eine Ausnahme machen.

Kapitel 11

FÜR »MONIKA B.«, ERFÄHRT sie eine halbe Stunde vor dem Termin, wird ihr der neue Sitzungssaal bereitgestellt. »Sie weihen ihn ein!«, man meint, ihr damit eine Freude zu machen. Wie sie überhaupt das Gefühl hat, der Landgerichtspräsidentin von morgen wird jeder Wunsch von den Augen abgelesen. Achtung schlägt ihr entgegen, zunehmend, je schneller die Amtszeit von Baumann endet.

Es ist anders als sonst, auch, weil nicht Carmen Stolzz das Protokoll führt. Ein einfühlsamer Prozessgott hat Carmen von dieser Verhandlung freigestellt.

In Begleitung eines Richter-Kollegen geht sie auf den neu geschaffenen Sitzungssaal zu. Sie hat die Baumaßnahmen auf Bitten Baumanns, der sich schon heute als ihr Vorgänger fühlt, zwar nicht überwacht, aber doch im Auge behalten. Sie findet diesen Saal überdimensioniert; so groß, dass sich darin leicht die Gerechtigkeit verliert.

Sie wird von den Schöffen schon erwartet. Mit ihnen, einem Lehrer und der Frau eines Arztes, befindet sie nicht zum ersten Mal über die Schuld eines Angeklagten. Der Lehrer und die Arztfrau sind angenehme Schöffen. Sie warten bei der Urteilsberatung und der Abstimmung immer erst ihre Meinung ab, der sie sich dann erleichtert anschließen. Eigentlich sieht das Gesetz vor, dass zuerst die Laienrichter abstimmen. Aber das will sie den beiden nicht antun. Eine Last fällt von ihnen ab und meistens auch von ihrem Kollegen, wenn sie sich festlegt und aus ihrer Entscheidung kein Geheimnis macht. Eigentlich tragen alle vier Richter die Verantwortung. Am Ende ist es wie immer: Nur sie, nicht die anderen, ist für das Urteil, das sie verkündet, verantwortlich. Sie trägt die Last der anderen und dazu auch noch ihre. Hat das mit ihrem Vater zu tun, der sich auch für alles verantwortlich erklärte, der Verantwortung aber nicht spürte, für den sie keine Last war? Aber vielleicht war sie gelegentlich auch für ihn eine Last und man hat es ihm nur nicht angesehen. Warum übernimmt sie stets die Verantwortung? Die Verantwortung für diesen jungen Mann, nur weil er aus ihrem Auto nicht ausgestiegen ist. Die für Carmen Stolzz, nur weil sie mit »Ganz da droben! Unterm Dach!« auf ihre zweieinhalb Zimmer gedeutet hat. Ist sie schuldig geworden in der Zolauerstraße, in der Schulgasse? Sie denkt über das Verhältnis von Verantwortung und Schuld nach.

Sie wundert sich selbst, welchen Ausflug sich ihre Gedanken erlauben, während sie kurz davor steht, über eine Straftat zu richten, die mit einer Freiheitsstrafe von nicht unter fünf Jahren bedroht ist.

Umgeben von ihren arglosen Beisitzern fragt sie sich, ob sie in diesem Team falsch spielt, zumindest nicht mit offenen Karten? Nein, sie hat keine Aufklärungspflicht. Ihr »Fall« ist nicht der von Monika B. Mit dem kühlen Blick, den sie sich im Laufe der Jahre zugelegt hat, wird sie auch auf diesen Angeklagten blicken.

Dem Sitzungssaal gegenüber steht eine Bank. Auf ihr sitzt eine junge Frau. Das Auffallendste an ihr ist eine durchsichtige Plastikflasche, die einen Liter Mineralwasser fasst. Die junge Frau hält sie in den Händen, schaut sie unentwegt an, knetet sie. Alles an dieser Frau ist durchschnittlich. »Von mittlerer Art und Güte«, fällt ihr ein Gesetzestext ein. Danach hat der Schuldner eine Sache mittlerer Art und Güte zu liefern, braucht nicht das Beste leisten, darf aber auch nicht das Schlechteste bieten. Was ist das für ein Mann, der, folgt man der Anklageschrift, sich an dieser Durchschnittlichkeit so erregt hat, dass er zum Verbrecher geworden ist?, fragt sie sich. »Wir werden noch distanzierter als sonst auf den Angeklagten blicken«, prophezeit sie ihrem Kollegen und den Schöffen lächelnd unter Anspielung auf die Größe des neuen Sitzungssaals. Dann treten sie aus dem dahinterliegenden Zimmer ein.

Sie hat es sich angewöhnt, beim Betreten des Sitzungssaals nicht gleich auf den Angeklagten zu blicken. Wie ein Angeklagter aussieht, wie er sich kleidet, hat für sie als Richterin ohne Belang zu sein. Sie hat kein persönliches Interesse an der jeweiligen Person. Ihr Interesse gilt der Person des Angeklagten in Verbindung mit der Anklageschrift. Sie hat den Angeklagten nur als potenziellen Straftäter, nicht als Privatperson zu sehen. Wie auch sie Wert darauf legt, von dem Angeklagten immer nur als Richterin und nicht als Judith S. gesehen zu werden. Die meisten Angeklagten kennen ihren Namen sowieso nicht. Spricht ein Angeklagter sie tatsächlich einmal an, sagt er in aller Regel unbeholfen »Frau Richter«.

Sie nimmt mit ihrem Beisitzer und den Schöffen am Richtertisch Platz. Dann sieht sie in den Saal. Sie traut ihren Augen nicht. Der Blick auf den Angeklagten versetzt sie augenblicklich an Schillers Grab. Seinen Anwalt, der sich ebenfalls erhoben hat, überragt er an Körpergröße. Sein Gesicht wird voll vom Licht getroffen. Durch die hohen Fenster fällt es ungehindert ein. Jede Narbe in seinem Gesicht leuchtet es aus. Er steht vor seinem Stuhl wie vor einem Pranger. Sie hat diesen Mann bisher nur in einem Overall gesehen, auf einem Friedhof. Jetzt steht er vor ihr, in Bluejeans und weißem Hemd, in einem Sitzungssaal. Das Hemd ist neu, zumindest frisch gebügelt; es ist nicht bis obenhin zugeknöpft und zeigt viel von seiner unbehaarten Brust. Es kommt ihr vor, als würde er Schiller imitieren.

Er wird sich zur Sache nicht äußern, kündigt sein Verteidiger an, noch bevor sie seine Personalien abfragt. »Wolfgang Fischer ist nicht ehelich geboren«, unterbricht er seinen Mandanten, als dieser Angaben zu seinem Alter und Familienstand macht. Offensichtlich will der Verteidiger Mitleidspunkte sammeln. »Sein Vater, Roman Wanders, war ein solider Handwerksmeister, der vor zwei Jahren verstorben ist. Wolfgang Fischer ist ein tüchtiger Gärtner. Sein Chef hat ihm nur einen Lehrling zur Seite gestellt. Mit diesem schultert er den ganzen Betrieb.«

Sie hat geahnt, dass es ein schwieriger Prozess werden wird. Es ist das Recht eines jeden Angeklagten, keine Angaben zur Sache zu machen. Macht ein Angeklagter von diesem Recht Gebrauch, respektiert sie das. Das Schweigen dieses Angeklagten aber findet sie, je länger die Sitzung dauert, schäbig.

Monika B. wurde, da ist sie sich sicher, von Fischer ihr Wille gebrochen und jetzt lässt er es zu, dass sie von seinem Anwalt gedemütigt wird. Das alles geschieht vor ihren Augen. Sie ist machtlos, weil es dem Recht entspricht.

»Halten Sie es für möglich, dass Ihnen ein Mann einhundert Euro gibt, nachdem Sie ihm eröffnet haben, er darf Sie nicht berühren?«

Monika B. hält es für möglich und nickt.

»War es nicht ausgemacht, dass Sie zunächst Ihre Brust entblößen, um Ihren Kunden in die körperliche Verfassung zu versetzen, mit Ihnen abredegemäß zu verkehren?«

Sie knetet die Plastikflasche und schüttelt den Kopf.

»Warum sich mein Mandant für diese Liebesdienerin entschieden hat und nicht für eine andere, war allein ihr Busen. Wenn Sie so wollen, ist er ein Busen-Fetischist.«

Es ist seine Strategie, die Geschädigte von Grund auf zu verunsichern. Tatsächlich nehmen im Laufe ihrer Vernehmung die Widersprüche auch zu. Sie beziehen sich zwar nicht auf den Kern des Geschehens, doch immer wieder ihr vorgehalten, bringen sie Monika B. aus der Spur.

»Wenigstens an ihren Brüsten, die makellos zu sein scheinen, wenn ich meinem Mandanten glauben darf, der sie ja kurz einsehen durfte bei der Kontaktanbahnung, wenigstens an ihnen wollte sich mein Mandant für einhundert Euro erregen. Eine Frau, die glaubt, einen Mann handlos, berührungslos, befriedigen zu müssen, ist keine Unberührbare, sondern eine beziehungsgestörte, eiskalte Person.«

Nach diesem Satz unterbricht sie die Vernehmung. Monika B. soll sich draußen am Gang wieder erholen. Dass auch sie eine Auszeit braucht, gesteht sie sich nicht ein.

Als Monika B. mit der Wasserflasche in der Hand weinend den Saal verlässt, sieht sie aus der Akte auf. Auf dem Friedhof hat sie jeden Blickkontakt mit ihm vermieden. Macht es ihm wirklich nichts aus, Monika B. leiden zu sehen? Spielt er nicht wenigstens mit dem Gedanken, sie durch ein Geständnis von dieser Qual zu erlösen? – dies will sie aus seinem Gesicht erfahren. Er lächelt sie dünnlippig an und greift sich dabei mit weit ausholender Bewegung ins Haar, er nimmt seine Hand nicht gleich zurück, sondern hebt das Haar an, stellt das lange, seidige Blond im Licht des Saals zur Schau. Als möchte er sie damit zwingen, an Schiller zu denken. Er treibt einen Keil zwischen den Toten und sie.

Sie wird als Richterin nicht von den Regeln abweichen. Er kann sie nicht provozieren. »Man sieht sich immer zweimal im Leben«, lautet einer der Sprüche, die sie nicht mag. Und das zweite Mal, nimmt sie sich vor, nicht in der Justiz.

Nach der Einvernahme des Sachverständigen am Nachmittag des darauffolgenden Tages ist der Prozess verloren. Dabei darf es doch keine Sieger, keine Verlierer geben. Verloren – heute, nur dieses eine Mal, steht sie dazu.

In der Scheide der Monika B. wurde kein Sperma gefunden. Sie behauptet dennoch, dass Wolfgang Fischer seinen Samen in sie ergossen hat. Dass sie sich dabei im Recht fühlt, sieht sie ihr an. Er hat ihr Gewalt angetan, so oder so. Das glaubt sie dieser Frau, die, in die Enge getrieben, verzweifelt, mit dem Gefühl, dass ihr keiner glaubt, diese Behauptung für den entscheidenden Wahrheitsbeweis hält. Der Verteidiger fragt Monika B. immer wieder nach Einzelheiten am Rande des Tatgeschehens. Sie kann sich nicht mehr daran erinnern. Statt dies einzuräumen, sucht sie nach Antworten und widerspricht sich. Sie, als Vorsitzende Richterin, kann diese Fragen nicht verhindern.

Als der Verteidiger Monika B. unterstellt, die Verletzungen an der Scheide habe sie sich selbst zugefügt oder ein Kunde mit weniger Langmut als Wolfgang Fischer, kann sie nicht mehr antworten und bricht in Tränen aus. Judith S. ordnet eine Unterbrechung der Sitzung an.

Monika B. sitzt auf der Bank, draußen vor dem Sitzungssaal, sie unterbricht ihr Weinen immer wieder und trinkt aus der Plastikflasche. Judith S. steht am Fenster, ihr gegenüber, mit Blick in den Innenhof der Justiz. Sie hat, wie immer, wenn sie die Sitzung für kurze Zeit unterbricht, ihre Robe anbehalten. Dass sie eine Robe trägt, wird ihr erst jetzt, außerhalb des Sitzungssaals, bewusst. Sie kennt das Urteil, obwohl es noch nicht gesprochen ist. Verbleiben an der Schuld eines Angeklagten auch nur geringe Zweifel, so muss er freigesprochen werden. In der Demütigung, die diese Zeugin bis jetzt schon erfahren hat und die ihr noch bevorsteht, wenn sie den Urteilstenor verlesen wird, fühlt sie sich mit Monika B. verbunden. Was sie ihr gerne sagen möchte. Es würde sie erleichtern, beide. Sie darf es nicht.

Am Abend nimmt sie sich eine Flasche Rotwein mit hoch in ihr Arbeitszimmer. Dort steht sie am Fenster, das Glas in der einen Hand, die Finger der anderen zwischen zwei Lamellen der Jalousie, durch den Schlitz schaut sie auf Robo, der mittwochs um diese Zeit seine Arbeit verrichtet, er bricht nicht aus, sondern versieht zuverlässig seinen Dienst, sie trinkt nicht nur ein Glas. Robo hat keine Erfahrung im Ausbrechen, sagt sie sich, sie hat keine Erfahrung im Trinken, immer wieder füllt sie das Glas, schüttet den Wein in sich hinein, während sie Robo nicht aus den Augen lässt.

Schließlich ist sie betrunken. Sie ruft ihren Bruder Markus an.

KAPITEL 12

OB DIE DREI SCHWARZ-WEISS-FOTOGRAFIEN in dem Wartegang des Marienkrankenhauses tatsächlich eine Geschichte erzählen, ist ihr egal. Sie würdigt sie mit keinem Blick. Sie müsste nicht an ihnen vorbei. Aber sie geht ihnen auch nicht aus dem Weg. Die Bilder erreichen sie nicht mehr seit Markus' Operation. Es geht keine Bedrohung mehr von ihnen aus.

Sie hat ihn am späten Sonntagnachmittag eingeliefert. Die Nacht auf Sonntag hat sie in seiner Souterrain-Wohnung verbracht. In einem dem Hang zugewandten fensterlosen Zimmer war sie die meiste Zeit wach gelegen. Im gegenüberliegenden Zimmer hat ihr Bruder geschlafen.

Sie wollte diese schwüle Nacht nicht im Wohnzimmer verbringen, wo er ihr ein Bett gerichtet hätte, sondern in diesem »Hangzimmer«, wie sie, ohne das Wort auszusprechen, den niedrigen Raum nennt. Sie durfte ihn nicht alleinlassen, sie musste ihm nahe sein. Es war wie ein Untertauchen, ein Aus-der-Realität-fliehen.

Sie vermag kaum zu atmen in dieser stickigen Luft. Den nächtlichen Autobahnlärm nimmt sie dankbar wahr. Er scheint weit entfernt. Nur für ein paar Minuten findet sie

Schlaf: Markus und sie sind ein noch junges Anhalterpärchen. Ein älterer Herr hat mitten auf der Autobahnbrücke angehalten und nimmt sie mit. Sie sitzen aneinandergeschmiegt auf der Rücksitzbank und fahren allem davon. Es ist so einfach, der freundliche ältere Herr muss nur Gas geben.

Als sie aufgewacht ist, tasten ihre Finger im Dunklen nach dem Schalter der Leselampe, die am Fußboden neben dem Bett steht. Sie kippt um und strahlt nach oben. Wie niedrig das Zimmer ist. Sie stellt sich vor, der weiße Plafond ist eine Grabplatte, unter der sie liegt, eine Grabplatte, die sich immer tiefer zu ihr herabsenkt. Sie knipst das Licht aus. Sie schläft wieder ein. Und dann steht Markus in der Tür. Er hat nur eine Schlafanzughose an, die glänzend schimmert, er hat im Gang das Licht angemacht. Er ist wieder so schlank wie früher. Sie hat es die ganze Zeit nur nicht bemerkt, erst im Marienkrankenhaus, vor der Tür des Operationsraums, ist es ihr aufgefallen. Der Oberkörper ihres Bruders hat jene schöne, nicht zu tiefe Bräunung, die sie, seine Schwester, nie haben wird. Der Gedanke, dass dieser Oberkörper vielleicht bald nicht mehr sein wird, lässt sie erstarren, wie ein plötzliches Erschrecken.

Sie wischt sich mit der Hand über die Stirn, wischt diesen Gedanken weg.

»Du kannst nicht schlafen?«

Er geht nicht darauf ein.

»Er schaut wie ein Schüler aus, in dieser Uniform.«

»Von wem redest du? Welche Uniform? Wer?«

»Du hast den Umschlag nicht zugeklebt.«

Sie richtet sich in dem Bett auf. An den braunen Umschlag hat sie nicht mehr gedacht. Sie hat ihn in Markus' Zimmer vergessen, auf der zweisitzigen Couch.

»Ich wollte dich nicht damit behelligen, schon gar nicht …«, sie stockt vor dem letzten Wort.

»Schon gar nicht jetzt«, spricht er den Satz zu Ende.

»Es geht dir doch nur um dich! Um keine andere Wahrheit!«, sagt er nach einer Weile.

»Du bist mir ständig ausgewichen.«

Er tritt aus dem Licht in der halb offenen Tür, setzt sich zu ihr ans Bett. Sie hofft: Im Dunklen wird uns das Reden leichter fallen.

»Du willst ihn abschütteln, loswerden, verdrängen.«

»Ich wollte mit ihm fertig werden. Das kannst du nicht verstehen.«

»Du gibst ihm die Schuld, dass …«

Es entsteht eine Pause.

»Sprich weiter! Wofür?«

»Dass du mit keinem …«

»Nimm dir kein Blatt vor den Mund!«

»Dass es dich davor ekelt.«

Das metallene Dröhnen der Autobahn ist näher als vorhin; doch sie wünscht es sich lauter, damit es das Schweigen auffüllt, das jetzt schon lang dauert.

»Mit seinem Vater kann man nicht fertig werden.«

Einige Sekunden sind keine Autos zu hören.

»Keiner kann damit fertig werden«, sagt er.

Sie sieht ihn nur als einen schwarzen Umriss. Er bleibt an ihrem Bett sitzen. Sie liegt wieder auf dem Rücken. Es atmet sich leichter, wundert sie sich, obwohl sie sich die Luft in dem niedrigen Raum teilen.

Der Sonntagnachmittag auf seiner Terrasse: Die Autos auf der Brücke lärmen nicht, nein, sie toben sich aus. Immer wieder kippt sie ihr Handgelenk, um diskret auf die Uhr zu schauen. Unter dem Vorwand, mal auf die Toilette zu müssen, sucht sie Distanz zu ihm. In der Hoffnung, dass in den zwei, drei Minuten, in denen sie ihn aus den Augen lässt, sich alles zum Guten verändert. Ist sie ein paar Meter von ihm entfernt, eilt sie zurück, als könnte ihn ihre Nähe vor dem bewahren, was ihn am nächsten Tag erwartet. Etwas rast in ihr, kommt nicht zum Stehen. Tritt sie auf die Holzplanken, ist sie sich sicher, der Boden darunter gibt nach. Sie will mit ihm nicht zu früh ins Marienkrankenhaus, aber sie dürfen sich auch nicht verspäten. Eine Stationsschwester soll ihn einweisen. Sie weiß nicht, was man darunter versteht. Sie hat nichts mehr im Griff. Alles schwimmt weg. Aber sie wird ihm nicht von der Seite weichen, solange es geht.

Sie wird jetzt auf ihre Armbanduhr schauen, nicht versteckt, sondern wie selbstverständlich. Denn es ist an der Zeit. Da steht er von seinem Liegestuhl auf und kommt ihr zuvor.

Auf der Fahrt ins Marienkrankenhaus reden sie nicht. Als sie im Krankenhaus sind, hat alles um sie herum einen anderen Aggregatzustand angenommen. Nur das Atmen, das Sprechen ist gleich geblieben.

Von seinem Einzelzimmer sieht man auf den gläsernen Vorbau. Auf ihn kann er, auch wenn er im Bett liegt, sehen. Würde sie, was sie auf keinen Fall tun wird, von der Zolauerstraße aus auf den Glasturm schauen, könnten sich ihre Blicke kreuzen. In der Abgeschiedenheit dieses Zimmers holen sie ihre Ausflüge in die Unwirklichkeit ein. Markus wird davon nichts erfahren. Es gibt Vorhänge, aber er muss sie nicht schließen. Außer dem Glaskonstrukt gibt es kein Visavis. Zwar waren sie den ganzen Tag über, eigentlich schon seit gestern Abend, immer zusammen, auf engem Raum, und doch hatte sie eine Weite um sie beide herum gespürt, in der sie Angst hatte, sich zu verlieren, sobald sie allein ist.

Jetzt, in dem Krankenhauszimmer, ist das anders; sie und Markus sind sich ganz nah. Er ist ihr Bruder und sie seine Schwester. Sie stellt sich ans Fenster. Er darf nicht sehen, dass sie mit den Tränen kämpft.

Die Verwaltungsangestellte, die, kaum hat sie angeklopft, ins Zimmer stürmt, würde sie am liebsten gleich wieder hinauskomplimentieren. Zu dritt sitzen sie an dem in die Zimmerecke gerückten Tischchen, über ihnen ein schmales schwarzes Metallkruzifix. Das Kruzifix erinnert sie an die mild lächelnde Ordensschwester, die sich über das leere Bett beugt.

Die Angestellte zeigt ihrem Bruder einen Speiseplan und bittet ihn am Vorabend seiner Operation, sich für eine Woche im Voraus zu entscheiden, welches Essen er wählen wird. Als sie ihre Kreuzchen überall angebracht hat und noch einmal mit ihrem dicken Mittelfinger Montag bis Sonntag durchgegangen ist, deutet sie mit diesem Finger zum Kruzifix hoch und weist darauf hin, dass das Marienkrankenhaus seinen Patienten auch eine religiöse Betreuung anbietet. Als sie anfängt, diese Einrichtung näher zu beschreiben, sagt Judith S. mit der Entschiedenheit der Vorsitzenden Richterin »Auf diese Information verzichten wir!«. Für sie und Markus ist Religion kein Problem, und über keine Probleme reden sie und ihr Bruder nicht. Als die Frau endlich das

Zimmer verlassen hat, ist es zwischen Markus und ihr nicht mehr so, wie es vorher war. Die Zeit fängt plötzlich an zu laufen. Das Bett ist noch unbenutzt, leer. Erst wenn ihr Bruder in ihm liegt, wird er zum Krebspatienten.

Vom Krankenhaus fährt sie in seine Wohnung, sie weiß nicht warum. Als sie vom Wohnzimmer aus auf die Terrasse tritt und den leeren Liegestuhl sieht, glaubt sie, vor Schmerz fast zu vergehen. Sie flieht.

Auf dem Nachhauseweg kehrt Ruhe in sie ein. Sie entfernt sich von ihm, ohne dabei ein schlechtes Gewissen zu haben. Sie denkt an den Oberarzt, mit dem sich Markus gut versteht, an die vielen »Nützlichkeiten« in der ausgeleierten Brusttasche seines Kittels, Beweisstücke, dass er unverzüglich zur Stelle ist, wenn Markus ihn braucht. Es geht ihr wieder besser. Das Telefongespräch, das sie gegen 21 Uhr mit ihm führt, heitert sie sogar auf.

»Schwesterherz, du hast das Beste versäumt.«

»Du wirst es mir nicht vorenthalten.«

»Also, das Beste kam nach dir.«

»Hoho!«

»Ich nenn sie jetzt einfach mal Lernschwester Bibi.«

»Du hast ihr doch nichts Unanständiges beigebracht?«

»Bibi ist vielleicht ganze achtzehn. Kommt mit einem Elektrorasierer auf mich zu und sagt: ›So, jetzt machen wir uns mal da unten frei!‹ Ich lieg auf dem Rücken, sie klettert ins Bett, kniet zwischen meinen Beinen und fängt an, über und um, du weißt schon, um was herum, zu rasieren.«

»Wie ich dich kenne, war dir das nicht recht.«

»Ihr war es recht. Sie hat sich über ihre Arbeit gebeugt, ist fast mit der Nase draufgestoßen. Dabei haben Bibi und ich ein gepflegtes Gespräch geführt.«

»Unterhalten? Worüber?«

»Sie wollte von mir wissen, ob ich schon einmal operiert worden bin. ›Nein, aber einmal ist immer das erste Mal‹, habe ich ihr gesagt. Sie hat mir erzählt, dass sie sich die Nase hat begradigen lassen. Aber die Operation sei nicht besonders gelungen. ›Finden Sie nicht auch?‹, hat sie mich gefragt. Sie haben ihr tatsächlich die Nase verpfuscht. ›Die Nase ist total gelungen‹, hab ich ihr gesagt. ›Aber Sie haben nicht nur eine schöne Nase, sondern auch einen wunderschönen Mund.‹«

»Hoffentlich hast du dann deinen Mund gehalten.«

»Stell dir vor: Der Rasierer schnurrt wie eine Katze, der man das Bäuchlein krault. Bibi ist mit Hingabe bei ihrer Arbeit. Ich denk mir: Wenn es nur einen Funken Barmherzigkeit in diesem Marienkrankenhaus gibt, dann macht Lernschwester Bibi von ihrem wunderschönen Mund jetzt Gebrauch.«

Sie könnten sich die Tür in die Hand geben, der Oberarzt und sie. Sie nützt die Gelegenheit, ihn nicht im Beisein von Markus zu befragen.

»Ihr Bruder«, er weiß also doch, dass sie die Schwester ist, »hat Glück gehabt. Stellen Sie sich eine Kapsel vor, in der alles geblieben ist. Und die haben wir entfernt.«

Sie ist drauf und dran, ihn zu umarmen. Er geht jetzt in die Einzelheiten. Eine plötzlich eintretende Erschöpfung stellt ihr das Gehör, die Fähigkeit, ihm zuzuhören, ab. Sie schaut ihm teilnahmslos zu, wie er spricht und gestikuliert. Zwischen drei in ihr gespeicherten Bildern schaltet es pausenlos hin und her, sie kommen übereinander zu liegen, vermischen sich auch. Der Oberarzt im weißen Kittel steht aufrecht, die Arme hat er hochgehoben zur Brust, hält sie aber davon entfernt, die Ellbogen sind nach außen gerichtet, die gespreizten Finger zielen etwas nach unten, dabei knicken die Hände ab, dem Mund sieht sie an, wie er formuliert. Dann werden aus diesen erhobenen Armen und abgeknickten Händen Katzenpfoten, die Henriette gehören, sie hält sie ihr, hilflos bittend und doch fordernd zugleich, hinter dem Mauerschlitz entgegen. Die überladene Brusttasche des Oberarztkittels ist auf dem mittleren der drei Fotos abgebildet. Sie kann die Brusttasche anfassen und sie zugleich auf dem Bild sehen.

Sie hat sich vor einigen Tagen entschlossen, diesem renommierten Operateur zu vertrauen, weil es so am besten war für ihren Bruder und sie. So ist es auch heute. Und doch, obwohl sie weiß, es ist widersinnig, ja gemein, kommt ihr der renommierte Oberarzt auch ein wenig wie ein kleiner Lügner vor: »Seien Sie unbesorgt. Das können wir doch den jungen Frauen nicht antun.« Er hat es aber den jungen Frauen angetan. Er musste es Markus antun. Hoffentlich kommt Ingeborg U., die auf ihr mitternächtliches Geigenspiel und ihre sephardischen Klage- und Pilgerlieder nicht verzichten kann und pflaumenblaue Nachthemden bevorzugt, damit zurecht und nimmt auf Markus Rücksicht.

Der Oberarzt lächelt. Ihm scheint aufgefallen zu sein, dass sie ihm nicht zugehört hat. Er hat Nachsicht mir ihr, Verständnis, sie sieht es ihm an.

»Unterschätzen Sie Ihren Bruder nicht«, sagt er bedeutungsvoll. »Ihr Bruder hat nicht nur die eine Begabung, die ihm vielleicht nun fehlen wird.«

Sie weiß nicht, worauf er anspielt.

»Kurz, bevor das Narkotikum voll wirkt, outet sich mancher Patient. Ein Wort, ein Satz. – ›Morgen früh, wenn Gott will, wirst du wieder geweckt …‹ Damit hat sich Ihr Bruder geoutet. In ihm steckt etwas, von dem wir nicht wissen.«

Als sie die Tür von innen schließt und auf Markus sieht, der sich im Bett aufgerichtet hat, stellt sie fest, dass ihm der Katheter entfernt wurde. Der durchsichtige Kunststoffbeutel mit der trüben Mischung aus Urin und Blut ist verschwunden. So, wie sie sich beim Betreten des Friedhofs hat zwingen müssen, nicht zu der Inschrift unter dem Hauptportal hochzusehen, so hat sie sich in den ersten Tagen nach der Operation ganz auf das Gesicht ihres Bruders konzentriert, damit ihr Blick nicht abkommt und diesen »Blutbeutel« inspiziert, seinen Inhalt danach abfragt, was in ihm vorherrscht, das Blut oder der Urin.

»Deinen Retter habe ich gerade noch an der Tür abgefangen.«

»Hör mir bitte damit auf.«

»Womit?«

»Dass ich noch einmal Glück gehabt habe.«

»Hast du aber. Wenn ich mir vorstelle …«

»Stell dir nichts vor! Schau es dir an!«

Es geht so schnell vor sich, als wolle er sie damit überfallen. Er liegt ohne Bettdecke da, hat sich das grobmaschige Netzdreieck mitsamt der Einlage abgestreift, deutet mit dem gestreckten Zeigefinger auf sein Glied.

»Erkälte dich nicht!«

Sie hat es richtig gemacht. Es ist ihm anzusehen: Er ist ruhig, als sie am Bettrand bei ihm sitzt.

»An was denkst du gerade?«

»Als Mutter gestorben ist, war sie zwei Jahre älter als ich.«

Damit überrascht er sie, über Mutters Tod haben sie seit Jahren nicht mehr gesprochen.

»Ob sich so was vererbt?«, er richtet sich mit den Ellbogen im Bett etwas auf.

»Du schläfst schlecht. Das ist es.«

»Da hast du ausnahmsweise mal recht.«

»Dabei ist es doch ganz einfach: Du zählst keine Schäfchen. Du zählst ganz einfach die Frauen, mit denen du geschlafen hast, und dann schläfst du nach einer halben Stunde bestimmt ein.«

Sie sieht, dass er weinen möchte. Aber sie schaut ihm fest ins Gesicht.

»Daran stirbst du nicht.«

»Wahrscheinlich bin ich schon gestorben. Ich werde es früh genug noch erfahren.«

»Das hört sich aber nicht überzeugend an. So, und jetzt ist es Zeit für mich.«

»Glaubst du, sie steht darüber?«

Da ist sie schon an der Tür. Sie weiß nicht gleich, was er meint. Dann fällt es ihr ein: die Sephardische, die im pflaumenblauen Nachthemd um Mitternacht singt.

»Du solltest sie nicht unterschätzen!«, nimmt sie den oberärztlichen Fingerzeig auf.

»Ich schreib ihr am besten.«

Jetzt ist er wieder ganz obenauf.

»Du hilfst mir doch noch mal mit ein paar Formulierungen aus?«

»Ach ja! Und ich dachte, das ist ein Rechtsgebiet, von dem ich nichts verstehe.«

Beim Verlassen des Krankenhauses geht sie an den drei Fotos vorbei, die ihr jedoch nichts mehr anhaben können. Das alles hat so wenig Wirklichkeit, denkt sie sich, dieses Marienkrankenhaus und auch die Justiz.

Kapitel 13

SIE HAT IHR HAAR hochgesteckt. Judith S. steht in ihrem Garten und deutet auf die Bäume und Sträucher, die ausgeschnitten werden müssen. Sie wendet sich Wolfgang Fischer zu, sieht zu ihm auf, er ist einen Kopf größer als sie. Nein, er hat sie nicht wiedererkannt. In dem neuen Saal war er relativ weit von ihr entfernt. Er hat die Vorsitzende Richterin nur in Robe gesehen. Hier im Freien braucht sie ihre Stimme nicht zu verstellen. In ihrem Sitzungssaal spricht die Richterin anders als in ihrem Garten. Bei dem Anruf in der Gärtnerei hat sie Wert darauf gelegt, dass Fischer ohne Begleitung kommt. Sie hat sich erinnert, dass ihm ein Lehrling zur Seite steht. Wieder so eine Sparsame, die selber mit anpackt, hat ihr Gesprächspartner wahrscheinlich gedacht.

So nahe wie jetzt war ihr dieser hünenhafte Mann noch nie gekommen. Am Friedhof war sie ihm ausgewichen, hatte den Weg verlassen, der zum Grab ihres Vaters, zum »Russen-« und zum »Schillergrab« führt, hatte das nächstbeste Grab gegossen, um ihm nicht in die Augen zu sehen.

Immer, wenn ihr in den vergangenen Wochen der Freispruch in dieser Strafsache zugesetzt hatte, hatte sie den Plan in Gedanken durchgespielt. Er hat nicht nur den Willen von

Monika B. gebrochen, auch über ihren Willen würde er sich hinwegsetzen. Er würde sich nicht mit Wörtern zufriedengeben. Er würde sie berühren, überall da, wo nur Carmen Stolzz sie hätte berühren dürfen. Er würde sie demütigen. So wie er Monika B. vor Gericht gedemütigt hatte, ein weiteres Mal, indem er nicht nur die Straftat leugnete, sondern es zuließ, dass sein Verteidiger diese junge Frau verunsicherte, vorführte, sie und ihre Aussagen ins Lächerliche zog. Sie, die Richterin, darf diese Erniedrigung, die das Opfer durch Wolfgang Fischer und seinen Anwalt erlitten hat, nicht mit den Prinzipien des Strafprozesses entschuldigen. Immer öfter denkt sie darüber nach, ob sie diesen Freispruch hätte verhindern können. Sie macht sich Vorwürfe; redet sich nicht auf die Unparteilichkeit ihres Richteramts hinaus. Nicht mit den Regeln der Strafprozessordnung, aber mit denen der Psychologie hätte sie Monika B. zu Hilfe kommen müssen. Sie hätte bei der Zeugeneinvernahme für ein Verhandlungsklima sorgen sollen, das es Monika B. ermöglicht hätte, angstfrei und besonnen auf die Verteidigerfragen und -vorhalte zu reagieren.

Jetzt ist sie in ihrem Garten und nicht in der Justiz. Mit so etwas wie einem fairen Prozess darf der Mann, den sie vor Wochen freigesprochen hat, nicht rechnen. Jetzt gelten andere Gesetze. Dazu muss sie sich zwingen, sich öffnen für das, was sie als Frau gegenüber diesem Mann empfindet, der eine Grenze überschritten hat, die auch für sie gilt. Hass will sie für ihn empfinden. Aber sie kann es nicht.

Er hat noch nicht angefangen mit dem Bäume- und Sträucherausschneiden. Und doch steht Schweiß in seinem Gesicht. Unter der Nässeschicht treten die Unregelmäßigkeiten und Unebenheiten seiner vernarben Haut noch stärker hervor. Er sieht jetzt an ihr vorbei, in den Garten hinein. Sein rechtes Auge zuckt. Die Bewegung geschieht in hohem Tempo und für sie, Judith S., ohne erkennbaren Anlass. Nur sein langes blondes Haar erinnert sie daran, dass er Schillers Sohn ist. Der da vor ihr steht, hat weder die Kraft noch das Format, die Beziehung, die sie zu Schiller unterhält, zu stören. Er steht nicht zwischen Schiller und ihr, sagt sie sich. Unvorstellbar auch, dass Laetitia Hand in Hand mit diesem Mann auf dem von Pappeln gesäumten Weg auf sie zukäme. Sie erteilt ihm Anweisungen. Er entfernt sich von ihr. Er hält die Baumsäge und Heckenschere in seiner Hand, als hätten diese schweren Gartengeräte kein Gewicht. Sie hat keine Lust, ihm zuzuschauen.

Sie sieht zum ersten Stock hoch, wo Herbert Rötzer in dem Ankleideraum neben ihrem Zimmer, von der heruntergelassenen Jalousie verdeckt, am Fenster steht. Er hat sich vergeblich dagegen gewehrt, die Rolle des Zeugen zu übernehmen.

»Er ist ein Busen-Fetischist«, hatte sie Herbert Rötzer vor ein paar Tagen belehrt und ihn gebeten, ihr Zeuge zu sein. Sie würde dafür sorgen, dass dieser Gärtner zur Unzeit in ihr Zimmer träte. »Unterbrechen Sie Ihre Arbeit! Kommen Sie hoch auf einen Kaffee!«, würde sie in den Garten hinunterrufen. Er würde eintreten, ihre geöffnete Bluse sehen und die Beherrschung verlieren. »Du bist im Zimmer nebenan und wartest auf meinen Handy-Anruf«, hatte sie ihren Plan Herbert Rötzer beschrieben. »Wenn dein Handy klingelt, kommst du herüber. Was du dann siehst, reicht für seine Verurteilung.«

»An dem Freispruch ändert das doch nichts.«

»Wir beugen weiteren Rückfällen vor.«

Herbert Rötzer erinnert sie an Markus. Dabei ist ihr Bruder ein Frauenheld, ein verunsicherter, seit er Ingeborg U. kennengelernt hat. Der Rechtsanwalt und der Tennislehrer haben noch nicht die Bekanntschaft miteinander gemacht. Sie mag beide, auf unterschiedliche Art, nein, auf die gleiche. Sie liebt sie vor allem mit ihren Schwächen.

»Ich will nicht, dass dich dieser Kerl so sieht«, das klang rührend aus seinem Mund.

»Aber du liebst doch Harald«, veralberte sie ihn.

»Ich liebe die Richterin«, sagte er trotzig.

»Wenn du sie liebst, bist du ihr Agent Provocateur.«

Judith S. beobachtet jetzt Wolfgang Fischer. Sein Arm, mit dem er die Säge führt, bewegt sich schnell und mechanisch. Hält er inne, löst sich ein Ast; sie hört, wie er dumpf im Gras aufschlägt. Sie sieht den kastenförmigen Wagen, der draußen vor ihrer Einfahrt steht. Dass »Blumenliebe« darauf geschrieben ist, findet sie komisch.

Sie geht in ihr Haus. Sie tritt in das Zimmer, in dem Herbert Rötzer mit seinem Handy wartet. »Bitte geh hinunter! Schick ihn weg!«

Herbert Rötzer lächelt sie mit seinem Bubengesicht an. Was sie nicht mag, sie fühlt sich dann älter.

KAPITEL 14

ERST DER REGEN BRINGT sie wieder zur Besinnung. Der Sturm, der ihn angekündigt hat, wirbelt den feinen Sand auf, er sprüht ihn in die offene Fahrertür. Sie weiß nicht einmal, ob sie den Schlüssel abgezogen hat, den Motor hat sie abgestellt, aus ihrer engen Kostümjacke ist sie geschlüpft, als würde ihr diese die Luft zum Atmen nehmen. Die Jacke liegt jetzt über der Zeitung, auf dem Beifahrersitz. Die Seite mit den Todesanzeigen ist aufgeschlagen. Die Jacke verdeckt die schwarz eingerahmte Nachricht, dass »Herr Anton Biebel« und »Frau Margarete Biebel« verstorben sind. Die Zeitung ist von Samstag. Die Beisetzung ist heute, am Montag, um 14 Uhr, jetzt ist es drei viertel zwei. Sie ist unterwegs dorthin.

Sie ist auf das Bremspedal getreten. Am Ende der Kerschmeierstraße, wo es zu den Bahnanlagen abgeht. In nassem Rock und nasser Bluse sitzt sie jetzt auf dem Absperrbalken, der Unberechtigten den Zugang zu den Gleisen untersagt. Sie ist in das Leben der Familie Biebel eingedrungen. Macht sie nun auch vor dem Tod dieser Familie nicht halt? Sie ist keine Angehörige, keine Bekannte, die Biebels haben von ihr nichts gewusst. Sie hat an dem Grab dieser Familie nichts zu suchen.

Ihre Angst um Laetitia aber kennt keine Grenzen. Die Anzeige, die kleinste von allen, enthält keinen Mädchennamen. Warum wird der Name des hinterbliebenen Kindes nicht aufgeführt? Oder ist Laetitia auch gestorben? Für diesen Fall müsste aber doch ihr Name neben dem der Eltern stehen. Es findet sich auch kein Hinweis, wie Herr und Frau Biebel ums Leben gekommen sind. Es bedarf nicht viel Fantasie, um andere Todesursachen als Selbstmord oder Unfall auszuschließen. Wahrscheinlich sind die Eheleute Biebel bei einem Verkehrsunfall gestorben.

Der Regen rauscht herab. Ihr langes Haar fällt kerzengerade, es klebt am Rücken der Bluse. Sie muss diese Fahrt fortsetzen. Sich auf ihre Profession besinnen: Beobachten, Fragen, Bilanzieren. Sie steht auf. Das trockene Stück Holz, auf dem sie soeben noch saß, glänzt einen Augenblick später schon regennass.

Sie hat ihre Hände auf diesem Absperrbalken liegen, als stünde sie vor einem Rednerpult. Sie sieht in die Weite der Bahnanlagen hinaus. Das gleichmäßige Geräusch des Regens kommt ihr vor wie das Gemurmel eines Publikums. Sie wird ihm Einhalt gebieten, warten, bis es verstummt. Sie hat soeben einen Entschluss gefasst. Sie fühlt sich stark: Das, was sie vorhat, würde sie in diesem Augenblick am liebsten vor aller Welt verkünden.

Ein Zug fährt ein. In seinem Rauschen geht das Rauschen des Regens unter. Als der Zug durch ist, hört sie den Regen wieder, ausdauernd, beharrlich. Im Regen fährt sie den »Eisbuckel« hinauf. Die Autos stehen Stoßstange an Stoßstange. Es ist jetzt 14.25 Uhr. Sie parkt falsch.

Sie betritt den Friedhof durch den Seiteneingang, eilt an der »Biebel-Mauer« vorbei, die plötzlich eine Mauer ist wie andere Mauern auch. In der Vorhalle des Leichenschauhauses ist sie geschützt vor dem Regen. Die Tür ist einen Spalt offen, versteckt hinter einer Säule bekommt sie ein paar Worte mit. »Ohne fremdes Verschulden«, sagt der Redner, die Biebels seien von der Straße abgekommen, aber nicht »vom rechten Weg«. Eine anspruchsvolle Musik setzt ein, nicht eines dieser elektronisch verzerrten Lieder wie »An Ocean Of Memories« oder »Hymn To The Sea«, die sie, gießt sie an Werktagen das Grab ihres Vaters, bei Beerdigungen gelegentlich hört. Klassische Musik hätte sie den Biebels nicht zugetraut, aber sie haben sich diese Musik auch nicht ausgesucht.

Für sie und Markus ist Religion kein Problem. Und doch fängt sie zu beten an, als die beiden Särge an ihr vorbeigetragen werden: dass Laetitia ihnen folgen möge, dass sie am Leben geblieben ist. Sie hat ihr Bild klar vor Augen, sie wird sie sofort erkennen. Ganze sechs Personen reihen sich hinter dem Geistlichen und den Sargträgern ein. Kein Mädchen ist unter ihnen. Nur kurz verharrt sie an der Säule, dann geht sie ihnen nach, holt sie ein. Nur sechs Personen, sie geht mit, auf jede Person kommt es an. In dem Mann und dem Jungen vor ihr erkennt sie Vater und Sohn mit dem Irokesenhaarschnitt wieder. Es ist der Junge, der »Tor für Deutschland!« gerufen hat. Ein paar Tage später war Deutschland ausgeschieden. Er ist für seine Verhältnisse ordentlich gekleidet. So wie Andrej M. ordentlich gekleidet ist auf dem Grabfoto. Kennt sie denn die Verhältnisse der beiden? Was maßt sie sich an? Das Sakko gehört ihm sicher nicht. Es ist steif und reicht ihm fast bis zu den Knien. Sie schließt zu den beiden auf. Sie sieht, dass er weint. Bestimmt beweint er nur den Tod von Herrn Biebel und Frau Biebel, keinen anderen. Sie weiß nicht, wie sie es anstellen soll, aber wenn sich die Gelegenheit ergibt, ihn nach Laetitia zu fragen, wird sie das tun.

Sie geht mit den Männern, die die Särge getragen und dann herabgelassen haben, zum Leichenschauhaus zurück. Sie spricht einen davon an: »Zwei Tote und sechs Personen, die sie begleiten. Ist das nicht traurig?« – »Rechnen Sie uns mit! Wir haben oft nach Dienstschluss vorne im Garten«, er deutet jetzt zur »Biebel-Mauer«, »mit den beiden Kaffee getrunken.«

»Hatte die Familie Biebel nicht auch eine Tochter und eine Katze?«, fragt sie die Männer.

»Anna und Sophie haben überlebt.«

Nein, sie darf den Mann nicht umarmen.

»Darf ich fragen, was geht Sie das an?«

Er darf. Aber sie gibt ihm keine Antwort. Dass sie glücklich ist, sieht er ihr doch an.

Sie führt die Ermittlungen von der Weinstraße aus. Sie geht nicht hoch in ihr Arbeitszimmer, sondern sitzt auf dem Stuhl in der Diele. Sie hat sich mit den Schultern aus ihrer Kostümjacke gewunden, über ihre nach unten gestreckten Arme ist die Jacke, schwer von der Nässe, zu Boden geglitten, wo sie jetzt am Fuß der Treppe liegt. Mit der einen Hand hält sie sich das Mobilteil des Telefons ans Ohr, mit der anderen rubbelt sie mit dem Handtuch aus dem Gäste-WC ihr Haar trocken. Noch immer führt die breite Straße inmitten des

Ölgemäldes, auf das sie beim Telefonieren schaut, aus dem Bild hinaus, aber sie hat nicht das Bedürfnis, ihr zu folgen, sie will sich nicht mehr auf eine Endlosfahrt begeben.

Das Jugendamt verweist sie an das »Kinderheim Bernadette«. Die Katze Sophie ist im Tierheim untergebracht. Nein, Verwandte haben die Biebels nicht.

Das Besucherzimmer ist ein heller, quadratischer Raum. Kinderzeichnungen hängen ringsherum an den Wänden. In Begleitung der Heimleiterin geht sie Bild für Bild ab. »Sehen Sie!«, sie fasst nach einem Stuhl und hebt ihn mühelos hoch. »Auf so einem Plastikteil müssen die Kinder sitzen. Denken Sie an uns, wenn Sie beim nächsten Mal wieder eine Spende vergeben!« Sie wird daran denken, gerne, nicht nur »beim nächsten Mal«. »Ich bringe sie Ihnen. Sie ist unverletzt. Es grenzt an ein Wunder! Bitte erwähnen sie die Eltern nicht. Noch kann sie es nicht verkraften.«

Die Heimleiterin verschwindet in einem Zimmer am Ende des Gangs. Es dauert. Sie hält es in dem Besucherraum nicht aus. Endlich öffnet sich die Tür, die Heimleiterin tritt zur Seite, das Mädchen geht an ihr vorbei. Es kommt mit gleichmäßigen Schritten auf sie zu, die Heimleiterin bleibt zurück, steht in der offenen Tür. Judith S. überlegt, ob sie dem Mädchen entgegengehen soll. Aber sie bewegt sich nicht von der Stelle. Das Mädchen hat sie jetzt erreicht.

»Fährst du mit mir zu Sophie?«, fragt Anna. Ihre Augen sind grün, wie auf dem Bild.

Kapitel 15

AM SAMSTAG, DEM 2. OKTOBER, kann man noch draußen sitzen, gerade noch, sie, die unter Hitze leidet, mag es gern etwas kühler, aber sie sorgt sich um Anna. Zweimal Läuten bedeutet Anja. Ljudmila kommt aus der Küche, eilt durch die Diele, ist an der Tür. »Frierst du nicht in dem Kleid?«, wird Anja sie gleich fragen, wenn sie auf die Terrasse tritt. Sie hat eins von den zwei Kleidern an, nicht das »gewagte«, sondern das »einfach starke«. Die zwei Kleider haben eine Geschichte. Sie liegt ein paar Wochen zurück. Sie hat sich gefragt, wie wohl Blazer, Hose und schwarzes Kostüm auf Anna wirken mögen? Und schon am Tag darauf war sie bei Peek & Cloppenburg:

Sie nimmt sich ein Kleid mit in die Umkleidekabine. Beim Hineinschlüpfen kommt sie sich vor, als würde sie manipulieren. Sie verkleidet sich doch auch, wenn sie in ihre Robe schlüpft. An der Rückwand der Kabine ist ein Spiegel. Sie sieht sich darin in einem Sommerkleid. Die Kabine ist zu eng, um sich ein richtiges Bild zu machen. Sie zieht den Vorhang auf und steht sich im Spiegel gegenüber.

»Sehr schön. Aber das da passt noch besser zu Ihnen. Grün zu Ihrem roten Haar ist ein Muss! Grün macht Sie zu einem Geheimnis!«

Der Mann neben Herbert ist Harald, bei dem Herbert seine taillierten Anzüge kauft. Harald hält in Kopfhöhe drei grüne Kleider am Bügel. Eines überreicht er ihr. Sie weiß nicht, wie ihr geschieht. Doch sie weiß, Herbert und Harald möchten, dass sie es anprobiert.

»Sie meinen wirklich …?«

Herbert und Harald meinen es wirklich und wachen vor der Umkleidekabine.

Sie kommt nicht mit einem Kleid davon. Eines steht ihr besser als das andere, wenn sie Harald und Herbert glaubt. Ausgerechnet unter den Blicken von Herbert und Harald fühlt sie sich als Frau wie selten zuvor. Sie stellt sich vor, zwischen Herbert und Harald auf ihrer zweisitzigen Couch zu sitzen.

Dass sie zwei Kleider nimmt, ist »das Mindeste«. Eines der beiden ist »einfach stark«, das andere »gewagt«. Das »gewagte« zeigt viel von ihrem makellosen Busen.

Mit einer Plastiktüte in der Hand steht sie dann hinter einer Glasvitrine und schaut wieder den Frauen zu, wie sie sich vor dem Spiegel verwandeln. Mit jedem Kleidungsstück werden sie eine andere. Sie probieren sich aus.

Sind wir wirklich die, wofür wir uns halten?, fragt sie sich. Oder sind wir die, die andere in uns sehen? Sind wir die, die wir uns wünschen? Oder sind wir das alles miteinander, untrennbar, und ergibt das dann so etwas wie eine Identität? Und können wir gleichzeitig auch noch ein anderes Leben führen? Sind wir gar in Wirklichkeit eine Personenperson?

Mit zwei Kleidern im Kofferraum, dem »einfach starken« und dem »gewagten«, fährt sie in die Justiz.

Ljudmila serviert Anja Aperol. »Aperol ist fruchtig, bitter und angesagt«, wurde sie von Ljudmila, die sie abwechselnd auch Ljudotschka oder Ljuda nennt, aufgeklärt. Ljudmila ist ein Schatz. Auf dem das Stadtjugendamt besteht, »denn Sie verbringen ja die meiste Zeit in der Justiz«. Ljudotschka ist die Conditio sine qua non für Anna, Sophie und sie.

»Ich bringe dann noch zwei Stühle, für Herbert und Harald. Sie verspäten sich ein bisschen wegen dem Klopf und Kopfenburg.« Ljudotschka spricht gut Deutsch, nur mit diesem Modehaus hat sie Probleme.

Ihren Bruder Markus und Ingeborg U. hat sie schon vor einer Stunde in ihrem Arbeitszimmer allein gelassen. Er zeigt Ingeborg U. die Gesetzessammlungen und Kommentare, in denen seine akademische Schwester liest. Sie ist seinem Wunsch, ihm mit ein paar Formulierungen auszuhelfen, nicht nachgekommen. Sie hat ihn stattdessen ermutigt, eigene Sätze für Ingeborg U. zu finden. »In Ihrem Bruder steckt etwas, von dem wir nicht wissen.« Sie hatte, und das nicht erst seit dieser Operation, schon immer eine Ahnung davon gehabt. Schließlich gab es eine Zeit, da hatte er Gedichte geschrieben. Dass er dieser Frau Gedichte schreibt, dazu wollte sie ihn nicht bewegen. Aber er braucht sich vor ihr nicht zu verstellen. Sie darf, ja sie soll ihn ruhig »durchschauen«. »Schreib, wie du dich fühlst und was du für sie fühlst!«

Er hat ihr einen langen Brief geschrieben. Und sie hat ihm geantwortet: »Dein Brief hat mich erreicht und ich hoffe, meiner erreicht Dich auch.« Und auf seine Operation bezogen: »Wir werden miteinander reden und das Leben wird leichter werden.« Ingeborg U. ist eine außergewöhnliche Frau und ihr

Bruder Markus ein außergewöhnlicher Mann. Wird es auch weiterhin bei den sonntäglichen Telefonaten bleiben?

»Ingeborg und ich wollen miteinander eine helle Wohnung beziehen, hier in A. Meinst du, ich kann sie allein zurücklassen?«, hat er sie nach seiner Entlassung aus dem Krankenhaus gefragt.

»Wen?«

»Die Vögel, die für mich singen.«

»Du wirst sie auch auf deiner neuen Terrasse hören.«

»Ein Herr ist am Telefon.«

Sie stellt das Glas Aperol, zu dem sie Ljudmila verpflichtet hat, ab und folgt ihr.

Der Herr ist Landgerichtspräsident Baumann.

»Ich befürchte, es bleibt Ihnen keine Zeit mehr, silberne Löffel zu klauen. Sie sollen es als Erste wissen. Ich komme gerade aus M., wo ich gestern eine Besprechung im Justizministerium hatte. – Ich bin Ihrem Vater gefolgt. Ja, und Sie folgen Ihrem Vater und mir.«

»Ihnen folge ich gerne.«

»Wir sehen uns morgen. Wie sagen Sie immer? Auf der Kegelbahn.«

Sophie leistet Markus und Ingeborg U. im Arbeitszimmer unfreiwillig Gesellschaft. Sie mag es nicht, gestört zu werden. Von Anfang an hat sie sich für die Couch als Stammplatz entschieden, den sie mit keinem teilt. Doch jeden Sonntag um halb zwölf schnurrt sie ihr Einverständnis, wenn sie sich mit Anna an das andere Couchende setzt. Sie kann sich die Couch ohne Sophie nicht mehr denken.

Sonntag um halb zwölf ist Erzählzeit. Sie ist nicht ungeübt darin. Für die von ihr nur angelesenen Fälle hat sie sich oft einen Schluss ausgedacht. Für das, was sie Anna erzählen will, braucht sie sich keinen Schluss auszudenken. Am Schluss sind Annas Eltern tot. Sie hat erfahren, dass es eine Wahrheit gibt, die größer ist, um in einer Akte Platz zu finden. Sie weiß, dass sie die Wahrheit, nach der sie sucht, zwar nicht finden, sich ihr aber nähern kann. Aber nicht nur sie muss erzählen, sie will, dass auch Anna erzählt, von dem Biebel-Leben hinter der Mauer, das ihre fotografischen Ausschnitte nicht erfasst haben.

Noch bevor sie zu Mittag essen, werden sie den »Eisbuckel« hochfahren. Anton und Margarete Biebel, Andrej M., Schiller und Landgerichtspräsident Hermann S. sind zu versorgen. Sie sind jetzt zu zweit mit ihren Plastikgießkannen und teilen sich die Arbeit. Doch noch sitzen sie auf der Couch, hören sich zu, erzählen, begleitet von Sophies Schnurren.

Wenn sie dann ans Fenster tritt und ihre Finger zwischen die Aluminium-Lamellen schiebt, stellt Sophie sofort ihr Schnurren ein, springt von der Couch, rast die Treppe hinunter, schlüpft durch die Hecke. Sie am Fenster, Sophie auf dem Nachbarrasen, sie warten auf Robo, der auf die Minute genau erscheint. Sophies stachelbeergrüne Augen folgen seinem eckigen Hin und Her. Das sieht sie von oben an dem Rucken ihres schwarz-weißen Köpfchens. Nichts an ihr bewegt sich sonst. Sie sitzt aufrecht, kerzengerade, konzentriert, die Vorderpfoten eng und artig nebeneinander.

Einmal, nur dieses eine Mal, möge Robo ausbrechen, wünscht sie sich, oben am Fenster. Sophie lässt Robo nicht aus den Augen. Was Sophie dabei denkt, wird sie niemals erfahren.